一条天皇と中宮定子

わたつみの沖つしほあひに浮ぶ泡の消えぬものから寄るかたもなし

古今和歌集　読人しらず

主な人物

一条天皇　今上天皇。父は円融天皇、母は兼家の娘詮子《あきこ》。

藤原定子《ふじわらのさだこ》　父は道隆、母は高階貴子《たかこ》。一条天皇の中宮。道長の娘彰子が中宮になると同時に皇后となる。

藤原兼家《かねいえ》　師輔《もろすけ》の三男。兄兼通《かねみち》との確執から冷遇されたが、兼通の死後右大臣、摂政となり権力を握る。

藤原道隆《みちたか》　兼家の長男。一条天皇の中宮定子の父。兼家の死後関白となる。飲水病で四十三歳で没。

藤原道兼《みちかね》　兼家の三男。花山天皇を唆《そそのか》して出家退位させる。道隆の死後関白になるがほどなく病没。

藤原道長《みちなが》　兼家の五男。兄道隆・道兼の死により右大臣、左大臣となり、長く政権の座を保った。

藤原伊周《これちか》　道隆の嫡男。内大臣に上るが、父の死後弟隆家と花山院を射る事件を起し大宰府に流される。

藤原隆家《たかいえ》　道隆の四男。兄伊周と謀《はか》り、花山院を射る事件を起し出雲権守《いずものごんのかみ》に落とされ、出雲に流される。

藤原詮子《あきこ》　兼家の二女。円融天皇の女御。一条天皇の母。のち皇太后となる。弟道長を支える。

円融院　村上天皇第五皇子。一条天皇の父。花山天皇に譲位し、出家して円融寺に入る。

花山院　冷泉《れいぜい》天皇第一皇子。十七歳で即位するも、兼家一門の企みにより出家、退位。

源雅信《みなもとのまさのぶ》　宇多天皇の皇子敦実《あつざね》親王の三男。左大臣。道長の正室倫子《ともこ》の父。

源重信《しげのぶ》　宇多源氏雅信の弟。右大臣。雅信の死後左大臣になる。音曲に秀で、笙《しょう》、笛の名手。

藤原実資《さねすけ》　祖父実頼《さねより》の養子となり小野宮流《おののみやりゅう》を継承。蔵人頭《くろうどのとう》、参議。有職故実《ゆうそくこじつ》に精通した学識者。

藤原公任《きんとう》　祖父実頼、父頼忠ともに関白・太政大臣。蔵人頭、参議、検非違使別当《けびいしのべっとう》。当代一流の歌人。

藤原行成《ゆきなり》　一族の没落により青年期は不遇。蔵人頭に抜擢《ばってき》され、道長からも信任される。能書家。

高階成忠《たかしなのなりただ》　道隆の正室貴子の父。学才が高く、東宮懐仁《かねひと》親王（一条天皇）の東宮学士になる。

人物相関図

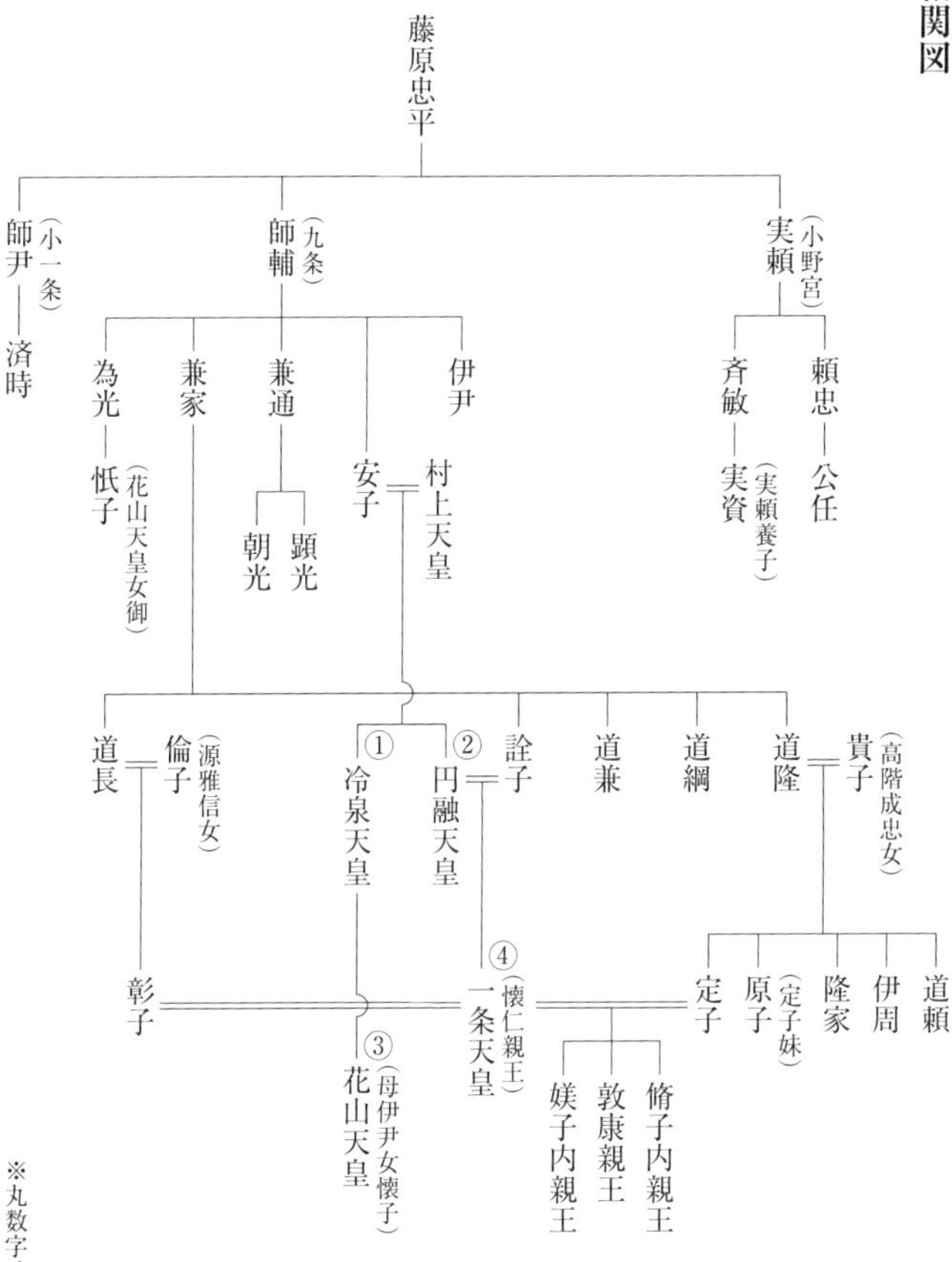

※丸数字は皇位継承順

目次

燎　火

その夜の東三条南院は、木の葉が舞い散る庭に燎火《りょうか》が焚《た》かれ、母屋にはいくつもの高灯台が灯されて明るい光に照らされていた。この日のために設《しつら》えられた大和絵の屏風《びょうぶ》の金色《こんじき》が、その光を受けて華麗にして厳粛な雰囲気を醸し出している。儀式の用意はすっかり整っている。東《ひがし》の対《たい》では、摂政の藤原兼家《ふじわらのかねいえ》と高階成忠《たかしなのなりただ》が向い合って座っている。兼家の横には内大臣の道隆《みちたか》がいる。道隆は兼家の長男で、成忠の娘婿である。三人は、この日を迎えてそれぞれに胸に迫るものがあったが、とりわけ成忠は幸福の絶頂にあった。受領《ずりょう》の家柄でありながら、これから内大臣の邸宅で孫娘が晴れがましい儀式を迎えようとしている。

道隆が手を打って合図をした。すると几帳《きちょう》の奥に控えていた女房《にょうぼう》が滑るようにいざり出た。道隆は、女房に高灯台の灯心を掻《か》き立てさせた。にわかに室内が明るくなった。成忠は、あらためて婿の顔を見つめた。道隆は端整な顔立ちで女房たちの人気の的だ。成忠は、この男を見込んだ自分の目の確かさをひけらかさずにいられない気分だ。娘のもとに通ってくる男がいるのを知った時、成忠は世の親がみなそうするように、その男の器量を見極めようとした。娘と男が逢瀬《おうせ》を遂げた翌日の暁に、成忠は帰っていく男の姿を物陰から見た。薄明の中に浮び上がった男の姿は匂い立つような美しさがあり、いかにも高家の子息を思わせる風格を感じさせた。成忠は、瞬時にこの男は将来大臣になる器量の持ち主だと思った。その男が今目の前に内大臣となって座っている。

「この日を迎えることができましたことを考えますと、まるで夢のようでございます。恐れ多くも摂政さまに腰結《こしゆ》いのお役を務めていただけるのですから、まことに身に余る光栄でございます」

成忠が痛み入って言う。

「夢のよう、か。それは我も同じだ」

兼家がそう言って腕を組み、天井を仰いで目をつむった。

「滅相もない。兼家さまが摂政の座にお就きになったのは成るべくして成った結果でございます。これは天慮でなくてなんでございましょう」

成忠が言った天慮という言葉は兼家の心に響かなかった。一族の間に繰り広げられてきた争いを考えると、これまで天が自分に味方したことはなかった。むしろ何度も天に見放されたとさえ思った。長兄で摂政の座にあった伊尹《これただ》が死んだ時、兼家は次兄の兼通《かねみち》より官位が上だったから、誰もが兼家が後継者だと考えた。だが、伊尹の跡を継いで関白になったのは兼通だった。それはけっして天慮ではなかった。犬猿の仲だった次兄が姑息《こそく》な策を講じて関白の座に就いたに過ぎなかった。自分より優れている弟の後塵《こうじん》を拝していた兼通は、一度権力を手にすると、鬱憤を晴らすべく弟の兼家を陥れることを企み、あろうことか天皇に讒言《ざんげん》して兼家を降格させた。そればかりか、死ぬ間際には関白の後任に傍系の頼忠《よりただ》を推挙し、兼家に煮え湯を飲ませて死んだ。だが、兼家は死ななかった。策士だった。策は人倫を超越したところに成る。むしろそれを超越した策こそが威力を発揮する。兼家は、それを信じて疑わない。現に今摂政の座にあるのはその結果なのだ。

「我は天慮など信じない。成るべくして摂政になったというのはほんとうかもしれぬが、それはけっして天慮などではない」

兼家が言った。すると、父の言葉を遮るように道隆が口を挟んだ。

「恐れながら、それは天慮というより運だと思います。父上が長い間雌伏《しふく》を余儀なくされたのは運がなかったのです。しかし、途方もなく大きな運が巡ってきました。もう何ものも我々を葬ることはできません」

かつて降格されたうえ謹慎を余儀なくされ、世間からも見放されたことを考えると、今日のこの栄華は、兼家父子にとっても夢の感がある。

「ごもっともです。これは、天慮というよりやはり兼家さまが自らのお力で手中に収められた果実でございます」

成忠は、太い眉をひくひく動かして媚《こ》びるように言う。高階家の遠祖は皇室の血に繋《つな》がっているものの、今は高家に列しているとは言いがたい家柄である。成忠自身は学才が長《た》けており、文《もん》章生《じょうしょう》から大学頭《だいがくのかみ》までなった。さらに懐仁《かねひと》親王の東宮学士として教育係を務めた。やがて懐仁親王が即位すると、東宮学士としての恩賞として従三位《じゅさんみ》に叙せられた。これにより、高階家にとってはじめて公卿《くぎょう》に列することとなった。かてて加えて娘の貴子《たかこ》が摂関家の子息と結婚したことにより、勢い家運が増した。摂政兼家の長男である道隆の将来は約束されている。よほどのことがないかぎり、道隆もまた摂政になる。それもさることながら、成忠をさしずめ有頂天にさせているわけは他にある。それは道隆と貴子との間に生まれた定子《さだこ》が来春入内《じゅだい》することだ。摂関家と結ばれたことでさえ望外の喜びであるのに、とうとう入内し、順当であれば后にまで上り詰めるのだ。これからそれに備えて定子の裳着《もぎ》の儀式が執り行われようとしている。

「父上は出家などお考えにならず、まだまだお元気で若い帝をお支えくださいさい。貴子のためにも」

道隆が言った。兼家はこの春頃から出家のことを口にするようになっている。摂政になり、娘たちを入内させたことで、この世で欲するもののすべてを手中に収めた。もはやこの世で望むものはない。願うことは極楽浄土に往生することだけだ。兼家が愛した正室の時姫も今はいない。

「さようです。出家なさるなど滅相もない。この世にはまだまだ求むべき栄華がございます。兼家さまは人が望めないことでも何なりと叶うのでございますから、お気を強くお持ちなさいませ」

成忠は、長い眉毛に半分覆われているようなぎょろ目をむき出して言った。思えば今の高階家の家運を開いてくれたのは外でもない兼家であった。成忠にしてみれば兼家の庇護《ひご》のもとにいるかぎり安泰なのだ。

その頃、西の対では殊の外明るくした高灯台の光を浴びて、裳着の服装を整えた定子が部屋の中央に立っていた。

「まあ、なんてお美しいんでしょう」

「ほんとうに見違えるようね」

「うっとりしてしまうわ。姫君に恋してしまいそう」

「ほんとうね。たとえ上さまのもとであっても、入内させるのが惜しい気がするわね」

「でも、ほかのお妃さまたちに負けないように、姫君にはもっともっとお美しくなってほしいわ」

若い女房たちが口々に言いながら賛嘆の声を上げる。

「ああ、お内裏に入るなんて夢のようだわ」

「後宮にはすてきな殿上人《てんじょうびと》たちがひっきりなしに訪れるのよね。そのような方に言い寄られたりしたらどうしようかしら」

新参女房の小兵衛《こひょうえ》の君が、ぽっと赤らんだ顔を袖で隠した。

「まあ、あきれたわ。殿方たちに言い寄られると勝手に決めつけるなんて。わたくしたちは、姫君を引き立てるためにいるのですよ。それをわきまえずにおのれが目立とうとすることは慎まなければいけませんよ」

古参女房の中納言の君がたしなめた。

「めいめいが思いきり目立った方がいいわ。後宮は明るい方がきっと上さまもお喜びになるわ」

定子は、中納言の君にそう言ってから、古参の女房にたしなめられてしおれている小兵衛の君に優しく微笑みかけた。

「それにしても今日の姫君のお姿はお美しい」

中納言の君と一緒に姫君の着付けを整えた命婦《みょうぶ》の乳母《めのと》が、あらためて定子の姿を上から下まで眺めて涙を流した。命婦の乳母は、生まれて間もない定子を胸に抱いた時のことを思い出す。定子は新生児にしてはいくぶん小さく、頼りないほど軽かった。だが、泣き声は人一倍大きかった。生まれた時から色が白く、顔立ちが整っていた。命婦の乳母にとって、愛らしい定子を抱いて乳を含ませている時が至福の時だった。それ以来、定子の側に十余年仕えてきたのだから、今日の裳着の儀式を迎えたことは、親にも増して感慨深いものがある。

「どうして泣くの。そんな顔をしないで、笑ってこの日を祝ってちょうだいな」

定子が泣いている命婦の乳母の手を取って言った。

やがて母屋から儀式が始るという知らせが来た。そこへ北の対に住む貴子が女房を従えてやってきた。定子が貴子のあとに従い、その後ろに古参の女房が続いた。さらにその後ろに大勢の女房と女の童《めわらわ》が続いた。一行は渡殿《わたどの》を経て母屋へと向った。

母屋の廂《ひさし》の間《ま》では、この日招かれた殿上人《てんじょうびと》が今や遅しと女たちが現れるのを待っていた。今宵のような儀式は女の姿を拝むことのできるまたとない機会だ。定子の一行が母屋に現れると、殿上人の座がざわめいた。美しく着飾った定子がおもむろに中央に進み出ると、女房がその後ろに並んで座った。みな扇で顔を隠しているが、競うように咲いた襲《かさね》の色が男たちの目を惹く。

やがて腰結いを務める兼家が立ち上がり、定子の前に歩み寄った。古参女房の中納言の君と右衛門の君が二人がかりで裳を定子の腰に着け、その紐《ひも》を兼家に持たせた。兼家はそれを受け取って定子の腰に結んだ。

「きれいだ」

兼家は、成人した孫の顔を見つめて目を潤ませた。兼家の長女超子《とおこ》は、三代前の冷泉天皇《れいぜいてんのう》の女御《にょうご》となり、男御子を産んでいる。次女の詮子《あきこ》は先々帝円融《えんゆう》天皇の女御となってやはり男御子を産んだ。その男御子が今上天皇《きんじょうてんのう》である。定子はその天皇のもとに入内し、やがて女御になる。すでに頂点を極めた兼家であったが、我が一族の繁栄は無窮だとあらためて思う。

「まことにきれいだ。姫は必ずや帝のご寵愛《ちょうあい》を受けるであろう」

兼家は感極まって涙を流した。裳の紐を結び終えた兼家が座に戻ると、定子が拝舞した。袖をひるがえして舞う定子の美しさに、男も女も目をみはった。

その年の十二月、兼家は摂政のまま太政大臣《だいじょうだいじん》になった。先の太政大臣藤原頼忠《ふじわらのよりただ》が六月に死んだため、それは空位になっていた。三年前に七歳で即位した天皇はまだ元服を済ませておらず、朝政を行うことも出来ない。すべては摂政兼家の意のままになる。太政大臣になることもまた兼家の周到な策に外ならない。太政大臣はいわば名誉職であり、実権を伴わない。自分が太政大臣になり、長男の道隆が摂政なり関白なりになって実権を握れば、将来にわたって一族は安泰だ。年内に孫の定子の裳着の儀式を済ませ、来春早々に天皇の加冠の儀式を執り行う。そのために自分が太政大臣になって加冠の役割を担う。そして元服の儀式を終えた天皇のもとに定子を入内させ、やがては中宮の座に就かせる。これが兼家が描く筋書きである。

同じ頃、道兼邸の母屋では二人の客人を迎え、浮かぬ顔で酒を飲んでいた。客人は右大弁の藤原《ふじわらの》在国《ありくに》と参議の藤原実資《ふじわらのさねすけ》である。道兼は兼家の三男で、道隆の同母弟である。この二人には同母弟の道長がおり、それぞれに昇進と権力の座を巡る確執がある。多くの公卿《くぎょう》や殿上人が定子の裳着の儀式に駆けつけている。それは権勢の赴く所を如実に表している。抜かりなく時の権力者、及び将来の権力者を見極めて行動するのは必然である。兼家がやがて関白の座を降り、長男の道隆がそれを継ぐというのが大方の見方だ。よしんばそうなったとしても、その後道兼に摂関の座が回ってくるという保証はない。弟の道長の世評はすこぶる高いからである。その上、他の兄弟はみな端整な顔立ちをしており、女房たちに人気があるのに比べて、道兼は色黒で毛深く、眼球が飛び出ていてはなはだ醜い。それに冷酷で底意地が悪く、人に忌み嫌われる。傍《はた》から見ても、天が二人の兄弟には好ましいもののすべてを与え、残りの忌むべきものをこの道兼に与えたのではないかと気の毒になる。

にもかかわらず、在国と実資はめでたい裳着の儀式が執り行われる道隆邸には行かず、道兼邸を訪ねている。道兼とは親子ほど年が違う在国は、父の兼家から政治的な才量を遺憾なく受け継いでいるのは道兼だと早くから見込んでいた。一方の実資は名門小野宮流《おののみやりゅう》を継いでいる。道兼より四歳上だが、かつて共に蔵人所《くろうどどころ》に勤めたことがあり、今も親しく交わっている。

「さあ、もう一献《いっこん》」

在国が道兼に酒を勧めた。道兼はそれを受けてぐいと飲み干したが、少しも酒がうまくなかった。

「ああ、なぜだ。合点がいかぬ。父上はあの時はっきりおっしゃった。花山天皇《かざんてんのう》のご退位が首尾よく実現した暁には何なりと望みは叶えてやると。ところが手をこまねいて見ていた兄上を摂政に据えようとしておられる。ああ癪《しゃく》にさわる」

それまで話をしていたのは先帝花山天皇の退位のことだった。

「たしかに道兼さまのご尽力がなければ、今上天皇の御代《みよ》は無かったわけですからね。それを考えるとやはり兼家さまのお考えは合点がいきませんな」

実資が道兼に同情した。同情されると道兼はいっそう惨めになり、怒りが増長していった。

花山院が在位二年足らずで退位したのは三年前のことだ。十九歳でのあまりに早い退位であった。それには自身にもそのような事態を招く要因があったことも確かだが、それ以上に兼家の策略によるところが大きいのもまた事実だ。五十半ばを過ぎていた兼家には焦りがあった。一族の繁栄を盤石なものにするためには、外孫懐仁《かねひと》親王を即位させ、自分が摂政に就かなければならない。もはや一刻の猶予もなかった。幸いというべきか、若い花山天皇は一人の女御への愛に執着し、政務には熱心でなかった。兼家は周到に策を練り上げると、それを道兼に打ち明けた。単に道兼が蔵人《くろうど》として天皇の側に仕えていたからというだけの理由ではなかった。権謀術数に長けているという点で、この二人は共通していた。

「何としても帝に退位していただかねばならぬ。それができるのはそなたしかいない」

兼家が言った。蛇《じゃ》の道は蛇《へび》のとおり、道兼はすぐさま父の謀《はかりごと》を理解した。それを怠りなく遂行できるのは兄弟の中で自分以外にはいないことを自覚した。

「それを成し遂げれば、所望《しょもう》することは叶えていただけるのでしょうか」

道兼は、眼球が飛び出た目をむき出して言ったものだ。

「むろんだ。何なりと望むがいい」

そう言った時、兼家は、ほかの息子たちと違って風貌がいたく劣っている道兼をいくぶん憐れに思いながらも頼もしく思った。

「それにしても、帝を内裏からお出し申すという大それたことがよくもできたものですな」

酒にはあまり強くない在国は、早くも呂律《ろれつ》が覚束なくなっている。

「そうそう、蟻の這い出る隙もない内裏から、いったいどのようにしてお出になられたのですか」

実資は酔っても頭脳は明晰だ。

「それは衛士《えじ》を手なずければわけないことです」

道兼は、実資が差し出した酒を盃に受けて続けた。

「帝は、ご寵愛なさっていた忯子《よしこ》さまのことで悲しみにくれておられた。忯子さまがお亡くなりになったのは、帝の過度なご寵愛ぶりが原因だった。それに忯子さまはご懐妊のままお亡くなりになられた。帝はそれを不憫《ふびん》にお思いになられてご自分を責めておられた。亡くなられた忯子さまをお救いするためには、ご自分が出家なさるほかはないと。出産が叶わずに死んだ者は成仏できないと言って、帝に出家を説かれたのは元慶寺《がんぎょうじ》の厳久阿闍梨《ごんくあじゃり》ですよ。世間ではあたかも父上が陰謀を企んで帝を退位させたかのように噂しているが、それは濡《ぬ》れ衣《ぎぬ》だ。この道兼は、御みずから出家を切望される帝を内裏の外にお導きしたにすぎない。世間ではこのなにがしが帝を欺いて連れ出したなどと噂している。これとて濡れ衣です」

道兼は父の兼家とともに事を運んだが、それが首尾よく達成されると、自分の行為を献身的な善意と思い込むようになった。だから花山院の出家については微塵も後ろめたさがない。あるのは自分が一族のために大きく貢献したという揺るぎない自信である。その自信が昇進への欲望を搔き立てる。

「兼家さまは、まだ道隆さまを摂政にするとお決めになったわけではありますまい。まだ迷っておられます。やはり道兼さまとのお約束を忘れてはいらっしゃらないのですよ。案ずることはありませぬ」

在国が言った。かつて兼家邸の家司《けいし》を務めたこともある在国は兼家からの信望が厚く、今も何かと下問を受けることがある。

「道兼さまも負けずに尊子《たかこ》さまを入内させればいい。そうすればよい機会が巡ってくることもありましょう」

実資がそう言って慰めても道兼の憂さはいっこうに晴れない。道兼は正妻と結婚した時、別荘を派手に飾り立て、大勢の女房を集めて女の子の誕生に備えた。だが、生まれた子はみな男だった。そのうえ、長男は今年の八月に病気で死んだ。父に似て底意地が悪く、残酷だった長男の死を、人々は蛇をいじめて殺した祟《たた》りだと噂した。尊子は側室の娘で六歳になったばかりだ。一方、兄の道隆は男と女の子に恵まれ、長女の定子がめでたく入内する。何もかもが順風満帆で、考えれば考えるほど道兼はいまいましく、惨めになってくる。それが激して兄道隆に対する憎悪を掻き立て、何が何でも摂政の座は渡すまいという意を強くさせる。

ある日、兼家は別邸二条殿の母屋から外の景色を眺めていた。典侍《ないし》の大輔《たいふ》が側に座って一緒に外を眺めている。典侍の大輔は兼家の娘超子《とおこ》の女房であったが、超子が死んだあとも兼家邸に留《とど》まった。兼家がこの女房を放さなかったからだ。やがて兼家の本妻の時姫《ときひめ》が死ぬと、兼家はこの典侍の大輔を愛し、正妻に準じる扱いをした。

「今日はお山がよく見えますね」

典侍の大輔が遠くを見はるかして眩しそうに目を細めた。東山の山々とその彼方《かなた》に聳《そび》える比叡《ひえい》山《ざん》が庭園の借景になっている。数日来の雪雲が消えて、都の空は久しぶりに晴れわたり、雪景色が細やかな陰影を見せて美しく輝いている。

「だが、ここは人少なで寂しくはないか」

兼家が典侍の大輔を気遣うように言った。これまで暮らしてきた東三条殿は、皇太后詮子《こうたいごうあきこ》をはじめ超子の遺児である二人の親王と大勢の女房たちがいる。

「いいえ、少しも寂しいことはありません。かえって心が落ち着きます。年のせいでしょうか、何も考えずに静かにしているのがいちばんでございます。ここで一日中お山の景色を眺めているのがわたくしには何ものにも勝る幸せでございます」

ひときわ高く聳え立つ真白な比叡山を眺めながら、典侍の大輔がしみじみと言う。

兼家の別邸二条殿の修築が成ったのはその月の初めだった。つい先日、大勢の客人を招いて盛大な祝宴を催したばかりだ。二条殿はさる皇族の邸宅であったが、兼家がそこを買い取って贅《ぜい》の限りを尽くして修築した。修築を急いだのは正月にここで大饗《だいきょう》を催すためである。

庭園の雪景の中に小鳥の群れがやってきて静寂を破った。細い枝に止って雪を散らしながら、赤い木の実をあさっている。雪景色をしばしの間掻き乱して、小鳥の群れが去っていった。すると、兼家がぽつりと言った。

「出家しようと思う」

典侍の大輔は驚かなかった。そのことはうすうす気づいていたからだ。

「そろそろ極楽浄土に往生するための用意をしないとな」

典侍の大輔はその言葉もごく自然に受け入れた。超子の女房の時から、闘う兼家の姿を間近に見てきた。その兼家は、為すべきことを為し、今、静かに世を終えようとしているように見える。

「ここを寺にしようかと思っている。ゆくゆくはあの世の極楽に往生するとして、さしずめここを仮の極楽浄土にしたい」

兼家は、典侍の大輔がこれまでに見たことがないような穏やかな顔をしている。だが、兼家の心の内には、身を引き裂かれるような迷いがあることも典侍の大輔は知っていた。それが消えない限りはここがほんとうの極楽浄土に変ることがないことも分かっている。

しばらくして東の対から童たちの賑やかな声が聞こえてきた。女房たちも一緒に興じているのか、嬌声が混じって聞こえてくる。ほどなく母屋に道隆がやってきた。道隆は東三条殿南院に住んでいるが、時折ここへやってくる。道隆が入ってくると、典侍の大輔は母屋から滑り出て北の対に戻った。

「雪見ですか。ここからの景色は格別ですね」

道隆も座って外の景色を眺めた。顔が火照《ほて》っている。直衣《のうし》も少し乱れて、よく見ると斑《むら》になって濡れている。

「転んだのか」

兼家が言った。

「いや、わらわどもにさんざん雪玉を投げつけられましてね。雪遊びのわらわどもはどうにもかないません。束になって見境もなく投げつけてくる」

道隆が雪遊びの余韻に浸りながら笑う。

「年甲斐もなくわらわどもと雪遊びとはあきれる。ところで定子は元気か」

兼家は、裳着の儀があった日以来定子に会っていない。

「すこぶる元気です。参内《さんだい》に備えて日々精進しています。和歌、唐歌《からうた》、箏《そう》の琴《こと》、双六《すごろく》。あれは父親に似ず、多才です」

「うむ、たしかにそなたは定子の才と比べものにならない」

「そこまではおっしゃらずとも」

「ほんとうだからいたし方なかろう」

兼家が笑った。

「ところでいい女房が揃っているか。いかに定子が優れていても、それに劣らぬ才色を備えた女房がいなければならぬ」

兼家が真顔になって聞いた。

「ご心配なく。選《え》りすぐりの女房を揃えましたから」

宮中に上がっても遜色のない、若くて美しい女房を揃えることができたと道隆は思う。だが、定子と切磋琢磨《せっさたくま》していくだけの器量を持った女房がいるかとなると、いささか不安がある。

「美しい女房もいいが、それだけではだめだ。宮中は何があるか分からぬ。それに如才《じょさい》なく処していける才能と老練さを備えた者がいないといけない」

「父上に心当りはございませんか」

「うむ、そのような女房は容易には見つからない」

「心して探してみましょう。ところで、父上はこの度太政大臣におなりです。それは摂政をお譲りになるご意向とお察しいたしますが、いかがでしょうか」

道隆が話題を変えた。

「それは見当違いというものだ。太政大臣になったのは帝の加冠の儀を執り行うためだ」

本来、太政大臣は名誉の官位で実権を伴わないから、摂政職を辞したとも取れる。だが、兼家はまだ誰にもその真意を明かしていない。道隆が気にするのも無理はない。

「しかし、いずれ摂政をお譲りになられるおつもりなのでしょう。はばかりながら、この道隆が父上のあとを継ぐのが順当かと存じます。よもや道兼にお譲りになるというお考えはないでしょうね」

道隆が焦《じ》れてきた。父がその話をしないのは、内心では道兼に譲る意向を固めているからではないか。そう思うといよいよ疑心暗鬼になる。

「正月には定子が入内します。そして、ほどなく女御になります。男御子がお生まれになって、やがて帝におなりになれば、この摂関家はいよいよ安泰です。しかし、差し当り、道兼の北の方に娘はいません。ですから、道兼が外祖父になることはかぎりなく危ういと言わざるを得ません」

兼家が顔をゆがめて首を振った。

「考えてみるがいい。今の帝が即位できたのは誰の手柄か」

道隆が一瞬言葉を詰まらせた。花山院を退位させた立役者は道兼だということは誰もが知っていることであり、道隆もそれを認めざるを得ない。

「たしかに道兼がその点で功績があったのは分かります。しかし、そのことだけでこの道隆を越えて摂政になるというのはいかにも筋が通りません。道兼に報いる手立てはほかにあります。その時が来れば、必ずや道兼に譲ります。この事はしかとお約束いたします」

道隆が懇願しても、兼家は首を縦に振らなかった。

雪が降り積った清涼殿の東庭は、ほの白く暮れ残っている。清涼殿の階《きざはし》の下には、殿上人たちが桃弓《ももゆみ》と葦矢《あしや》を持って立っており、いつもは静まり返っている庭がざわめいている。それは清涼殿の中も同じだ。廂《ひさし》の間《ま》では殿上童《てんじょうわらわ》が戯れている。大勢の上《うえ》の女房《にょうぼう》たちも出て、今から繰り広げられる年末行事の追儺《ついな》を心待ちにしている。母屋の真中にある御座《ござ》に座っていた天皇は、しびれを切らして御座から下り、上の女房たちの中に座った。

「方相氏《ほうそうし》はまだ来ないのか」

天皇が言った。

「もうすぐですよ、上さま」

女房の右近《うこん》の内侍《ないし》が座を開けて天皇を前に座らせた。

「遅いな。どこをうろついているのだろう」

元服前の天皇がじれったそうに言う。

「もうじき来ますよ。ですが上さま、何事も静かに待つことが大切です。待つところに楽しみがあるのでございますよ」

馬《うま》の命婦《みょうぶ》が諭《さと》すように言う。

「上さま、そのようなところにお出になってお寒くはございませぬか。まだお風邪が治りきっていないのですから、お気をつけあそばせ」

乳母《めのと》が気遣う。

「風邪などもう治っている。ああ、遅いなあ、方相氏はいったいいつ来るのだ」

上の女房たちに囲まれて過ごす天皇は、絶えず浴びせられる小言に辟易《へきえき》している。その時、階の下にいた蔵人頭《くろうどのとう》の藤原公任《ふじわらのきんとう》が、廂の間に出ている天皇を見つけて手を上げた。

「上さま、これをお振りなさいませ」

公任が差し出したのは振《ふ》り鼓《つづみ》だった。殿上童がそれを受け取って渡すと、天皇は思い切りそれを振り鳴らして興じた。

「上さま、それを振るのはまだ早うございます」

右近の内侍がまたたしなめた。やがて遠くから追儺の声が聞こえてきた。声はしだいに大きくなって、仁寿殿《じじゅうでん》の向うから松明《たいまつ》の火が見えてきた。廂の間で待ち構えていた者たちは我先にと身を乗りだす。ほどなく松明に照らされた方相氏が現れた。大男が扮した方相氏は見るも恐ろしい。

頭上に大きな角を生やし、金色の四つ目を光らせた面をつけ、右手には矛、左手には楯を携えている。扮している者が大男のうえに高足駄《たかあしだ》を履いているのでいっそう大きく見える。方相氏が吼《ほ》えるような声を上げながら近づいてくる。その後ろには、朱の鉢巻きを締めた大勢の童たちが振り鼓を鳴らしながら「儺遣《なや》ろう、儺遣ろう」と声を上げて続く。方相氏が清涼殿の前に差しかかると、階の下で待ち構えていた殿上人が桃弓でいっせいに葦矢を射た。雨のような葦矢に射られた方相氏は、逃げるように清涼殿の前から走り去った。

永祚《えいそ》元年が暮れ、新年を迎えると、四方拝《しほうはい》、朝賀、小朝拝《こちょうはい》などの元旦の行事が続き、それが終ると上皇や母后の御所への朝覲行幸《ちょうきんぎょうこう》があり、天皇は息つく暇がない。それらの行事が終ったばかりの五日の日に、紫宸殿《ししんでん》で天皇の加冠の儀が執り行われた。加冠の役を務めたのは、昨年の暮れに太政大臣になったばかりの兼家である。その日兼家は気分がすぐれなかった。二、三日前から微熱があり、体が重く気力が出ない。朝は典侍の大輔に助けられてようやく起きあがった。そして、ひたすら加冠の大役を果たさなければならぬという思いで牛車《ぎっしゃ》に乗って参内したのだった。束帯《そくたい》の衣装が重く堪えがたかった。並みいる公卿や女官《にょかん》の注目を浴びて、兼家は冠を捧げ持ち、ようやくのことで玉座の前まで進み出た。つい先日まで髪《みずら》を結っていた天皇が、今日は髪を上げて髻《もとどり》を結っている。数えで十一歳の天皇は、まだあどけなさを残してはいるものの、凛《りん》とした顔つきになっている。兼家の目が涙に曇った。冠を捧げたまま動かない兼家を見て天皇が言った。

「どうしたのだ。なぜ泣く」

兼家は天皇の声を聞くといっそう涙が溢《あふ》れ出た。兼家は、天皇の頭に冠を置き、簪《かんざし》を挿して髻に留めた。すっかり衣冠束帯姿を整えた天皇を見て、列席者から賛嘆の声が漏れた。兼家は涙に曇る目を見開いてあらためて天皇の姿を見つめた。はからずも、裳着の儀式で腰結いを務めた時に見た定子の裳唐衣姿《もからぎぬすがた》を思い浮べると、兼家の胸中で正装に身を包んだ天皇と定子の姿が並び立った。

「今日からはみずからのご意志で経世をなさる覚悟をなさいませ。兼家はもう老いぼれておりますから」

兼家が言った。

「何を申す。予は、まだそなたの力が必要だ。そなたは今日から関白になるのだ」

兼家の思いがけない弱気な言葉に、元服したばかりの天皇は一瞬孫の顔を覗かせた。

「この加冠の役を為しおおせたことで、兼家は本望でございます。さあさ、威儀を正しなさいませ。今日この日から、上さまの御代です。ここに列席している者たちは、みな上さまの臣下です。そして、万民は上さまの民です」

兼家の言葉に押されて、天皇は威儀を正し、居並ぶ群臣に目をやった。

その頃、定子はすでに参内して登花殿に控えていた。宮廷に憧れていた女房たちは有頂天になって落ち着かず、廂の間に出て簾越《すだれ》しに外を見ている。その時、数人の殿上人が賑やかに話しながら登花殿の前を通り過ぎた。女房たちは、押し合って殿上人を眺めて嬌声を漏らした。

「はしたないことは慎みなさい。ここはお内裏ですよ」

古参女房の中納言の君がたしなめた。女房たちは、口に指を当てて互いを制しながらまた外を眺める。声を聞きつけた殿上人が立ち止り、登花殿の方を見た。

「そこなるお美しい方々よ、雪見をなさるなら簾を上げてなさいませ」

「庭にお立ちになれば風情は一入《ひとしお》でござるよ」

殿上人が囃《はや》し立てて笑った。その時、一人の殿上人が高らかに漢詩を吟じた。

「終南陰嶺秀《ひい》で、積雪浮雲の端《たん》」

殿上人たちがさらに囃し立てて簾の内を窺った。女房たちがうろたえて顔を見合わせた。

「このような時は、何かお答えしないと」

定子の側に伺候している中納言の君も右衛門の君も困ったように眉を寄せた。定子はと見ると、あわてる様子もなく、殿上人たちを見て笑っている。そして、中納言の君にそっと言った。

「こうお返しなさい。雪霽《は》れて山を望めば尽《ことごと》く楼に入《い》る」

右衛門の君が廂の間に出て簾越しにその句を吟じた。それを聞いた殿上人は虚を突かれたように黙りこんだが、すぐに喝采し称賛した。

「これは恐れ入りました。お見事です」

「どうぞ以後お見知り置きを」

「ここに参上いたすのが楽しみになってきましたな」

「さあ、急がないと」

「終南陰嶺秀で、積雪浮雲の端。林表霽色《りんひょうせいしょく》明らかに、城中暮寒《ぼかん》を増す」

殿上人たちは、声を合わせて朗詠しながら去っていった。殿上人を見送った女房たちは、その姿が見えなくなるといちどに緊張が緩んで胸を撫《な》で下ろした。

「すぐにあのようなことを口ずさまれるなんて驚いたわ。さすが殿上人ね」

若い侍従の君が言う。

「誰もいない時にあのようなことを言いかけられたら困るわ。どうしようかしら」

新参女房の小兵衛の君がにわかに不安に襲われた。

「いつどのようなことがあっても、それに応じられるだけのものを持っておかなければ、宮仕えは勤まりませんよ。天暦《てんりゃく》の御代に、上さまが宣耀殿《せんようでん》の女御に古今集《こきんしゅう》の歌を知っているかとお試しになった。宣耀殿の女御は、入内に備えてそれをすっかり暗唱されていましたから、上さまのお試しにすべてお答えになった。もしこのような時に応じることができなければ、本人ばかりでなくお家の恥になります。常に修養に努めることが肝心ですよ」

中納言の君がみなに言い含めた。

「お内裏って美しくて、すてきな人たちがいて、夢のような所だと思っておりましたが、怖い所なのね」

小兵衛の君は急に自信を無くして肩をすぼめた。殿上人がなぜあの詩を吟じたのか、そして、定子がどのような心であの詩句を返し、殿上人たちがなぜ喝采したのか。それを解した女房はいなかった。そこで中納言の君がこの応酬の意味を定子に問うた。

殿上人が吟じたのは唐の詩人祖詠《そえい》の「終南余雪を望む」と題する詩で、長安の都から眺める雪の終南山を詠んだものであった。京の都は長安の都を模して造られたが、長安の都から終南山を望めるように、京の都からも比叡山を望むことができる。「空が晴れわたって比叡山がまことに美しく見える。さあ、外に出てこの眺めをお楽しみなさい」。定子は、殿上人の心をそのように読み解いた。それに対して定子が返したのは、同じく唐の詩人白楽天の詩の一節で、雪が晴れた彼方の山を見ると、高殿の窓辺にさながらに入ってくる、という意味である。定子は、「外に出なくても、ここから十分に外の景色を楽しむことができる」とかわしたのであった。応酬の意味を知って、その当意即妙の答に女房たちはただただ感じ入るばかりだ。

天皇が元服すると、その夜は寝所《しんじょ》に添臥《そいぶし》が入る。そして、その役を負った者が女御や中宮になる。定子がこの日参内したのはその添臥を務めるためであった。やがて、迎えにきた上の女房に従って、夜着に改めた定子は登花殿を出て清涼殿へと向った。夜の渡殿は寒く長かった。定子は、天皇の寝所である夜《よる》の御殿《おとど》に導かれた。塗籠《ぬりごめ》造りの寝所の四隅には掻灯《かいともし》が釣ってある。定子は、促されて帳台《ちょうだい》に入った。掻灯の明りが帳《とばり》を通して入ってくるので、帳台の中が朧《おぼろ》げに見える。中には褥《しとね》が敷かれ、衾《ふすま》が畳んである。ほどなく衣擦《きぬず》れの音がして、寝所に人が入って来る気配がした。定子は、座ったまま袖で顔を覆った。すると帳台の内の空気が動いて天皇が入ってくるのが分かった。天皇は定子の前に座ったが、なかなか口を開かなかった。しばらく沈黙したあとで天皇が言った。

「顔を上げよ」

いらだっているようなその声は少年の声だった。定子がなお顔を覆っていると、いっそういらだって同じ言葉を繰り返した。定子が少し袖を下げて天皇の顔を見たとたん、笑いの衝動が襲ってきた。定子は、天皇がまだ数えで十一歳だが、元服をすませたのだからそれなりに威風が備わっているものと想像していた。だが、目の前にいる天皇は声も体つきも大人になりきっていない。どう見ても少年天皇だ。拍子抜けした定子は、こらえようとしたがこらえきれず、目を伏せて身をふるわせた。天皇はそれを見逃さなかった。

「そちは笑っているな。何がおかしい」

天皇が怒ったように言う。

「いいえ、笑ってなどおりませぬ」

定子がそう言って顔を伏せた時、帳台の隅に転がっている振り鼓が目に入った。それを見ると、また笑いが込みあげてきてとうとう声を漏らしてしまった。振り鼓を振っている天皇の姿を思うと我慢ができなかった。

「これがおかしいのか」

天皇があわてて振り鼓を手にした。すると、それがたわいない音を立てた。

「これはまろの玩具などではない。追儺の時に邪気を払えと公任がくれたものだ」

天皇は、追儺の日に公任からもらった振り鼓を帳台の中に持ち込んでそのまま忘れていたのだった。

「顔を上げよ。そなたの顔が見たい」

天皇に促されて定子は袖を下ろして顔をあげた。その瞬間、天皇は息を呑んだ。これほどに白くあでやかで美しい顔を今までに見たことがなかった。目も優しく涼やかだ。天皇は、これまで上の女房や乳母に囲まれて暮らしてきた。寝る時も側にいたのはそのような者たちだったから、数えで十四歳の定子の印象は新鮮だった。天皇は我を忘れて定子の顔に見とれた。

天皇の加冠の儀からほどなく、修築が成ったばかりの二条殿で恒例の大饗《だいきょう》が行われた。母屋も廂の間も大勢の公卿や殿上人で溢れた。その日の尊者である左大臣 源 雅信《みなもとのまさのぶ》が到着すると宴《えん》の座《ざ》が始った。中央の座には雅信が着いた。その左に兼家が座り、右には右大臣の藤原為光が座った。春の除目《じもく》が近いとあって、兼家に挨拶する者が絶えなかった。兼家は気分がすぐれなかったが、権力の頂点にある者として気力を振り絞って客人の挨拶を受けた。

「摂政どのの栄華には陰りがありませんな。まことに喜ばしいことです。なにしろ帝も、やがて中宮になられる定子さまも、ともにお孫であられるのですから」

雅信が兼家の盃を受けて言った。

「いや、遠くない将来に必ずや時流は左大臣どのに向いますよ」

兼家が言った。

「ほほう、してその所以《ゆえん》は」

雅信は兼家の真意が読めなかったが、そう言われたことで気をよくした。今や摂関は藤原氏の手中にあり、それが他氏に移ることなど考えられない。

「道長です。あの者は必ずや左大臣どのに果報をもたらしましょう」

道長は兼家の正妻の三男で、上に道隆と道兼がいる。それを考えれば、摂関の座が回ってくるにしてもずいぶん先のことだ。その間に時流が変ってそれがほかに回ってしまうということも考えられる。だが、古稀に達した雅信は、兼家の言葉の先に光を見た。

「実のところ、道長どのを見込んだのはこの雅信ではなく妻でしてな。賀茂祭の時にお見かけして、その瞬間に後光を見たらしいのです。実を申しますと、娘たちを后にしたいと考えておりました。けれども妻は引きませんでした。結局なにがしが折れて、倫子《ともこ》との結婚を許しました。どうやら妻の目が確かだったようです」

雅信は、皺《しわ》に覆われた顔をいっそう皺くちゃにして笑った。道長が娘の倫子のもとに通い始めた時、雅信は不満だった。宇多天皇の皇子敦実親王《あつざねしんのう》を父に持つ賜姓源氏《しせいげんじ》の雅信がそう思うのも無理からぬことであった。道長はまだ年も若く、官位は従三位《じゅさんみ》だった。だが、雅信はしだいに道長の持つ比類ない器量に惹《ひ》かれていった。道長は、今を時めく藤原氏から娶《めと》ることは考えず、親王の血を引く源氏を重く見た。そこには道長なりの周到な考えがあった。かくして倫子と道長は結婚した。三年前のことである。翌年に道長と倫子の間には女児が生まれている。それと前後して道長は倫子の実家土御門殿《つちみかどどの》に入って同居した。すると、雅信は土御門殿を道長に譲り、一条殿に移り住んだ。

道兼は、右大臣に酒を注ぎながら雅信と兼家の様子をひそかに窺っていた。右大臣為光は兼家の異母弟である。兼家のあとの摂政は為光だとも噂される。為光自身はそれを望む一方で、兄は実子以外の者にその座を譲ることはないだろうと半ば諦めている。

「次の摂政どの、さあ、もう一献どうぞ」

道兼が飛び出た目を光らせて不敵な笑いを浮かべ、ことさらに大きな声で言った。

「滅相もない。次の摂政だなどと」

為光はあわてて道兼を制して横目で左大臣と兼家の顔を窺った。

「いや、次の摂政は為光さまだというのがもっぱらの噂ですよ。それは至極当然なことです」

道兼は慎むどころかいっそう声を大きくして言う。

「いやいや、次の摂政は道兼どのこそふさわしい」

為光は、横の二人を気遣うあまり心にもないことを口走った。道兼は、もとより次の摂政は為光だなどと考えてはいない。ただ、次の摂政になるのは自分だということを為光の口から引き出したいだけだった。為光はまんまとその企みに引っかかった。その時、兼家が大きい咳払いをした。為光は我に返り額の汗を拭った。

「では、ごゆるりと」

道兼は為光に頭を下げてから横の二人に目礼してその場を離れた。

内大臣の道隆の前には、大納言の藤原朝光《ふじわらのあさてる》と、同じく大納言の藤原済時《ふじわらのなりとき》が座っている。先ほどから三人は浴びるほどに酒を飲み、傍若無人に振舞っている。この三人はしたたかな酒豪で、いつも一緒に酒を飲んでは周囲の顰蹙《ひんしゅく》を買っている。道隆はすでに酔い、人事のことも政務のこともおくびにも出さず、たわいない話をしては痛飲している。

この時道長は二十五歳で権中納言《ごんちゅうなごん》であった。一座の中では道隆の次男伊周《これちか》の十七歳に次ぐ若さである。道長は、みずからは酒をほどほどに慎み、如才なく列席者を回って挨拶をした。

赤笛

一月二十日過ぎに仁寿殿《じじゅうでん》で天皇主催の内宴が行われることが恒例になっていた。これは、天皇が正月の行事で多忙を極めた近臣をねぎらうために行う宴である。これをもって春の除目《じもく》を含む正月の行事がすべて終り、宮中は静かになる。定子が正式に女御となって後宮の登花殿に入ったのはそれから数日後のことだった。

ある日の午後、登花殿の中は火桶《ひおけ》の火に暖められて眠気を誘うような心地よさだった。廂の間では、弁の君と侍従の君が碁を打っている。この二人は碁敵《ごがたき》で、いつも勝負の結果に拘《こだわ》っている。負けたほうが悔しい気持ちを抑えきれず、また勝負を挑む。

「おもとたちは碁に興じてばかりいるが、女子《おなご》が勝負ごとに執心することは慎みなさい。ここでは、碁が強くても自慢にはならないし、何の役にも立ちませんよ」

中納言の君が眉をひそめてたしなめる。

「殿方はどなたも碁がお好きですもの、お相手して差し上げればお喜びになりましょう」

弁の君が口をとがらせて言う。

「おもとは殿方と顔を突き合わせて碁を打つつもりか。はしたない」

中納言の君の語気が強くなる。

「式部の君をごらんなさい。女子は文《ふみ》が大切ですよ」

中納言の君が廂の間の隅で書物を読んでいる式部の君に目をやって言う。大学頭《だいがくのかみ》を務めた式部の君の父は、絶えず娘のもとに書物を差し入れる。

「女子が殿方と碁を打ってはいけないという法はありませんよ」

定子が中納言の君に言った。

「それはそうですが、女子が殿方とじかに顔を合わせることなどあってはなりませぬ」

中納言の君は今度は定子に矛先を向けた。

「御簾《みす》を隔てればいいことよ。殿方を碁で打ち負かすことができれば爽快でしょうね。おもとたちは殿方に勝てる自信はあるの」

定子が言った。

「あります。絶対に勝ってご覧に入れます」

負けず嫌いな侍従の君が言う。

「おもとはわたくしより弱いではないの。殿方のお相手をするのはこのわたくしよ」

弁の君が言った。

「わたくしは二番も勝ったではありませんか」

侍従の君も負けていない。

「二人ともおよしなさい。大きな声を出すのははしたないことですよ」

火桶を抱えている右衛門の君がたしなめる。その時、清涼殿の方から一人の男がやってきて登花殿に上がった。男は、簾の前に座って丁寧な挨拶をした。若い女房たちが簾に顔を押しつけて男を見た。男は加冠の儀があった日に登花殿の前で漢詩を朗吟したあの人物である。蔵人頭《くろうどのとう》で、名を藤原公任《ふじわらのきんとう》という。蔵人頭は天皇の近侍だから時折こうして登花殿に姿を見せる。

「女御さまにはお変りございませぬか。ご不自由はないか、お困りの向きはないか、伺って参れとの帝の仰せで参上しました。何なりとお申しつけくださいませ」

定子の側に伺候している中納言の君が小声で定子に返答を促した。すると、定子が、廂の間の隅で半分顔を隠してじっと公任の顔を見つめている式部の君を手招きした。式部の君がためらいながら定子の側にいざり寄った。

「おもとがお答えなさい。『願わくは双黄鵠《そうこうこく》と為《な》りて、翼を並べて清池《せいち》に戯れん』。いいわね。さあ、しっかりお答えするのですよ」

式部の君は、定子の言葉を復唱してから廂の間の簾際にいざり寄ったが、簾越しとはいえ、男の息遣いまで聞こえるほどの距離にいるので胸が張り裂けそうだ。式部の君は勇気を振り絞って定子の答えを伝えた。すると、公任がそれを吟じるように復唱した。しばしその詩句の意味を玩味しているようだ。

「承知いたしました。しかとお伝え申します。帝はさぞかしお喜びになりましょう」

公任は、そう言って軽やかに登花殿の階《きざはし》を降り、清涼殿の方へと戻っていった。女房たちは、公任の姿が見えなくなると溜息をついた。

翌日の宵、右近の内侍が天皇の御召を伝えるため登花殿にやってきた。定子は夜着《よぎ》に改め、右近の内侍に従って登花殿を出た。清涼殿の夜の御殿に着くと、定子はひとり帳台に入った。それからほどなく天皇が入ってきた。冠を取っている天皇は、元服の日に見た姿よりも大人びて見える。それに今日の天皇は落ち着き払っていて威厳が加わっている。定子は、添臥《そいぶし》の時にわけもなく笑ったことを後悔し、恥じた。

「内裏の暮らしには慣れたか」

天皇がやさしく言った。

「まだ至らぬことが多く、恥じ入るばかりでございます」

定子が目を伏せたまま言った。

「昨夜《ゆうべ》の返事は心に沁みたぞ」

「恐れ入ります」

「あれは新妻が離れている夫を恋う詩なのだな。公任が教えてくれた。翼を並べて清池に戯れたいという思いはまろも同じだ」

定子は恥じらったが、それでも自分の思いが天皇の心に通じたことを嬉《うれ》しく思った。

「そなたも爺《じい》の薫陶を受けて、怠りなく学問を積んでいるのであろうな。成忠は達者か」

天皇は、東宮学士を務めた成忠から教わった時のことが懐かしく思い出された。

「成忠は頑固者で厳しかった。まろはよく逃げ回っておった」

天皇がそう言って笑うと、定子は消え入りたい思いがした。

「申し訳ございませんでした」

定子が小さくなって祖父の無礼を詫《わ》びた。

「そなたが謝ることはない。まろは成忠に感謝こそすれ、少しも恨んでなどいない」

天皇は、にわかに定子がいじらしく思えてきた。

「そなたの母は内侍《ないし》の司《つかさ》に上がっていたそうだな。高《こう》の内侍《ないし》は漢才に長《た》けていたと聞いている。そなたは母からも薫陶を受けて、さぞかし漢学の才があるのであろうな」

大学頭の家に生まれた定子の母は、おのずから漢才に恵まれ、円融天皇の御代に内侍の司の女《にょ》官《かん》になった。宮中の詩宴では男に負けない詩を作って殿上人を驚かせた。

「学問のある女は不幸になると申します」

定子がしおらしく言う。

「何を申す。女にも学問はいる」

天皇は、真顔で定子をたしなめた。

「学問は世のために無くてはならぬものだ。だから学問には男も女もない。それに、まろはそなたと歌や詩で遊ぶのが楽しみだ。奏楽もいいだろうな。そなたは箏《そう》の琴《こと》は好きか」

天皇は、しだいに早口になってきた。

「少しは嗜《たしな》んでおります」

「そうか。この正月、円融寺に朝覲《ちょうきん》した折に上皇さまから赤笛《あかぶえ》を頂戴した。これは陽成院《ようぜいいん》から伝わる名笛だ。そなたの箏の琴と一緒に笛を吹きたい」

天皇は笛の名手で、好んで笛を吹く。話が弾んできて、すっかり打ち解けてくると、天皇が双六をやろうと言い出し、帳台の外に控えている上の女房に双六盤を持ってこさせた。夜が更けていたが、天皇は少しも寝る様子はなく、定子相手に双六に興じた。二番続けて負けると、天皇は悔しがってもう一番勝負を挑んだ。こんどは天皇が勝った。すると、わざと負けたのだろうと怒ってもう一番と言う。さすがに天皇も眠くなって、勝負に対する志気が萎《な》えてきた。結局どちらが勝ったのか判然としなくなり、天皇が先に衾《ふすま》に潜りこんで寝息をたてた。定子も快い疲れから衾を被るとすぐに眠ってしまった。

夜が明ける気配を感じて先に目を覚ましたのは定子だった。天皇の顔をそっと覗くと、まだ安らかな寝息を立てている。しだいに外が白んできて、上の女房が咳払いをした。すると、天皇が目を覚ました。定子は髪と着物を整えた。天皇が名残惜しげにその姿を見つめる。そして、思い出したように立ち上がり、帳台の内に吊るしてあったものを外して定子に与えた。

「これをそなたにあげよう」

天皇が定子に渡したものは卯槌《うづち》だった。それは邪気を払うために帳台に吊るしておくものである。定子はそれを袖に入れて帳台を出た。清らかな後朝《ごちょう》であった。

ある日の午後、参議の藤原実資が二条殿に兼家を訪ねた。実資は、円融、花山、今上の三代にわたり、蔵人頭としてそれぞれの天皇に近侍した。去年の春に参議となって公卿の仲間入りをしたが、院の別当を務めて今も折に触れ円融法皇のもとを訪ねている。故実に明るく良識があり、名利に執着しない実資は人望があり、権謀術数がまかり通る世の中を融通無碍《ゆうずうむげ》に往来している。だから、さまざまな人間の消息にも通じていて、どこに行っても青眼をもって迎えられる。兼家も実資を喜んで迎える。その日、実資は先日訪ねた法皇の消息を伝えた。兼家は、頷《うなず》きながら実資の話に聞き入った。実資は、顔色が悪いうえにすっかり精気を失っている兼家に驚いた。以前の兼家は違った。人を射竦《いすく》めるような眼光があり、いつも腹の中には権力を求めて已《や》まない野心があった。

「法皇さまは、今もこの兼家を恨んでおられるであろうな」

兼家が力なく言った。実資は思いがけないその言葉にも驚かされた。法皇が退位したのは六年前のことである。その経緯には兼家との間の確執がからんでいた。兼家は円融天皇を重く見ていなかったし、天皇もまた兼家を疎んじていた。当時の関白藤原頼忠《ふじわらのよりただ》の娘遵子《のぶこ》と右大臣兼家の娘詮子《あきこ》が前後して女御になったが、遵子は懐妊の兆しなく、詮子には男御子《おとこみこ》が生まれた。今上天皇《きんじょうてんのう》である。だが、円融天皇は、男御子を産んだ詮子を差し置いて、子のない遵子を后に立てた。そのことが二人の関係を悪化させた。兼家は故意に参内をせず政務を拒否した。のみならず、一族にも同様に参内をさせなかった。天皇は兼家のこのような圧力に抗しきれずに退位したのであった。

「いえ、法皇さまは出家の身であられますから、過去のわだかまりはすべてお捨てになっておられます」

兼家は、腹蔵の無い実資の言葉に安堵《あんど》した。すると、心ならずも涙が流れた。兼家は、心の内にあるものを何もかも話してしまいたいという衝動に駆られた。

「法皇さまは、俗念をかなぐり捨てて、詩歌管弦を楽しんでおられるのだな。羨ましい。この世にありながら浄土に生きておられる。この兼家は、どうやら先も長くはなさそうだ。そろそろ浄土への旅支度をしなければならぬ」

「出家なさるおつもりですか」

実資が聞いた。

「そのつもりだ。そなたも知ってのとおり、これまで多くの者を陥れてきた。この悪業《あくごう》を払わずして浄土に往生することは許されまい」

三代の天皇に近侍した実資は、兼家の所業をつぶさに見てきた。たしかに兼家は常に権力の座を巡る熾烈《しれつ》な争いの中に身を置いてきた。だが、怜悧な実資は、必ずしもそれを悪業だとは思っていない。政《まつりごと》に携わる者にとってそれは宿命だと思う。

「この二条殿を寺にしようと思っている。これからの日々は、ひたすら道を行って浄土への往生を遂げたい」

若い円融天皇を退位に追いやったのも、次いで即位した花山天皇を在位二年足らずで退位に追いやったのも、みな兼家の仕業だった。円融天皇の場合は怨恨による陰険な圧力であり、花山天皇の場合は外孫を皇位につけるための謀略だった。そのほかの数々の謀《はかりごと》が兼家の中で渦を巻く。

「それは結構なことでございます」

実資は、兼家のいうことをごく自然に受け入れた。兼家は頷き、また涙を流した。

「ところで、兼家さまは摂政の後継者をどなたとお考えになっておられますか」

実資が聞いた。

「そなたは誰がいいと思う」

兼家が権力者の顔になった。

「なにがしは、道兼どのが適任かと存じます」

実資は迷わず答えた。兼家はすぐには物言わず、二、三度頷いた。

「やはりそう思うか」

兼家の顔に迷いが広がった。

「恐れながら、功に報いるのが筋かと存じます」

実資の言葉には確信がこもっている。

「だが、道兼はまだ若い」

道兼は三十歳で、道隆は三十八歳である。

「いえ、道兼どのは道隆どのよりもむしろ老練なところがございます。十分に摂政の器かと存じます」

実資の言葉を聞けば聞くほどに兼家は迷った。

その頃、東の対では、道隆、朝光《あさてる》、済時《なりとき》の三人が昼から酒を飲んでいた。すでに痛飲していて、冠が煩わしくなり、素頭《すあたま》をさらけ出している。呂律《ろれつ》が乱れてたがいに言っていることがよく分からないままに大声を上げる。

「わざわざあの世に行かなくても酒さえあれば、ここが極楽浄土よ」

済時が盃を持つ手を震わせて言う。

「まことでござる。あの世に行くまで待てませんな。のう、あの世にも酒があるものでしょうかな、道隆どの」

朝光も盃を手放すことがない。

「なに、酒はこちらから持っていけばいい。あの世に行ってもこうして一緒に酒を飲んでいたいものですなあ」

三人は赤ら顔を歪《ゆが》めて大笑する。しばらくそうして飲んでいるうちに、済時が酔いの中から大事なことを思い出したというように言いだした。

「ところで道隆どの。次の摂政を継がれるのは道隆どのでしょうな」

朝光は、ふらついていた体が止った。

「それは道隆どのに決っている。そうでしょう、道隆どの」

道隆が摂政になれるかどうかは、己のこれからの運命にも関わる。

「もちろん次の摂政はこの道隆です。いくらなんでも父上はこの道隆を差し置いて弟に摂政を譲るなどという理不尽なことをなさるはずがない」

道隆は、むしろ自分に言い含めるように言った。

「まこと、長幼の序が正されてこそ世の平安が保たれます。明察な兼家さまがそれを乱すようなことをなさるはずはござらぬ。さあさ、俗事に関っては酒の味が落ちます。酒さえあればこの世は極楽浄土」

済時が提子《ひさげ》を持って二人に酒を注いだ。

数日後、道兼は二条殿の北の対に典侍《ないし》の大輔《たいふ》を訪ねた。典侍の大輔は簾を隔てて道兼と対面した。道兼は、父の体調がすぐれないということは分かっていた。だが、父のいる母屋へは行かずに北の対にやってきた。

「父上のご様子はいかがですか」

道兼が聞いた。

「ここまでおいでなら、ご自分でお確かめになられてはいかがです」

典侍の大輔は不愛想に答える。

「父上は、この道兼の顔を見ても喜びませんから」

「それでも人の子なら親を見舞うものです。見舞いを受けて喜ばない親がどこにおりましょうか」

典侍の大輔が憮然としてたしなめた。

「物は召し上がっておられますか。床に臥しておられるということはありませぬか」

典侍の大輔はそれに答えなかった。

「まだ参内できないというわけではないのですね」

道兼は、しばし考え込んだあとで言った。

「折り入って頼みたいことがございます」

典侍の大輔にはその願いが何であるかは聞くまでもなく察しがついた。

「父上は、次の摂政を誰にするかと迷っておられます。ですが、それは迷うまでもないことです。ご承知のとおり、先帝のご退位を画策されたのは父上で、それを決行したのはこの道兼です。父上は、摂政にするという約束のうえでこの道兼に決行を促されたのです。そうでなければ、あのような恐ろしいことがどうしてできましょう。父上は、あの約束を反故《ほご》にすることがあってはならないはずです。ぜひ大輔さまからそのように申しあげていただきたい」

道兼は、簾に顔を押しつけて言った。

「ご自分が正しいとお思いなら、どうぞご自分のお言葉でしっかりと父上におっしゃりなさいませ」

典侍の大輔のもとには、任官の時期が迫ると大勢の者が推挙を求めてやってくるが、それらを冷たく突き放すことはめったにない。その典侍の大輔が冷然と言い放った。

それから数日後、兼家は病の床に臥した。食べ物も思うように喉を通らず、身も心も次第に衰えていった。参内することもままならなくなった。やがて冬が過ぎ、陽気がよくなると、兼家は典侍の大輔に助けられて起き上がるまでに恢復《かいふく》した。

うららかに晴れたある日、兼家は日の当る廂の間に出て外を眺めた。遠くの比叡の山はまだ雪に覆われているが、庭は梅の花が綻《ほころ》び、柳が萌黄色《もえぎいろ》の糸筋を豊かに靡《なび》かせている。

「妙なものだな」

春景を眺めながら兼家がぽつりと漏らした。

「何がでございますか」

典侍の大輔が聞き返す。

「自分はこうして衰えていくというのに、物みながこのように生気がみなぎっていく」

兼家は、旺盛な春の息吹に圧倒されて、いささか疲労感を覚えた。

「春は万物の命が甦《よみがえ》ります。殿もきっとお元気になられます」

兼家の心の内が手に取るように分かる典侍の大輔は、どうにかして力づけようとする。

「おのれに与えられた寿命はどうすることもできぬ。縮めることは容易かもしれぬが、長くすることは叶わぬ。命はいつか尽きる。誰も死から逃れることはできぬ」

兼家は死を見つめながらまだそれを受け入れることができない。その時、蝶が目の前に飛んできた。

「おや、蝶が」

大輔が小さく叫んだ。朱を帯びた立羽蝶《たてはちょう》が、立ち上る陽炎《かげろう》の中を敏捷《びんしょう》に飛び回った。兼家と典侍の大輔は、しばし心を奪われて蝶の飛翔を眺めた。

「春には万物が甦る、か。なるほどな。生き物にとっては春こそ浄土なのであろうな」

兼家が言った。

「人にとっても、春は浄土でございますよ」

典侍の大輔は、まだ蝶の姿を目で追っている。

「いや、春が来ようと人の世は穢土《えど》だ。穢土に留まるかぎり救いはない。死んで穢土に留まるのはいやだ。浄土に往生したい」

兼家は何かに怯《おび》えるように首を振った。

「少しお休みになったほうがよろしゅうございます」

典侍の大輔が支えるように横から兼家の体を抱いた。

「いや、まだここでいい。日に当っていたい」

兼家はそう言って顔をあげ、庭の景色に目を移した。しばらくそうしていると、道隆と道長が揃って母屋にやってきた。

「父上、起きておいででしたか」

道隆が闊達な声をかけた。兼家が振り返って二人を見た。道隆と道長が父の横に座ると、華やかな春の直衣《のうし》から香《こう》の匂いが強く漂う。

「ご気分がよろしいようで何よりです」

道長が言った。

「珍しいな。揃って参るとは」

兼家の内心では、道兼が一緒でないことが不満だった。先日二条殿に来て母屋に寄らずに帰ったことは典侍の大輔から聞かされて知っている。そして、道兼が摂政の推挙を頼んだことも聞いた。こうして二人がやってきたのも摂政を巡って何らかの底意《そこい》があるのではないか。そう思うとうっとうしくなる。

「定子はまだお子の兆しはないか」

定子は、登花殿に入って間もなく正式に女御《にょうご》となった。それは后に準じる地位についたことを意味する。兼家にしてみれば、一刻も早く御子の顔を見たいところだ。

「それはまだ無理というものでしょう。なにしろ帝はまだ十一なのですから」

道隆が笑って答えた。

「道長の姫君は元気か」

道長の長女は三歳だ。

「この頃は雛遊《ひいなあそ》びをするようになりました」

「そうか、女君は可愛いものだ」

兼家が目を細めて笑った。それからしばらく、道隆は定子のことを、道長は女君のことを話して兼家を喜ばせた。そのあとで道隆が言った
「父上、東三条殿の方へお移りになりませんか」

兼家は、にわかに顔を曇らせてなぜかと聞いた。

「父上はこちらに移ってお体の具合が悪くなられました。このお邸《やしき》には物《もの》の怪《け》が憑《つ》いていると噂されております。世間では、父上のご病気はそのせいだと」

それを聞いた兼家の表情が険しくなった。

「そのようなことは妄言だ。たしかにここは長く荒れたままになっていた。だが、ぬかりなく修《しゅ》法《ほう》を行って邪気を払った。もうどこにも移らない。ここを極楽浄土にする」

兼家が言った。

「姉上も父上が東三条殿にお戻りになられることを望んでおられます。先日、飯室《いいむろ》の権僧正《ごんそうじょう》を呼んで父上のご病気平癒のために加持祈禱《かじきとう》をなさいました」

道長も東三条殿に戻ることを強く勧めた。だが、兼家は頑《かたく》なにそれを拒んだ。

数日後、二条殿に飯室の権僧正がやってきた。道長から父の様子を聞いた詮子が案じて遣わしたのだった。詮子の耳には気になる噂が入っていた。かつて兼家に棄てられて死んだ村上天皇の

三の宮の怨霊が、さまざまな物の怪と一緒になって兼家を苦しめているのだという。二条殿には護摩壇が設けられ、権僧正が加持を行った。それが終った後、権僧正が道隆に言った。

「やはり、この御殿には物の怪どもが憑いております。大方の物の怪は調伏《ちょうぶく》できました。ですが、拙僧の力では容易に調伏しおおせない物の怪がおります。今はどうにか静まっておりますが、いつまた悪さをするか分かりませぬ。くれぐれもご用心なさいませ」

加持の効験があったのか、兼家の病はしばらく小康を保った。

桜の花が満開になったある日の夕方、天皇が登花殿を訪れた。折しも満月が宮殿の上に昇った。廂《ひさし》の間《ま》の簾をすべて巻き上げると、月の光が明るく差しこんできた。定子は、天皇に誘われ、廂の間に出て並んで月を眺めた。女房たちもみな廂の間に出て月を眺めた。すると、天皇が突然叫んだ。

「たいへんだ。すぐに塗籠《ぬりごめ》に隠れないと」

天皇が定子を急《せ》かすような素振りを見せる。女房たちは、何事かとあたりを見回した。

「なぜでございますか」

定子が落ち着いた様子で天皇に尋ねた。

「ほら、飛ぶ車が下りてくる」

天皇が月を指さした。定子がにっこり笑って答えた。

「今はとて天《あま》の羽衣《はごろも》着る折りぞ君をあわれと思いいでける」

すると、天皇はいよいよ興じて芝居がかった言い方をする。

「まろには天叢雲剣《あめのむらくものつるぎ》がある。たとえ月の都からの使いとて容赦はしない。けっしてそなたを渡しはしない」

女房たちは、天皇と定子が竹取物語を踏まえて応酬していることにようやく気づき、喝采をして笑った。月の明るさが増して、庭の桜をいよいよ白く浮びあがらせた。

「今宵は、そなたの箏の琴に合わせて笛を吹くのにふさわしい」

天皇が帯に挟んでいた笛を手に取って言った。それは、先日円融上皇から拝領した陽成院伝来の赤笛《あかぶえ》だった。定子は、女房が用意した箏の琴に向い、おもむろに弾きはじめた。すると天皇は月に向って笛を構えた。澄んだ琴の音と笛の音が戯れるように和して響きわたった。

兼家は、その後も小康を保ったかと思うとまた床に臥すということを繰り返していた。起き上がれる時は参内し、内覧に携わった。端午の節句が近づいたある日、兼家は朝堂院に入って政務に就いたあと、清涼殿の昼御座《ひのおまし》に参上した。蔵人頭が天皇の前に出て何かを奏上しているところだった。太政大臣が入ってくるのを見ると、蔵人頭は殿上《てんじょう》の間《ま》に下がった。

「体の具合はどうだ」

天皇が孫の顔で言った。

「どうにかこのように参内できております」

兼家も祖父の顔に戻って答えた。

「もうすぐ端午の節句だ。今年はいい馬が揃ったから競馬《くらべうま》を楽しみにするがいい」

二日前に、競馬に出る馬を天覧する駒牽《こまひき》があったばかりだ。

「今、公任と馬の話をしていたところだ。まろは葦毛《あしげ》に勝る馬はないと思うのだが、公任は馬は白馬《あおうま》にかぎると言いよった。白馬《あおうま》の節会《せちえ》は白馬でなければすまぬが、競馬には向かぬ。騎射《うまゆみ》も競馬も葦毛がいい」

天皇は、蔵人頭と馬の品定めをしていた余韻がまだ冷めていない。

「馬はどれもみな美しうございます。いろんな馬がいるからそれぞれが引き立つというものです。葦毛だけ揃っても白馬だけ揃ってもその美しさが引き立ちませぬ」

天皇は、老練な祖父にうまく丸めこまれたようで不満だった。

「実は申しあげたいことがあって参上いたしました」

兼家が改まって言った。

「申して見よ」

天皇が真顔になって構えた。

「関白と太政大臣を辞しとう存じます」

兼家は、天皇が元服した日に摂政から関白になり、太政大臣を兼ねて引き続き政務を担ってきた。天皇には、最近の兼家の様子からあるいはそういうこともあるかもしれないという思いがないわけではなかった。だが、それはまだ現実のものとして念頭にあったわけではなかった。

「それはならぬ。元服の日に申したとおり、予にはまだそなたの力が必要だ。関白を辞することはならぬ」

天皇は、怒って口をとがらせた。

「上さまもご承知のとおり、ここ二月《ふたつき》ほど病がちです。このままでは政務に支障をきたします」

「そなたは、どうにか参内できると申したではないか」

天皇が兼家の言葉を遮った。

「たしかに今は小康を保っております。さればこそ、政務に支障をきたさぬうちに新しい関白を決めるべきだと思うのでございます」

「許さぬ。そなたが達者なうちはそなたが関白を務めよ」

兼家は、天皇の意思をひるがえさせることができないまま退出せざるを得なかった。

その日の夜、天皇は女御定子を夜の御殿に召した。昨年の六月に太政大臣藤原頼忠《ふじわらのよりただ》が死んだ。十二月には摂政との兼務ではあったが兼家が太政大臣になったことで、天皇は安堵していた。ところが、その兼家が太政大臣と関白を同時に辞するという。若い天皇が狼狽《ろうばい》するのも無理からぬことである。次の関白を巡って道隆と道兼の間で確執が生じているということは天皇の耳にも入っている。辞職を許さないと言った手前、兼家に後継者を確かめることもできない。むろん最終的な決定権は天皇にある。しかし、さまざまな勢力の思惑が無言の圧力となって若い天皇を呪縛する。天皇はこの悩ましい思いに堪えきれなくなって女御を呼んだのだった。

定子は、天皇が何か抜き差しならぬものを抱えているらしいことをすぐに察した。年上の定子から見れば、天皇の言動の端々にどこか幼いところが感じられておかしくなることがしばしばあった。天皇はよく笑う。その天皇が今日は言葉少なで浮かない表情をしている。定子が身の置き所がない思いでいると天皇が言った。

「賀茂祭を見たことがあるか」

定子は、天皇の意中が読めず返答をためらった。賀茂祭は先日終ったばかりだ。祭の日、紫宸《ししん》殿《でん》の南庭で出立《しゅったつ》の儀が行われ、そこで整えられた華麗な行列が宮中の門を出、都大路を通って賀茂神社に向う。出立の儀は天皇も定子も見ている。

「都大路の行列を見たことがあるかと聞いておる」

天皇が少し焦れたように言う。

「ずいぶん前のことですが父の車に乗って見たことがございます」

「さようか。都大路はさぞかし賑わうのであろうな」

「それはもう、大路の両側には車が並び、桟敷《さじき》の上も人がいっぱいです。時には見物人同士の争いまで起ります」

「まろも一度でいいから都大路で行列を見てみたいものだ」

天皇が寂しげに言う。その時、甲高い時鳥《ほととぎす》の声が宮中の空を過《よぎ》っていった。

「もうすぐ騎射《うまゆみ》でございますね」

定子が話題を変えた。

「楽しみか」

「はい」

「なかなか勇ましいものだ。今年はことのほかいい馬が揃った。競馬《くらべうま》も面白いぞ。武徳殿《ぶとくでん》で一緒に見よう」

「嬉しゅうございます」

天皇はにわかに元気が出た。

「そなたもやはり白馬《あおうま》が好きか」

天皇が聞いた。

「わたくしの好きなのは葦毛でございます」

「葦毛の馬か」

天皇が驚いたように言った。

「葦毛の馬は凜々《りり》しくて、どこか神々しさがございますもの」

定子が恥ずかしげに言う。

「いや、馬は葦毛がいちばんだ。まろもそう思う。そなたがびっくりするようないい葦毛の馬がいる」

天皇は、兼家から打ち明けられたことを定子に話したいという衝動に駆られた。だが、重大なことをひとりで決めかねている自分を曝《さら》すまいという自尊心が働いた。定子を政《まつりごと》の中に巻き込みたくないという思いもある。

夜が更けていった。天皇が褥《しとね》の上に横たわったので定子が衾《ふすま》を掛けた。

「そなたも入れ」

天皇に促されて定子が衾の中に入った。天皇は定子の髪に顔を近づけた。

「いい匂いがする」

定子は目をつむったまま頬に天皇の息を感じた。初夏の微風のような息だった。頬を撫でた指が定子の襟を開いた。天皇はそこに頬を押しつけた。

「いい匂いだ。民部《みんぶ》の匂いとは違う」

民部は天皇の乳母《めのと》だ。定子はそれを聞いて笑いが込みあげてきたがかろうじてたえた。天皇はしばらくそうしていたがそのまま寝入ってしまった。

端午の節句になり、宮中の右近の馬場で騎射と競馬が行われたが、兼家は床に臥《ふ》していてそれを見ることが叶わなかった。それから数日後、兼家は出家した。その日、兼家は新たな僧衣を纏《まと》うと母屋に道隆を呼んだ。落飾した父の姿を見て道隆は一瞬息を呑んだ。やつれた父の容貌がいっそう痩せ細って青ざめていた。

「これから帝のところに行く。供をせよ」

兼家が言った。

「参内なさるのはご無理かと思われます」

道隆が止めた。

「いや、行かねばならぬのだ」

兼家は険しい形相になって道隆を見た。

「何のためでございますか」

「最後の除目《じもく》のためだ」

道隆の心がにわかに乱れた。

「関白を辞されるのでございますか」

「そうだ」

「では次の関白は誰が」

兼家はそれには答えなかった。

「父上、どうかお聞かせください」

道隆が詰め寄った。

「それは帝に申しあげることだ。そなたに言うべきことではない」

道隆は心が逸《はや》ったが父の剣幕に押されてどうすることもできず、一緒に車に乗って参内した。

車寄《くるまよせ》に着くと、兼家は道隆に支えられて辛うじて車を降りたが、そこからは道隆の手を払いのけてひとりで回廊を歩いていった。午後のひと時であったから、天皇は清涼殿の昼御座《ひのおまし》で上の女房たちと一緒にくつろいでいた。兼家の姿を見ると、女房たちはその場から下がった。

「どうしたのだ、その姿は」

天皇の声はほとんど絶叫に近かった。

「最後の除目に参上いたしました」

天皇は、絶句したまま兼家の顔を見つめた。

「兼家は、太政大臣、および関白を返上いたします。代りにこの道隆を関白に推挙いたしたく存じます」

兼家はそう言って頭を下げた。道隆は、その瞬間我が耳を疑ったが、低頭している父を見てそれに倣った。天皇はしばし黙したまま二人を見ていた。天皇の頭の中にはかねてからいくつかの想定が用意されていた。しかし、まさか兼家が出家姿で自らの要求を突きつけてくるということまでは思い至らなかった。長い沈黙のあとで天皇が口を開いた。

「分かった、そのようにしよう」

兼家の申し出を受け入れたのは決然たる思いからとは言いがたかった。むしろ、出家した者を留めるすべはないという、いくぶん恨みを含んだ諦めともいうべきものだった。

「あとで宣命使《せんみょうし》を遣わすから待つがいい」

天皇が道隆に向って言った。天皇はその日のうちに宣命を作らせ、道隆のもとに使いを立てた。天皇は、自分の身に負いきれぬものがいちどに覆い被さってきたのを感じた。同時に頼忠と兼家という大きな支えを失ったことで不安が増した。宣命使を出したあと、天皇は定子のいる登花殿に赴いた。登花殿では女房たちが貝合せの遊びに興じていた。定子も一緒に遊んでいた。

「上さまもお入りなさいませ」

「この勝負は終りにして、やりなおしましょうよ」

「だめよ。侍従の君はちっとも取れないからそんなことを言うのね」

「そうよ、ずるいわよ。この一番が終ったところで上さまに入っていただきましょうよ」

いつもは穏やかな女房たちの顔が、目は吊り上がり、口元が真一文字になっている。

「さあ、上さまの番ですよ。お取りなさいませ」

女房たちに囃し立てられて天皇が貝を一つめくった。次の貝をめくろうとすると、侍従の君が叫んだ。

「それではありませぬ」

ほかの女房が侍従の君を制したが、天皇が別の貝をめくろうとするとまた叫んだ。

「自分では取れないくせに人におせっかいをするのはおよしなさいよ」

弁の君がたしなめた。女房たちは、貝をめくるごとに嬌声を上げた。天皇は、なかなか貝が合わなかった。取れたのは同情した女房に教えられて取ったものばかりだった。それから三番ほど貝合せをやった。そのあとで、天皇は定子に箏の琴が聞きたいと言った。定子は二面の琴を用意させた。

「弁の君、そなたが弾きなさい」

定子が言った。弁の君はすぐれた琴の弾き手だ。弁の君が弾き始めると、定子がそれに合わせて弾いた。女房たちはうっとり聴きほれて溜息をつく。定子は、琴を弾きながら天皇の様子を窺った。天皇は廂の間に座ったまま瞑目《めいもく》している。琴の音が天皇の心に響いていないと定子は思った。曲が終ると女房たちは喝采してさらに奏楽を促した。天皇は女房たちのざわめきで我に返り立ち上がった。そして、定子と帳台に入ることもなく登花殿を出た。

道隆邸に勅使の車が入ったという知らせがすぐに道兼邸にもたらされた。道兼は、すぐさま二条殿に駆けつけた。床に臥している入道姿の父を見て道兼は怯《ひる》んだ。すべては後の祭りだと覚ると憎悪の念がたぎってきた。

「東三条南院に勅使が来たと伺いました。これはどういうことでございますか」

飛び出した眼球をむき出して道兼が言い寄った。

「今日をもって太政大臣と関白を辞した。宣命により、道隆が関白になった」

兼家は目をつむったまま言った。

「お約束が違います。あのお約束を反故になさるとはあんまりです。これでは道兼の恨みは永劫《えいごう》晴れませぬ」

道兼は噛みつかんばかりの勢いで兼家の耳元で叫んだ。

「見苦しいぞ道兼。それが死のうとしている親に対する言葉か。親不孝者め」

兼家が目を開け、道兼を睨《にら》みすえた。そしてまたすぐに目をつむった。ややあって口を開いた。

「よくよく考えた上でのことだ。そなたにはすまないと思う気持ちがないわけではない。だが、必ずやそなたにも関白が回ってくる。そなたはまだ若い。それまで待つのだ。兄弟同士が争ってはならぬ。今は道隆を支えるがいい」

自ら権力を手放してすでに心が浄土に赴いている兼家が諭《さと》した。だが、道兼の心はいっこうに晴れず、父に対する憎悪をつのらせたまま下がった。

その頃、東三条南院では、道隆が済時《なりとき》と朝光《あさてる》を相手に酒を飲んでいた。この二人は酒を飲むために道隆邸に入り浸っているが、今日ははからずも道隆の関白就任の祝盃となった。

「さあさ、道隆どの、今日の酒は格別でござる。いや、実にめでたい」

済時は何度も同じことを言いながら道隆に酒を勧め、自らも浴びるように飲む。

「どうなることかと案じておりました。兼家さまがずいぶんお悩みのご様子でしたからね」

朝光も負けずに飲みながら言う。

「この道隆も案じておりました。正直なところ、道兼が関白に就くのはやむを得ないことだと諦めたこともありました」

色白の道隆の顔は桜色に染まってなまめかしい。

「兼家どのが、道隆どのを関白にとおっしゃったのはいつでございますか」

済時が聞いた。

「それがまったく唐突なのです。今日一緒に帝のもとに参上したのですが、その場ではじめてそのことを申された。驚きましたよ」

「それはそうでしょう」

朝光が提子《ひさげ》を手に取りながら大きく頷いた。

「まあ、万事は落ち着くべきところに落ち着くということですな。ともあれ、道隆どのが関白になられることは、我々にとりましても喜ばしいことです」

三人はしだいにしどけなくなり、しまいには冠を取って素頭《すあたま》になって酔い潰れていった。

その夜、定子は召しがあって清涼殿の夜の御殿に参上した。すぐに天皇が帳台に入ってきたが、いつになくよそよそしく思われた。定子は、天皇が何やら大きなものを内に抱えているらしいことを感じた。

「何があったのでございますか」

定子が言った。天皇は少し黙ったあとで口を開いた。

「爺が出家した。太政大臣も関白も辞した」

定子は冷静にならなければと自分を戒めた。

「関白はどなたがおなりになられたのですか」

定子はひたすら天皇のことが案じられた。先帝も先々帝も権門同士の争いに巻き込まれて退位を余儀なくされた。

「道隆だ」

それを聞いても定子は喜ぶことができなかった。天皇の顔が曇っているからだ。

「なぜそのような顔をする。嬉しくないのか」

目を伏せている定子を見て天皇が言った。定子は首を振った。すると、天皇が定子の手を取った。

「これはそなたにとって喜ばしいことであろう。そのような悲しい顔をするでない。たしかに、左大臣か、もしくは右大臣が関白になるのが順当かもしれぬ。道隆は内大臣だ。年を考えても三人の中ではいちばん若い。だが、関白兼家の嫡男《ちゃくなん》だ。関白の推挙を受けてまろが宣命を出した。それでいいではないか」

天皇は懸命に定子を諭したが、納得したのは天皇自身だった。定子は、明るくなった天皇の顔を見て安堵した。

「兼家はだいぶ弱っておった。二条殿を寺にしたいと思っているらしい」

「二条殿を寺に」

定子は入道したという兼家の姿をどうしても思い浮べることができない。

「浄土を願って勤行《ごんぎょう》に励むこともよかろう。そなたも、二条殿に行って爺の様子を見てくるがいい」

定子は、天皇の優しさに力が籠ってきたのを感じた。

それからほどなく、二条殿が仏寺となった。寺号は法興院《ほこいん》である。母屋は本堂に変り、阿弥陀如来像が安置された。本堂の廂の間には僧が常時控えている。

怪鳥

長雨が続いていたある日、典侍《ないし》の大輔《たいふ》が兼家の枕辺に座っていた。

「後生ですからこの薬湯《くすりゆ》をお飲みなさいませ」

典侍の大輔が言った。法興院には、典薬寮《てんやくりょう》から薬師《くすし》が遣わされてやってくる。だが、兼家は薬師をまるで信用しない。薬師が調合する薬湯も飲もうとしない。

「朴《ほう》の汁でございます。これをお飲みになれば、きっと精気が恢復すると薬師が申しております」

典侍の大輔がどうにかして飲ませようとする。

「そんなものを飲むより水を飲むほうがましだ」

典侍の大輔はなす術《すべ》がなく溜息をついた。

「薬も加持ももういらぬ。我にとってはここが極楽浄土だ。もう彼岸《ひがん》も此岸《しがん》もない。ただ阿弥陀さまのお導きに従うだけだ。それでよい」

兼家はそう言って目をつむった。

その日、東三条殿では兼家の病状を案じた詮子《あきこ》が飯室《いいむろ》の権僧正《ごんそうじょう》を招いて加持祈禱を行っていた。

母屋に不動明王を安置し、護摩が焚かれ、権僧正と伴僧が唱える真言が寝殿に響きわたった。駆けつけた公卿たちが廂の間に勢揃いし、加持を見守った。女房たちは、几帳《きちょう》の奥に集って僧たちの読経に聞き入った。加持が終ると、詮子は禄を与えるために東の対に僧たちを招き入れた。みなをねぎらったあとで詮子が言った。

「大臣《おとど》はよくなられましょうか」

権僧正はやや言い淀《よど》んだあとで答えた。

「大臣には、強い霊物《れいぶつ》が憑いていると思われます。実を申しますと、離れたところから加持を行いましても、それを調伏《ちょうぶく》することはなかなか難しゅうございます。やはり御前で加持を行うべきかと存じます」

詮子は権僧正の言葉に合点して、近いうちに法興院で加持を行ってほしいと頼んだ。

「皇太后さま、ご案じなさいますな。必ずや拙僧が大臣の御前に参上して霊物を調伏して進ぜましょう」

権僧正がそう言って胸を張った。そのとき、詮子の側に控えている女房の顔をじっと見つめていた伴僧の一人が、感に堪えないような様子で言った。

「御身のお顔には瑞相《ずいそう》が出ております。近いうちに良いことが訪れましょう」

伴僧が見つめていたのは詮子に長く仕えている大進《だいじん》の君《きみ》と呼ばれている女房だった。

「この者は、なかなかすぐれた観相の眼力を持っております」

権僧正が眩しいものを見るように目を細めて大進の君を見た。

「この者は、大納言さまの北の方になることが決っております」

詮子が驚いたように伴僧の顔を見た。長い眉毛に白いものが混じっている猫背の伴僧は、何度も小さく頷いた。すると、几帳がにわかに揺れ、その後ろに控えている女房たちの声が漏れてきた。大進の君がそれを制するために座を立って几帳のうちに入っていった。ややあって座に戻った大進の君が困った顔をして詮子に訴えた。

「ほかの方々も観相していただきたいと申しております」

「まあ、なんてはしたないことを」

詮子は、あきれたように溜息をついた。だが、伴僧は少しも意に介さず、大進の君に従って几帳の内に入った。しばらく女房たちの賑やかな声が漏れてきた。詮子は、ふとあることを思いつき、女房に言いつけて数人の男を呼んだ。ほどなく観相を終えた伴僧が座に戻ってきたが、几帳の中のざわめきはなかなか静まらない。詮子は、権僧正が帰ろうとするのをしばし引きとめ、伴僧を近くに呼び寄せて小声で言った。

「これからここに来る者たちの相を観ていただきたい」

伴僧は心得顔で頷いた。そこへ道隆、道兼、道長の兄弟、それに道隆の長男の伊周《これちか》が入ってきた。

「権僧正さまがお帰りになります」

詮子に促されて、四人は丁重に礼を述べた。その間、伴僧は四人の相を観て取った。権僧正が伴僧を残して母屋を出ると、道隆たちも出ていった。みなが出ていくと、詮子が伴僧に尋ねた。

「どうであった」

当面、長男の道隆が兼家の後継者と決ったものの、道兼がこのまま黙っているとは思えない。また、道隆に万が一のことがあればいったい摂関の座はどこに収まるのか。詮子にとって、自分の兄弟と甥《おい》の間に展開されるにちがいない熾烈な権力争いが気になるところである。

「道長さまに、たいそうな瑞相が出ております」

伴僧は他の者については何も言わなかったが、詮子はあえてそれを尋ねることをしなかった。それで安堵したからだ。末弟の道長は兄弟の中でもっとも気を許せたし、頼りにもなる。これまで漠としていた兄弟に対する詮子の思いが、伴僧のこの観相によって揺るぎないものとなった。

道隆が関白になってから二十日ほど過ぎた日のことである。道隆は、天皇の召しを受けて清涼殿に赴いた。天皇は兼家の様子を聞いたあとで言った。

「呼んだのはほかでもない。そなたに摂政になってもらいたいのだ」

道隆は、天皇の言葉が解せなかった。摂政は未成人天皇を補佐する職掌だ。天皇はすでに元服を終えている。

「兼家は摂政としてまろを支えてくれた。まろが元服した時、形は関白となったが、実は摂政だった。そなたもそれでよい。除目《じもく》も直盧《じきろ》で進めてよい」

官人の任免を決める除目は、関白の場合は天皇の御前で行い、摂政の場合は直盧で行うのが習わしとなっている。道隆が摂政になるということは、任免権の一切を掌握するということを天下に示すことになる。それは若くして関白の座に就いたおのれに対する天皇の英慮なのだということに、道隆はようやく気づいた。

「身に余るご深慮とご恩情、まことにかたじけなく存じます」

道隆は、思わず涙した。

数日後、定子が法興院を訪れた。今は寺になっているかつての二条殿は、兼家が宮殿を模して修築したものだから建物の構えも室内の調度類もすべてが豪華だった。

「珍しいな」

道隆が西の対に来てしばらく逗留していた。空は雨雲でかき曇っているが、道隆と定子が向いあっている部屋の内は輝くばかりに晴れがましい。道隆は二藍《ふたあい》の唐織《からおり》三重《みえ》襷紋《だすきもん》の袍《ほう》に鳥襷紋《とりだすきもん》の指貫《さしぬき》の直衣《のうし》姿である。定子は杜若《かきつばた》の襲《かさね》の裳《も》唐衣《からぎぬ》姿で、身の丈よりも長い漆黒の髪が美しい。

「ご機嫌うるわしきご様子、喜ばしゅうございます」

「うむ、そなたもな」

道隆は、定子の顔に少しも陰りがないのを見て取り安堵した。

「帝はよくなられたか」

つい先日、天皇は風邪を患ったばかりだ。

「すっかりよくなられました」

「それはよかった。ところで、女房たちに粗相はないか」

道隆は、定子の才能を十分引き立たせるだけの才能を持った女房がいないのを気にかけていた。

宮中では女房の恥は定子の恥であり、一族の恥でもある。

「父上がお元気なうちに、そなたを中宮にしようと思っている。高階家《たかしなけ》の者たちがうるさくてたまらぬ。まあ、我もその方がよいと思ってはいるが」

摂関家と繋がりができた高階家の者たちは、藤原家の者たちよりも定子に対する期待が大きい。

「お爺さまはずいぶんお悪いのですか」

定子が聞いた。

「うむ、ほんとうのことを言えば、長くはあるまい。そなたの顔を見ればきっと元気が出るだろう」

そこへ、伊周と隆家がやってきた。伊周と隆家も兼家の見舞いにやってきたところだった。

「こうして揃うのもずいぶん久しぶりね」

定子が嬉しそうに言った。

「姉上は雲の上の人になってしまわれましたからね」

去年元服したばかりでまだ昇殿を許されていない隆家は、女御になった姉と会うことはめったにない。

「そなたも元服が済んだのだから、弓馬《きゅうば》にばかりうつつを抜かしていないでせいぜい学問に精進せよ」

道隆が隆家をたしなめた。

「まったくです。晴れてさえいれば馬場か射場《いば》ですからあきれますよ。隆家はどうやら侍の家に生まれるところを間違えて生まれてきたもののようです」

伊周が笑った。

「兄上、お言葉ですが、弓馬の何がいけないのでしょうか。兄上は馬も弓も上手くないからそのようなことをおっしゃるのでしょう。公家《くげ》にも弓馬の芸は必要です。侍どもに身を守ってもらわなければ安心できないというのでは情けないことだとお思いになりませんか」

隆家は兄を睥睨《へいげい》するようにして言う。

「まあよい。だが、隆家、弓馬もいいが学問のことも忘れるでないぞ。そなたも遠からず昇殿することになるのだからな」

兄の伊周が昇殿を許されたのは十三歳の時である。

「母上はご息災でおられますか」

定子が言った。道隆の正妻貴子は、伊周、隆家とともに東三条南院にいる。

「ご息災だ。相変わらず漢文《からぶみ》にご執心だ」

貴子は、文章生《もんじょうしょう》であった父の影響を受けて育ち、漢才に秀でている。その才能が認められて円融天皇の時に内侍《ないし》の司《つかさ》の女官《にょかん》になった。

「血は争われないということでしょうが、女子《おなご》が漢歌《からうた》に興じるというのは世の男どもに疎《うと》まれましょう」

隆家は、漢才豊かな祖父と母親に対して劣等感を抱き、敬遠している。

「学問を怠って弓馬にうつつを抜かすそなたの方が世の誹《そし》りを受けよう」

道隆が言うと定子と伊周が笑った。笑われたことで隆家の劣等感がいっそう増した。

それからみなで兼家が臥している母屋に向かった。母屋は本堂に変り、正面には阿弥陀如来像が安置されている。兼家はそれに頭を向けて臥していた。兼家の側には典侍の大輔が控えていた。

「お休みになっていらっしゃいます」

典侍の大輔が声を潜《ひそ》めて言った。定子は兼家の枕元にいざり寄って顔を覗いた。兼家はわずかに口を開けて穏やかに眠っていた。痩せた頬と剃髪して寒々と見える頭を見て、定子は思わず涙ぐんだ。

「昼からこう閉めきっておくのもよくないのではないか」

道隆が、下ろしてある簾を見て言った。

「寒いとおっしゃるものですから」

典侍の大輔がそう言った時、兼家が目を開けた。兼家は、間近で涙を流している定子をぼんやり見た。夢を見ているかのようだ。

「お爺さま」

定子が呼びかけると、兼家は我に返ったように目を見開いた。

「どうした、なぜ泣いておる」

兼家がいぶかしげに定子の顔を見た。

「お会いできて嬉しゅうございます」

定子が袖で涙を拭いた。

「嬉しいのならなぜ泣く。笑った顔を見せておくれ」

兼家の顔が緩んだ。

「御仏のご加護できっとよくなられます。いつまでもお元気でいてください」

伊周が顔を近づけて言った。

「伊周も隆家も来たのか」

兼家の顔が綻《ほころ》び、いくぶん生気が戻った。

「長雨が明ける頃にはよくなってください。爺さまがご恢復なされば、お祝いにこの二条殿の馬場で競馬《くらべうま》をやりとうございます。ここの馬場は広うございますから、盛大にできましょう」

隆家が言った。

「隆家はまた馬のことを考えている」

道隆があきれ、溜息をつく。

「競馬か、いいな。今年の騎射《うまゆみ》を見ることは叶わなかったから、ここで競馬を見ることができれば」

兼家は、小さい頃からやんちゃで、長じて、さがな者と世の顰蹙《ひんしゅく》を買っている隆家を可愛がっている。

「定子は帝と睦まじゅうしているか。爺は、御子を見るまでは死なないぞ」

定子がそれを聞いて顔を赤らめた。

「道隆、定子を早く中宮にするがいい。さしずめほかに后がねはいないが、それでも早い方がいい」

そう言ったあとで兼家が咳きこんだ。典侍の大輔が椀に水を注いで兼家に飲ませた。

「ご心配はご無用です。何も心配なさらずに、ゆっくり養生なさってください」

道隆がそう言うと、兼家は安心したように目をつむった。

それから半月ばかり経って、兼家はこの世の浄土として造った法興院で生涯を終え、彼岸へと旅立った。兼家が死んだという知らせが宮中に届くと、蔵人頭の公任がすぐに清涼殿に参上した。

昼下がりの昼御座《ひのおまし》では、面窶《おもやつ》れした天皇が、右近の内侍に支えられるようにして座り、外を眺めていた。五日前から瘧《おこり》に罹《かか》って臥していたが、今日になってようやく悪寒《おかん》が収まったので昼御座に出たところだった。天皇の前には麦藁で編んだ虫籠が置いてあった。殿上童《てんじょうわらわ》が前栽《せんざい》に下りて捉《つか》まえた蟋蟀《きりぎりす》をその中に入れて天皇を慰めようとして女房が置いたものだ。

「兼家さまがお亡くなりになりました」

公任が言った。

「なに、爺が死んだと」

天皇は、怒ったような顔をして公任の顔を見つめた。

「嘘であろう」

「ほんとうでございます。本日巳《み》の刻《こく》の頃、法興院でお亡くなりになりました」

「横川《よかわ》の権僧正の加持でよくなったと申していたではないか」

天皇は、兼家の死を受け入れることができない。

「一時はよくおなりでしたが、やはりこの暑さがお体に障ったようでございます」

天皇は、激しく首を振った。

「まろは、これからどうすればよいのだ」

取り乱した天皇を慰めようと公任が言った。

「兼家さまが亡くなられても道隆さまがいらっしゃいます。道兼さまも、道長さまもいらっしゃいます。どうぞお気を強くお持ちなさいませ」

「まろには爺が必要なのだ」

天皇は、いっそう激しく首を振った。その時、虫籠の中の螽斯が涼しげな声で鳴いた。すると天皇はいまいましげに虫籠を睨みつけ、側に控えていた女房に怒鳴るように言いつけた。

「右近、これを下げよ。今すぐに」

天皇は何かに縋《すが》るような目をして外を見た。真夏の太陽が紫宸殿の屋根を焼くように照りつけている。前庭に敷かれた白砂が目に痛い。清涼殿を囲む木々からは、襲いかかるように蝉の声が聞こえてくる。

「登花殿に行く」

天皇が立ち上がろうとしてよろめいた。

「上さま、ご無理をなさってはなりませぬ」

右近の内侍が天皇の体を抱きかかえるようにして制止した。

「公任、供をせよ」

天皇が右近の内侍を振り払って歩き出した。公任はあわてて天皇のあとに従った。右近の内侍もそのあとからついて行った。登花殿にも、今しがた兼家の死の知らせが入ったところだった。女房たちは定子を囲むようにして声を上げて泣いていた。定子は袖で涙を拭き、天皇の顔を見つめた。色白の顔が青ざめて見え、瘧が恢復しきっていないことが一目瞭然だった。

「お体に障るようなことをなさってはなりませぬ」

定子がきつく言った。天皇は思いがけない定子の叱責にうろたえた。

「まろのことなど今はどうでもよい」

天皇は突き放すように言い返した。だが、その顔には汗が滲《にじ》み、体が小刻みに震えてきた。

「いいえ、なりませぬ。ご無理は禁物でございます。後生ですから、どうぞお戻りになって、お休みなさいませ」

定子は涙を忘れ、語気が強くなった。すると、天皇の目から涙が流れ出た。

「爺が死んで、そなたは寂しくないのか」

今度は天皇が叱るように言った。すると自分の言葉で涙の堰《せき》が切れた。定子は、天皇をそっと抱きしめた。震えている天皇の体は固かった。天皇の涙は祖父を失ったという悲しみだけではないということが定子には分かった。天皇は、自分が七歳で即位したのは兼家の力によるものだということを知っている。そして、天皇をこれまで支えたのはほかでもない兼家だった。その兼家が死んだのだ。定子は力を込めて天皇を抱いた。すると、天皇はそれに勝る力で定子を抱き締めた。

院の別当を務める実資は、兼家の死を知らせるためにその日のうちに円融寺に走った。かねてから兼家の病状について実資から聞かされていた法皇は、兼家が死んだと聞いても驚かなかった。

「兼家は、どのような思いであの世へ向ったであろうな」

法皇は、もとより俗への執着を捨てた身であったが、兼家に対する遺恨は消し去ることができないでいる。したがって、その死を悼むというより遺恨を晴らす術を失ったことに対する無念さが滲む。

「きっと満ち足りた思いであの世へと向われたことでしょう。みずからは一の人にまで上り詰められ、ご一族の栄華を盤石なものとされたのですから」

名利にも権勢にも拘泥することなく、世の趨勢《すうせい》を冷静に見ている実資だが、法皇の内奥に今なお疼《うず》いているものまでは忖度《そんたく》できなかった。

「栄華か。しかし、そのようなものは諸々《もろもろ》の遺恨の上に咲いた徒花《あだばな》であろう」

法皇が漏らしたその言葉によって、実資は、ようやくおのれの言葉が法皇の気持ちを逆撫《さかな》でするものであったことに気づいた。言葉を失った実資を見ているうちに、法皇は、はしなくも自分の恥部を曝したことを悔いた。

「帝も皇太后も寂しいだろうな」

法皇が言った。

「さぞかしご心痛のことと存じます」

「帝の顔を見たい」

天皇の悲しみを思いやっていると、法皇の心のうちに親子の情が溢れてきた。今年は例年あった朝覲《ちょうきん》がなかったのも気がかりだ。

「道隆はまだ若いから、帝も心細かろう。兼家が築いた栄華も永劫《えいごう》続くともかぎらない。死人にはもはや何の力もない。権門同士の争いはいつの世も熾烈で残酷だ」

法皇の心には、しだいに藤原氏の権門に翻弄された過去が甦ってきた。

「帝を支えねばなるまいな」

法皇の目に治世者の光が差した。

「さようでございます、法皇さま」

実資が言った。実資が天皇の瘧のことを話すと、法皇は我が子の身を案じて眉を寄せた。法皇は、皇太后や道隆、道兼、それに幾人かの人物の動向を下問した。そうしているうちにしだいに治世者の意志が甦ってきた。

その頃、道兼は、訪ねてきた在国を相手に碁を打っていた。そこへ慌ただしく家司《けいし》が入ってきた。

「何事だ、騒々しい」

勝負の形勢が思わしくない道兼がいらだたしげに怒鳴りつけた。色黒で毛深い道兼の形相は、荒くれた山賤《やまがつ》さながらだ。

「兼家さまがお亡くなりになりました」

主に射竦められた家司が小声で言った。

「今、何と申した」

いらだっている道兼は家司の言葉が聞き取れなかった。

「兼家さまがお亡くなりに」

驚愕して声を上げたのは在国の方だった。道兼は、ことさらな感情も起らず、口の周りを覆っている強鬚《こわひげ》をいじっている。道兼にとって、兄道隆に関白が移った時点で父の存在は意味がなくなった。そして、父が死んだからといって今さら何も変らない。心の奥に残っているのは約束を違《たが》えて自分を捨てた父に対する怨恨だけだ。道兼は、狼狽している家司を一喝して下がらせるとまた碁盤に目をやったが、在国はすっかり戦意をなくした。碁石を持ったまましばし打つ手を考えていた道兼が、在国の重い沈黙を感じて顔をあげた。在国の目は虚ろで、体が小刻みに震えている。

「具合が悪いのか」

道兼が言った。その声で在国は我に返り、碁石を取ってあわてて打とうとした。

「まだ打っていない。どうしたのだ。顔色が悪いぞ」

道兼がいぶかしげに聞いた。在国は、ある席で言った自分の言葉を思い出していた。まだ自分の後継者を誰にするか迷っていた兼家が、居合わせた者に意見を聞いた。三人のうち二人は兄弟の順序に従うべきだとして道隆を推したが、在国は功を重んじるべきだとして道兼を推した。やがてそのことが道隆の耳に入った。兼家が存命のうちは気にならなかったが、その死を知るとにわかに不安になった。

「道隆どのは、なにがしを恨んでおられるだろうな」

栖を失った体の在国が力なく言った。

「なぜだ」

道兼には、消沈した在国の心のうちを量《はか》りかねた。

「なにがしが道兼どのを関白に推したことが、道隆どのの耳に入ったようなのです」

「それがどうした」

道兼は、在国の言葉がまだ腑に落ちない。在国は兼家からの信任が厚く、今年の五月に四十八歳で蔵人頭《くろうどのとう》になったばかりだ。

「秋の除目《じもく》で報復があるのではないかと」

まもなく秋の除目がある。春の除目は地方官の任免で、秋の除目は京官の任免である。それは摂関の一存で決っていくから、在国が戦々兢々《きょうきょう》とするのも無理はない。

「そのようなことは、たとえ兄上といえどもこの道兼が許さない」

道兼の飛び出た目が怒りに燃えた。それは在国をかばうというより、生殺与奪の権を握った道隆に対する激しい嫉妬からくる憎悪だった。だが、すっかり怯《おび》えきっている在国の姿を見ていると、さすがに同情の念を禁じ得ない。

「心配するには及ばない。在国どのの北の方は帝の乳母《めのと》ではないか。いざというときは帝に直訴すればよい」

道兼の慰めの言葉も在国の憂いを晴らすことはなかった。

法興院で葬儀が行われたあと、本邸の東三条殿に土殿《つちどの》が作られ、そこに近親者が籠って喪に服した。だが、その中に道兼の姿はなかった。道兼は、約束を違えたまま死んだ父に遣《や》り場のない怨恨をつのらせ、自邸に親しい者たちを集めて蹴鞠《けまり》や打毬《だきゅう》に興じ、酒を飲んでは遊び暮らした。

定子は服喪のため薄墨《うすずみ》の衣《ころも》を着て几帳の内に籠り、登花殿を出ることはなかった。一方、天皇の瘧は一か月を過ぎても恢復を見なかった。皇太后の詮子は、天皇の病状を心配して参内し、職曹司に入った。その翌日、紫宸殿に怪鳥《けちょう》が飛びこんだということで、左近の陣の武士が総出でそれを捕獲しようとした。鳥は広い紫宸殿の中を逃げ回り、容易に捕獲できなかったが、半時ほど追い掛け回された末に高御座《たかみくら》の屋根にぶつかって床に落ちたところを捕まえられた。鳥は、籠に入れられて左近の陣に運ばれた。その知らせを受けた頭中将公任が鳥を見に来た。籠の目越しに見える鳥は、観念したようにおとなしい。鳩ほどの大きさで全身が燃えるように赤く、異様に大きい嘴《くちばし》がいっそう赤くつややかである。

「このような鳥は見たことがない。声を聞いた者はおるか」

公任が聞いた。だが、誰も声を聞いた者はいない。公任は、籠の中の鳥を睨みながら腕組みをして唸った。すると、左近の武士の一人が言った。

「数日前から、御池の奥から怪しい声がしております。もしかするとこの鳥がその声の主かと存じます」

「どのような声だ。真似てみよ」

公任が言うと、その武士は困った顔をした。

「何とも妙で、真似をしかねる声でございます。しいて真似をしますれば、きょろろろと、このような声でございます」

口をすぼめた顔と、裏返った甲高い声にみな笑った。

「これが瑞鳥か凶鳥か分からぬが、沙汰があるまで大事に養っておくがよい」

公任は、左近の陣を出るとその足で一昨日の深夜に職曹司に入った皇太后詮子のもとに参上した。その頃、詮子は安倍晴明《あべのはるあきら》と対面していた。陰陽寮《おんようりょう》の天文博士《てんもんはかせ》に任じられている晴明は、当代随一の陰陽師《おんようじ》で、人々から絶大な信頼を得ている。詮子が職曹司に入ったのは、一月《ひとつき》あまり瘧を患っている天皇の身を案じたからである。詮子は、すぐに晴明を呼び、天皇の病の卜占《ぼくせん》を命じた。晴明は、卜定《ぼくじょう》の結果を報ずるために詮子のもとにやってきたのだった。七十歳になる晴明は、烏《え》帽子《ぼし》から白いほつれ髪がはみ出している。

「して、霊物の正体は分かったのか、早う申してみよ」

詮子がもどかしげに促した。

「恐れながら、帝の御悩《ごのう》のもとは土公《つちぎみ》の神《かみ》の障りかと思われます」

長く伸びた白い鬚の中から黄色い歯を覗かせて晴明が答えた。

「土公の神」

「さようでございます」

「どこぞ犯土《はんど》でもあったというのか」

「早速調べましたところ、一月ほど前に築地《ついじ》の崩れを修復したということが分かりました」

「帝が御悩になられた頃ではないか。ああ、何という粗相をいたすのか。どうにかならぬか」

憤懣やるかたなくなった詮子は、晴明に怒りをぶつけるように言った。

「ご安心なさいませ。すぐにその築地の前で禊祓《みそぎばら》いをいたします」

その時、女房が頭中将の参上を告げた。詮子は、下がろうとした晴明を引き留めた。公任が許されて簾の前に進み出た。

「帝のご容体はどうか」

詮子が聞いた。

「恐れながら、ご恢復の兆しはただ今のところうかがうことができません」

「まだ臥しておられるのか」

「なかなか悪寒が収まらないようでして」

「晴明に卜占をさせたのだが、御悩のもとはどうやら犯土であるらしい」

公任は、端にうずくまるように控えている晴明を見た。公任の頭の中には、さっき見た火のように赤い鳥の姿が焼きついていた。

「先ほど紫宸殿に鳥が迷い込みました。左近の陣の者が捕えて籠に押し込めております。今まで見たこともない、全身が真赤な鳥でございます。嘴が異様に大きくて、これもまた真赤な色をしております」

公任が簾の中の皇太后に向って言った。

「晴明、これは吉兆か、それとも凶兆か」

詮子が下問した。

「恐れながら、その鳥は水恋鳥《みずこいどり》でございましょう。夏になると現れる鳥でございます」

「して、吉凶はどうなのだ」

詮子が重ねて下問した。

「水恋鳥が瑞鳥かそうでないかはともかく、それが紫宸殿に入ったことが椿事《ちんじ》と存じます。卜占をしてみませんと何とも申しかねます」

「それでは、すみやかに卜占を試みよ。中将どのは卜占が終えるまでその水恋鳥とやらを心して養っておくれ」

皇太后にとっても、天皇の病状が思わしくないだけに、水恋鳥が紫宸殿に迷い込んだことは気になるところであった。

清明の卜占の結果、例の怪鳥の出現は凶兆であった。この怪鳥の話はたちまち宮中に広がり、一目見ようと宮人たちが左近の陣に押し寄せた。そのため、すぐにこれを放鳥することができなかった。四日目の朝、蔵人が様子を見ようと籠を少し持ち上げたところ、怪鳥は一瞬のうちにその隙間から抜け出して飛び去った。ほどなく天皇の病は恢復した。晴明ひとりはそれをみずからが行った禊払《みそぎばら》えの効験だと思ったが、宮人たちはみな怪鳥が天皇の病を背負って飛び去ったのだと考えた。

本復を果たした天皇は、定子のことが気になって登花殿を訪れた。いつものあでやかな女房たちの姿は一様に鈍色《にびいろ》に変っていて、あの賑やかな声はなくひっそりしている。久しぶりに定子の笑顔が見られるとはずんでいた天皇の心がにわかに消沈した。定子は几帳越しに話そうとしたが、天皇はさっさと几帳の内に入った。定子は驚いたように横を向き、顔を背けた。日常と異なる姿を見られるのが恥ずかしくもあり、服喪の禁を犯すことによる災いが天皇の身に及ぶのを恐れた。天皇には、薄墨の衣を着た定子の妖艶《ようえん》な姿がめずらしく、濡れたように光っている長い黒髪の美しさにしばし見とれた。

「まろのことは心配していなかったのか」

定子が顔をあげた。天皇は不満そうな、すこし怒ったような表情で定子を見つめていた。

「このとおりわらわやみは治った。もう熱もない」

天皇は両手を広げて笑って見せた。色白は生来のものだが、その面差《おもざ》しに蒼白さはなく、生気が戻っていた。

「上さまがお元気になられて、ほんとうに嬉しゅうございます」

定子は心から安堵した。

「そなたの笑う顔が見たくなって来たのだ」

天皇も定子が思いのほか元気そうな様子を見て心が軽くなった。

「爺が死んで一月になるなあ」

天皇が穏やかな顔で言う。

「十二日には法興院で四十九日の法要が行われます」

「そうであったな。まろからも十分な供養をするようにと言ってある」

兼家が死んだ時はすっかり取り乱してしまった天皇だったが、一月が経ってようやくそれを冷静に受け止められるようになったようだ。

「まろは、道隆が摂政になってよかったと思っている」

祖父の兼家はもちろん、近親の者たちが摂関の座を巡って骨肉相食《あいは》む事態になったが、天皇もまたその渦中に巻き込まれて苦悩したのだと、定子はあらためて思う。だが、くつろいだ姿の天皇を見つめながら、定子は漠然とした不安を覚える。十一歳の天皇と三十八歳の摂政の父に、はたしてどのような将来が待っているのだろうか。そのような不安をよそに、天皇は部屋の隅に置いてある冊子を見つけて手に取った。

「上さまがお読みになるようなものではございませぬ」

定子があわてて取り戻そうとしたが、天皇は身をかわしてそれを読みはじめた。

「女房が退屈しのぎにと里から持参したものでございます」

定子が弁解じみたことを言ったが、天皇はすっかり夢中になった。

「これは面白い。誰が持参したのだ」

廂の間でそれを聞いていた女房たちがいっせいに式部の君の顔を見た。

「おもとのせいで、女御さまはあのようなものばかり読んでいると思われてしまうではないの」

右衛門の君が式部の君をたしなめた。

「そうですよ。女御さまは、ほんとうは古今《こきん》、後撰《ごせん》、文集《もんじゅう》や文選《もんぜん》がお好きなのに」

女房たちは、女御が女の慰みものにすぎない物語に興じていると思われることが忍びがたかった。

ある日、成忠が東三条南院を訪れた。その日は残暑がきびしく、外では一度衰えかけた蝉の声が戻っていた。成忠は、摂政の前を憚って濃い色の二藍《ふたあい》の直衣姿《のうしすがた》である。そのため暑がりの成忠がいっそう暑苦しく見える。一方、黒い綾の喪服を着ている道隆は、外の暑さを忘れさせるほど涼しげだ。

「いつまでもこう暑くては、老いたこの身が持ちません」

成忠は、しきりに扇子を取り出して扇いだ。しかし、せわしく扇ぐのは暑さのせいばかりではなかった。

「そのように扇いでいては、扇ぐ労でかえって暑さが増しましょう」

道隆が笑った。成忠はそう言われて一度扇子を閉じたが、またすぐに広げていっそうせわしく扇いだ。そして、とりとめのない話を続けたがどことなく上の空だ。成忠は腹の中に一物を秘めていた。それを早く切りだしたいという焦燥と、それを露骨に話せば顰蹙を買うのではないかという危惧があった。道隆が生欠伸《なまあくび》をしたので、成忠はおのれの無用な長舌に気づいた。

「ところで、これは今までも申しあげてきたことですが、やはり、女御さまを一日も早く中宮になさった方がよろしいのではないでしょうか」

成忠は、急に声を低くしてあたりを憚るように目をきょろきょろさせた。

「それは分かっています。しかし、そう急ぐことでもありますまい」

道隆は、会う度にそう言われるので辟易している。

「いえ、いつどのような事態が起るかは分かりません。それに気づいたときはたいてい遅きに失します。事は未然に防ぐのが賢明かと存じます」

「まだ喪中なのだから、急《せ》いてそれをやれば世の非難を受けましょう」

道隆は、煩わしげにかわした。

「いえ、重大な事態はそういう隙を狙ってやってくるものでございます」

成忠は執拗に言う。

「しかし、遵子《のぶこ》さまが中宮のままでおられる」

遵子は、故太政大臣藤原頼忠《ふじわらのよりただ》の長女で、先々帝円融の中宮である。円融天皇はすでに退位して法皇となっているが、遵子は中宮のままである。

「そのことでしたら妙案がございます」

成忠がさらに声を低めて笑みを浮かべた。道隆はそれを不快に思ったが思わず聞いた。

「その妙案とは」

「遵子さまを皇后になさることです。さすれば、定子さまが中宮になっても何もおかしくありませんし、誰も難癖をつけることなどできません」

本来、中宮も皇后も同じ意味の呼称である。その二つに遵子と定子の二人を当てて並立させようというのである。妙ではあるが、理屈は通っている。道隆は成忠の老獪《ろうかい》さに嫌悪を覚えたが、一方では自分の中にわだかまっていたものが氷解していくのを感じてもいた。

「道隆どの、秋の除目では、高階家の者たちに特段のお計らいをくださいますよう、成忠伏してお願い申す。いえ、老い先短いなにがしのことはどうでもいいのです。どうか息子と娘たちに幸いをお与えくださいまし」

高階家はいわゆる受領階級で、けっして高い家柄ではない。一族の中で公卿となったのは成忠が初めてである。今は従三位の非参議だが、成忠にしてみれば天にも昇った思いがする。そのうえ娘の貴子は摂政の妻であり、孫の定子は入内して女御となっている。今上天皇が即位してからというもの、すべてが僥倖《ぎょうこう》に恵まれている。まるで如意輪宝珠《にょいりんほうじゅ》を手にしたような気がするのも無理からぬことだ。六十八歳の成忠は、一族の安泰を見届けて死にたいと切に思う。口先では老い先短い自分はどうでもいいと言いながら、内心では自分も上り詰められるところまで上りきってから死にたいと思う。老いてますます野心が昂じてくる。

秋になると巳《み》の刻《こく》を過ぎれば退庁する時刻である。ある日、朝堂院から応天門を出る辺りで朝光と済時が一緒になった。二人はともに太政官《だいじょうかん》に属している。

「摂政どのをお慰めに参りませんか」

済時が言った。

「結構ですね」

二人の心はすぐに通じた。それから自邸に戻るや束帯から直衣姿に改めてすぐに東三条南院にやってきた。五十歳の済時は浅葱色《あさぎいろ》の直衣に烏帽子姿で、道隆より二歳上の朝光は縹色《はなだいろ》の直衣に烏帽子姿である。二人を迎えた道隆は黒い綾の喪服を着て烏帽子を被っている。

「このように籠ってばかりいたのでは気が塞《ふさ》いでたまりません」

喪中の道隆は、二人を前にすると不謹慎な言葉もつい口を突いて出る。

「さもありなんと、朝光どのと相計りまして参った次第です」

済時が言った。済時と朝光は、兼家が死んでから二月ばかり道隆邸を訪ねることを憚ってきた。東三条南院に入り浸ってともに酒を楽しんでいた二人にとって、それはほとんど苦行《くぎょう》であった。むろん道隆にとってもその思いは同じだ。長いこと参内できないでいる道隆は、朝堂院の様子が気になる。そして、まもなく迎える除目をどうしたものかと迷っている。だが、済時と朝光は、除目のことなどまるで念頭になく、同僚たちの失態や無能ぶりをあげつらって笑うばかりだ。道隆が我慢できなくなって切り出した。

「秋の除目はどうしたものだろうか」

何やら深刻そうな道隆を見て二人の緩んだ表情が固まった。

「喪中になにがしが除目をやれば世の誹《そし》りを受けましょうな」

二人が黙っているので、やはり自分が筋違いなことを言っているのだと道隆は思った。

「秋の除目に携わるのはよろしくないでしょうな」

道隆は、いよいよ消極的になった。

「なりませぬ。それではなりませぬ」

済時が手を振って制した。

「除目は天下の大事でございます。滞ることがあってはなりませぬ」

済時が真顔で言う。

「そのとおりです。除目を行うのは道隆どのを措《お》いてほかにおりません」

「しかし、父上が亡くなられてまだ間もないうちに参内するのは差支えがありましょう」

道隆が故実に明るい済時に訊ねた。

「関白は帝の御前で除目を行いますが、摂政は直廬《じきろ》で行うのが習いとなっております。何の支障がございましょう」

済時のその言葉で道隆の躊躇が消えた。そして、自分がすべての官人の運命を握っているのだという事実にあらためて思いを致した。すると、さっきまでの小心翼々とした自分が愚かしく思えてきた。

「例年通り除目を行うとしましょう。ところで、済時どのと朝光どののお望みは」

道隆は、さっそくおのれの権力をちらつかせた。

「なにがしは何も望むものなどござらぬ」

済時が手と首を横に振った。済時は故左大臣藤原師尹《ふじわらのもろただ》の次男で三十歳にして参議となったが、師尹が死んで摂関が九条流《くじょうりゅう》に継承されるようになると傍流の身となった。この先、時勢が我が身に味方することはもはや考えられない。とすれば分不相応な望みを持つことは不幸を招く。賢明な済時はそのことをよく知っている。あえて望みを繋ぐとすれば、せいぜい今の身分が保障されることだ。

「なにがしも同じです。このままで何なりと道隆どののお力になりますよ」

朝光が大きく頷いて言う。朝光は今は亡き関白兼通の四男で、道隆の従兄に当る。この二人の仲はすこぶるいいが、父同士は犬猿の仲であった。不幸にもその邸宅は指呼の間にあった。弟の兼家の方が有能で人望があり、それを頼みとする者の訪問が絶えなかった。兼通がそういう者に対してあからさまな嫌がらせをしたため、兼家邸を訪れる者たちは夜間ひそかに訪れるようにしたほどだ。一方の兼家も、関白に就いている兄に対して不逞《ふてい》であった。兄の娘媓子《てるこ》が中宮になっているにもかかわらず、娘の詮子を入内させようと企んだ。ちなみに、この媓子は早世し、頼忠の娘遵子が中宮となった。そんなこんなで兼通は事あるごとに弟を陥れようと画策した。だが、やがて兼通自身が病がちになった。すると兼家を差し置いて傍流である小野宮流《おののみやりゅう》の藤原頼忠《ふじわらのよりただ》を関白の後継者にした。それればかりか、最後の除目で弟の大納言を解き、閑職の治部卿《じぶきょう》に落した。朝光は父の威光で順調に昇進を重ねることができたが、父が死んで九条流の兼家が関白になると、報復が我が身に及ぶものと覚悟した。だが、兼家は朝光の地位を剥奪しなかったし、降格すらしなかった。一度は零落を覚悟した朝光にとっては、今の地位を保てていることだけでも望外の恩恵である。

この三人は、身と心が常に酒を欲しがり、酒なしではいられない。酒が切れるといらだち、自制心を失ってむやみに不安に襲われ、落ち着かなくなる。いつの頃からか、三人は宿命の糸に操られたかのように相寄り、ともに酒を飲むようになった。その日も、道隆は女房に命じて酒の用意をさせた。

「さあさ、大殿《おとど》へのご供養の酒ですぞ」

「さよう、さよう。こうして賑やかにご供養申しあげれば、大殿もさぞかしお喜びになられましょう」

三人は、立て続けにたがいの盃に酒を注いでは浴びるように飲み始めた。酔いが回るといつもの乱行《らんぎょう》に及んだ。暑いと言っては烏帽子を取って素頭《すあたま》になった。済時が催馬楽《さいばら》を歌いはじめると、朝光が直衣を脱いで踊りはじめた。すると道隆もふらつきながら立ち上がって一緒に踊った。廂の間に控えている女房たちが目を背けていることなど三人は知る由もない。

天皇の病状が恢復したのを見届けると、皇太后詮子は東三条殿に退出した。それから十日ほど経って、定子は重服《じゅうぶく》の身を憚って里邸東三条南院に移った。

摂政道隆の直廬で京官の除目が行われたのは八月末から九月初めにかけてのことであった。権力を握る者が変ればそれに伴ってさまざまな浮沈が生ずるのは世の常だ。道隆は、身内の者を処遇するために不都合な者を容赦なく排斥し、日頃快からず思っている者はあえて屈辱を味わわせるような地位に就けた。また明らかに依怙贔屓《えこひいき》から、無用の叙任をしたり破格の昇任をさせたりした。世間の人々は、このあからさまな生殺与奪ぶりにあきれた。

除目がひととおり終ったある日、在国が道兼邸を訪れた。今日は碁を打つどころではない。道兼も在国も破裂せんばかりの鬱憤を内につのらせていた。

「ひどいものですな。ここまでひどいことをなさるとは思いませんでした」

座るなり在国が我慢できず愁訴した。道兼はぎょろ目に怒りをみなぎらせて頷いた。

「兼家さまは、この在国をお認めになられて蔵人頭に任じてくださったのです。それなのに、数か月にしてそれを反故にすることが許されましょうか」

在国はかつて兼家の家司《けいし》を務め、その後摂政となった兼家の側近として支えた。兼家は、その労に報いるために、死ぬ直前に行った臨時の除目で、在国を蔵人頭《くろうどのとう》の要職に叙任したのだった。

「うむ、許せない」

道兼はあたかも敵が目の前にいるかのように飛び出た眼球をむき出した。舌打ちで飛んだ唾が口元の強鬚《こわひげ》に光っている。

「功績のある在国どのを蔵人頭から外しておきながら、青二才の伊周《これちか》を蔵人頭にするとはけしからん。言語道断だ」

在国は、道兼のすさまじい剣幕に圧倒されると同時に、いささか羞恥を覚えた。初老の男がようやく摑《つか》んだ蔵人頭の座を失って狼狽し、同情を買っているのは何とも言えず哀れであり惨めだ。

「これも時勢というものです。兼家どのがお亡くなりになって道隆どのの世になったのですから。まあ、蔵人頭から外れたとはいえ、従三位に叙していただいたのですから、あながち酷《むご》い処遇ともいえますまい」

在国は道兼をなだめるように言った。だが、道兼は怒りが収まるどころかますます激昂《げっこう》した。

「いや、兄上のこの姑息な手段を許すわけにはいかない。兄上はこの道兼をさしおいて伊周を後継者にしようとしているのだ。十七の伊周を蔵人頭に据えたのはそのための布石だ」

道兼は獣のような嗅覚で道隆の意図するところを嗅ぎ取っている。

「摂関の座は絶対に伊周には渡さない。もしあの時功労を重んじていれば、摂政になるべきはこの道兼だ。兄上が摂政になったのは長幼の序を重んじたからだ。ならば再び長幼の序を重んずるとなれば次の摂政はこの道兼を措いてほかにいない」

在国は、その言葉を聞いて道兼が何に怒っているかがようやく見えてきた。兄の道隆が長男の伊周を関白にしようとしていることが許せないのだ。人のことなどさしたることでもなければ同情しているわけでもないのだ。そうだと分かると、在国はさっきの怒りが戻ってきた。

「摂政どのは、中宮の遵子さまを皇后にして、女御の定子さまを中宮になさるお考えだと噂されておりますが、そのことがほんとうならなんとも姑息ですな」

在国のその言葉を聞くと、道兼の中に今度は堪えがたい嫉妬心が湧いた。道兼の正室には娘がくり返る。

いない。何もかもが順調な兄に対する嫉妬と憎悪がどうしようもなく綯《な》い交《ま》ぜになって腸《はらわた》が煮え

「関白の座は絶対に伊周風情に渡さないからな」

道兼は拳を握り締めて体を震わせたが、その言葉は在国の耳に入らなかった。在国は、にわかに不安に駆られた。この度は従三位に叙すという形で蔵人頭から外されただけで済んだが、これは道隆の意趣返しの端緒にすぎないのではないか。さらに恐ろしい事態が待ち受けているのではないか。そう思うと在国は居ても立ってもいられなかった。

秋の除目が終って数日後、実資は法皇の召しがあって円融寺を訪れた。朝政から解放されて風流を楽しむ身ではあったが、心做《こころな》しか面窶《おもやつ》れして見える。三十二歳の法皇は、若い天皇のことが気になってしかたがないようだ。

「帝が疫痢に罹られたと聞いたがよくなられたのか」

法皇が聞いた。

「ご安心なさいませ。さいわい重くならず、ほどなくご恢復なさいました」

法皇はそれを聞いて安堵したが、すぐにまた顔を曇らせた。瘧《おこり》が一か月治らず、ようやくそれが恢復したかと思うとすぐに疫病に罹ってしまった。これまでもたびたび病気に見舞われている。法皇がただ一人の御子である今上天皇の身をことさらに案ずるのも無理はない。折に触れ賀茂社、

石清水八幡宮《いわしみずはちまんぐう》、大原野社に奉幣の使いを立てては天皇の息災を祈願している。

「今日そなたを呼んだのはほかでもない、奉幣の使いとして春日社に詣でてほしいのだ」

実資は法皇のその言葉を聞いて耳を疑った。法皇みずからが春日社に奉幣をするということがいかにも意外の感がしたからである。昨年の三月に天皇がはじめて春日社に行幸した。これを奏上したのは兼家だった。しかし、法皇はそれを阻止すべく心を砕いた。そのためにこれまで燻《くすぶ》っていた法皇と兼家の間の確執にまた火がついた。摂政の座に就いた兼家は、藤原氏の氏神である春日社に天皇を行幸させることで天下におのれの力を誇示しようという思いがあった。しかし、天皇が藤原氏の氏神に行幸するということはかつてないことであり、法皇にとってそれはあるまじきことであった。双方の間に入って調停の労を執ったのが院の別当である実資だった。結局は兼家のしたたかな術策が功を奏し、天皇の春日社行幸が実現したのだった。それを阻止できなかった円融法皇の忸怩《じくじ》たる思いが今なお尾を引いている。その法皇が春日社に詣でよと言う。

「実は、夢に春日権現が現れて、昨年帝が春日社に行幸することを予が阻止しようとしたことと、賀茂社、石清水八幡宮、大原野社に奉幣しながら、春日社に詣でないのはけしからぬとのたもうた。予はどうすればいいかと聞いた。するとすぐに奉幣の使いを立てよとのご託宣を下された」

日頃から九条流の人間に反感を抱いている実資は、法皇の仰せといえども得心が行かなかったが、ひたすら天皇の身を思う法皇の情を無視することはできなかった。

築山《つきやま》の木々は鮮やかに紅葉したが、東三条南院では定子も女房たちも鈍色《にびいろ》の喪服姿のままだ。音曲も遊びも慎まなければならないので、女房たちはみなつれづれな日々を送っていた。そんなある日、新しく蔵人頭になった伊周が定子のもとにやってきた。伊周も喪服姿である。だが、喪服姿の若い蔵人頭の姿は、女房たちを惹きつけた。伊周のおぼろな透き影がもどかしく、女房たちはみな簾に顔を押しつけている。

「立后の儀の日取りをお知らせに参上いたしました」

蔵人頭伊周が簾の前に畏《かしこ》まって言った。

「十月の五日に紫宸殿において立后の儀が執り行われます」

伊周の口上によって、部屋に長く沈滞していた空気がいちどに吹き飛んだ。女房たちは服喪のことなど忘れて歓喜に浸った。

「女御さまはいよいよ中宮におなりなのね。なんてすてきなんでしょう。天に昇ったような気がするわ」

侍従の君がうっとりした目をして言う。

「おもとが天に昇ってどうするの」

弁の君が揚げ足を取る。

「そうよ。勝手に天に昇るなんて不謹慎よ」

式部の君も侍従の君を咎《とが》めた。

「不謹慎とは何よ。このようなおめでたいことを喜ばない方がずっと不謹慎ではないかしら」

侍従の君が口をとがらせる。

「ああ、とびっきり晴れやかな着物を着てお祝いして差し上げたいわ」

後宮で抜きん出た着こなしを誇る右衛門の君には、いつまでも喪服を着ているのが堪えがたい。

この上もない慶事にみなが沸きたっている中で、定子はひとり物思いに沈んでいる。他の者はそれに気づかなかったが、命婦《みょうぶ》の乳母《めのと》はさっきからその様子が気になっている。

「何かご心配なことでもおありなのですか」

命婦の乳母が定子の側にいざり寄って話しかけた。定子は我に返ったように首を振ったが、やはり表情が晴れないままだ。ややあって、定子が独り言のように言った。

「遵子さまはどんなお気持ちかしら」

遵子は先々帝の中宮で、先々帝が出家した後も中宮の地位はそのままになっていた。それがこの度の宣旨によって皇后となり、代りに定子が今上天皇の中宮になる。定子にしてみればみずからの意思でそうなったわけではないとはいえ、遵子から中宮の座を奪ったという思いを拭い去ることができず、心が痛む。

「遵子さまは皇后におなりになるのですから、ご心配には及びません。そもそも中宮も皇后も同じことなのですもの、皇后におなりになっても不都合はございませぬ」

命婦の乳母が定子に言い含めた。それを聞いていた中納言の君が口を挟んだ。

「定子さまはご自分のことだけをお考えなさいませ。遵子さまには男御子がいらっしゃらないうえ、先々帝はご出家あそばされているのです。上さまはまだお若いとはいえ、確かなお世継ぎが必要です。そのために定子さまが中宮におなりになることに何の憚りがございましょう」

定子は、中納言の君の言葉を呑みこもうとしたが、やはり引っかかるものがある。

立后の儀の伝達を終えると、伊周はそのまま廊に胡座《こざ》してくつろぎ、女房を相手に気の利いた戯言《ざれごと》を言って笑わせている。ひとしきり談笑したあと、伊周は退出しようと立ち上がり、庭前に目をやった。大方の秋の草花は枯れたが、黄色の残菊がしおらしげに立って晩秋の日差しを浴びている。

「秋風落葉正《しゅうふうらくようまさ》に悲しむに堪えたり。黄菊《こうぎく》の残花誰をか待たんと欲する」

伊周は、残菊を見るとおもむろに漢詩を吟じながら立ち去った。

立后の儀は、初冬の晴れわたった日の午後、天皇が紫宸殿に出御して執り行われた。摂政道隆は重服中《じゅうぶくちゅう》であったが、参内して外弁《げべん》に出た。紫宸殿の南庭には序列に従って群臣が一糸乱れず並び立った。宣命使が高らかに宣命を読み上げると、群臣は再拝した。外弁からその光景を見下ろしながら、道隆は思わず目頭を押さえた。

滞りなく立后の儀が終ると、弁官が道隆の直廬に入って除目が行われた。それによって、道長は中宮大夫《ちゅうぐうだいぶ》に、道綱は中宮権大夫《ちゅうぐうごんだいぶ》に補任された。そして、定子の叔父高階明順《たかしなのあきのぶ》は中宮大進《ちゅうぐうだいじん》に補された。

その日の夕方、道綱が道長の住む土御門殿を訪れた。道綱は道長より十ほど上の異母兄だが、この二人は妻同士が姉妹に当ることからおのずと気心が通じるところがあった。土御門殿は今は道長の所領になっているが、元は岳父源雅信《みなもとのまさのぶ》の邸であったから、道綱にとっても馴染みの場所である。道長は、憤懣やるかたないという面持で、この度の除目に対する不満を縷々《るる》述べ立てた。一方の道綱は、道長の剣幕に押されて諾々《だくだく》とそれを聞いている。下手に刺激的なことを言えばたちまち矛先がこちらに向けられそうだ。

「まったくけしからん。話にならない。先の除目でも昇進させたのは身内の者ばかり。伊周は蔵人頭、定子は中宮、おまけに伊周の乳母まで叙爵とは。まったくけしからん」

道綱は、天下のことより先に自分を利するのが権力者の常だと言いたかったが口には出さなかった。

「この道長が中宮大夫。笑わせるな。中宮のお守役などまっぴらだ」

道長はいっそういきり立つ。

「兄上はけしからんと思われないのですか」

道長は、いっこうに不満を漏らさず、怒っているようにも見えない道綱を邪慳《じゃけん》な目で見た。道綱がなぜ冷然としていられるのかが解せない。道長は中宮大夫で、道綱は中宮権大夫である。つまり、片や中宮職《ちゅうぐうしき》の長官であり、片やその補佐役である。本来なら、道綱の方が屈辱に堪えがたいところだ。

「なにがしは、摂政どのや道長どのとは違いますから」

道綱の目に卑屈さはない。かといって高邁《こうまい》な悟りの色も強い矜持《きょうじ》の色もない。摂政や道長は正室の子であり、道綱は妾腹の子である。道綱は、母の側にいてつぶさに父母のありようを見てきた。兼家には正室のほかに多くの女がおり、母はその中の一人だった。母はいつも父の訪れを待ち、間遠になる父を激しく恨んだ。そして、父が来れば依怙地になって拗《す》ねた。父はそんな母を持て余していた。そんな二人の間を消息文《しょうそくぶみ》を持って行ったり来たりした。父は道綱を粗末にはしなかったが、正妻の子ほどに愛情を注ぐことはなかった。母はそのことも恨んだが、道綱はそれを不満とも思わなかった。世の人々は、弓を引くこと以外に道綱の才能をとり立てて言うことはなかったが、道綱自身はそのことに甘んじていた。だから内に野心をつのらせることもない。今春の除目で、兼家は道長を正三位に叙した。道綱も同時に正三位に叙爵されたが、それはいかにも形ばかりのものだった。その証拠に、道綱は正三位になっても非参議のままだ。

道綱が土御門殿を訪ねたのは、除目の恨みを言うためでも不平を託《かこ》つためでもなかった。同じ中宮職に属し、しかも上司となる道長に挨拶をしようと思っただけなのである。十も若い弟の補佐を務めることになっても、頓着するどころか喜んでいるようにすら見える。

「なにがしは、今後何なりと道長どののお力になる所存です」

道長は、一瞬憐憫の情が湧いたが、妙に従順な兄が腹立たしかった。すると、さっきの怒りがまた燃えあがった。

「中宮職のことは兄上がおやりください。この道長は関わりませんから。中宮職には行かない」

道長は、拳を握りしめ、兄道隆と対決すべく腹を括《くく》った。

怒りが収まらない道長は、東三条殿に姉の皇太后詮子を訪ねた。皇太后と道長の姉弟はとりわけ仲がいい。姉の詮子は、道長のいうことならたいていのことは聞き入れる。末弟の道長は兄弟の中で誰よりも豪胆でかつ才能もある。左大臣の娘を妻とし、すでに后《きさき》がねの女児が生まれている。左大臣から広大な土御門殿を譲られ、そこに妻子とともに住んでいる。春には二十五歳の若さで正三位になった。いかにも順風満帆で、何ものにも頼らずとも意のままの行路に見える。姉の詮子はそのような道長のためならどんなことでもしてやりたい気持ちになる。

道長は、不機嫌な顔で兄道隆に対する不満を吐き続ける。道綱にぶつけても晴らされなかった憤懣がさらに勢いを増して噴き出してくる。

「ご自分の都合ばかり考えて、こちらには中宮のお守をせよという。ばかばかしい」

道長は、中宮大夫に補されたことを考えれば考えるほど腹が立つ。詮子はいつになく荒れている道長をめずらしく思った。

「やりたくなければやらなければいいのよ。道綱どのが権大夫なのだから任せておけばいいことよ」

詮子が事も無げに言う。その言葉を聞くと、道長の怒りがいくぶん鎮まった。

「父上がこんなことをおっしゃいました。あれは堀河どのが関白で父上が大納言の時でした。そなたは十二歳だったからよく覚えていないかもしれないが、堀河どのは最後の除目で何の咎《とが》もない父上の大納言を解き、治部卿《じぶきょう》に落しなさった」

堀河どのというのは兼家の兄兼通のことである。

「覚えております。父上は悲憤のうちに閉門してお邸に籠っておられました。それが伯父上の仕打ちのせいだということは分かっておりました」

あの年の春の除目で、長兄の道隆は従四位下に叙せられ昇殿を許されるようになったが、父の閉門により参内することなく同じように内に籠っていた。その無念そうな兄の顔を道長ははっきり覚えている。

「ある者が、堀河殿からおびただしい矢が飛んできて東三条殿に落ちたという夢を見たと父上に話したのです。時も時だけに不吉に思った父上は、巫女《みこ》を呼んで夢解《ゆめと》きをさせました。すると、それは堀河どのに仕える者がやがてみな東三条殿に仕えるようになることを示すもので、この上もない吉兆だと言上《ごんじょう》したといいます。その夢解きが正しかったことはそなたにも分かるでしょう。ところで、以前、父上のご病気恢復のために東三条殿で加持をやったことがあったわね。あの時、伴僧の中に観相をよくする者がいました。実はひそかにそなたたちの観相を頼んだのです。すると、その者はそなたに瑞相が出ていると観じました。あの観相は必ずや当ると信じております」

道長の顔から怒りの色が消え、しだいに自信に満ちた野心が広がっていった。

暗　雲

正暦《しょうりゃく》二年の年が明けた。まだ喪中ではあったが、道隆は直廬で春の除目を行った。十八歳になる伊周は、昨年の十月に正四位下に叙せられ、参議となって公卿の仲間入りを果たした。その破格の昇進は世の誇《そし》りを蒙《こうむ》ったが、権力を手中にした道隆は微塵も痛痒《つうよう》を感じることはなかった。道隆にとって新玉《あらたま》の年《とし》はまさに栄華の春の到来であった。

法皇は、昨年の暮、にわかに不調をきたして床に臥した。正月になっても床から離れることができなかった。さらぬだに覚束《おぼつか》ないうえに、恒例の朝観《ちょうきん》がなかったことが心もとなく、寂しさに堪えがたかった。病床の中でじっとしていると、天皇のことばかりが気になった。昨年の朝覲のときに見た天皇はまだ元服前の姿だった。元服したあとの姿を思い浮かべようとするがあどけない鬟《みずら》姿しか思い浮かばない。長く臥しているうちにしだいに意気が消沈していく。すると、天皇に言い残さなければならないことがあとからあとから湧いてきて、焦慮を掻き立てた。

ある日、法皇は枕辺に実資を呼んだ。法皇は、数日来いくぶんよくなって身を起せるまでになっていた。その日は久しぶりに髪と鬚を剃ったが、それがいかにも寒々しく、頬肉がすっかり落ち、三十三歳の壮年の顔とは思えない。

「帝はどうしておられる」

法皇は、頑健とは言いがたい若い天皇の身がいつも気がかりでならない。それは我が子を思う親心からだけではない。天皇に万が一のことがあれば、我が皇統が断絶する。そのことを考えると死にきれない思いがする。

「ご安心なさいませ。帝はすこぶるご壮健であらせられます」

法皇より二歳上の実資は、急激な法皇の衰えように驚いた。

「帝の顔を見たい」

実資は、法皇の目がこの世を超えた何ものかを見ているような気がして慄然《りつぜん》とした。

「そなたを呼んだのはほかでもない。ひとつ頼みがあるのだ。予が行幸《ぎょうこう》を心待ちしていると伝えてほしい。できるだけ早く行幸あられたいと帝に申しあげてくれ」

法皇が何やら逼迫《ひっぱく》しているらしいということがひしひしと伝わってきて、実資は恐ろしくなった。実資はすぐに円融寺を辞し、その足で宮中に向った。

実資はその日のうちに法皇の言葉を天皇に伝えたが、行幸は容易に叶うものではなかった。二日が過ぎ三日を過ぎても行幸がなかった。すると、法皇がまた実資を呼んだ。法皇は先日よりもやつれて、さらに切迫しているように見えた。

「なぜだ。どうして帝の行幸が叶わないのか」

頬がこけた蒼白の容顔の中で、目だけが憤怒や悲嘆や焦燥が入り混じって燃えている。

「申し訳ございません」

天皇の身は容易に宮中を出ることは許されない。そのことは法皇も十分承知している。それでもなお一刻も早い行幸を請わずにはいられない。

「今日明日にでも行幸あられたいと申しあげるのだ。いいか、今日明日にでもだ」

法皇は、ほとんど激怒するように実資に命じた。実資の重ねての奏申を聞くと、天皇はようやく法皇のただならぬ思いに気づき、臨時の朝覲を決意した。その日、法皇は僧綱襟《そうごうえり》の法服《ほうぶく》を着て天皇を迎えた。法皇は、あらんかぎりの力を振り絞って御座《ござ》の褥《しとね》に座したが、起きているのが精いっぱいだった。袍《ほう》と袈裟《けさ》が今にも肩からずり落ちそうだ。法皇のあまりの変りように天皇は動顚《どうてん》し、言葉を失った。たちまち足元の大地が裂けるような不安に陥った。

「鬼でも見るような目をしないでもっと近う寄って、元服した姿をしかと見せておくれ」

法皇が無理に笑顔を作って促した。天皇は言われるままに法皇の御座の前に進み寄った。そして、間近で見る法皇に鬼気が迫っているのを感じて息を呑んだ。

「父上」

辛うじて口にした天皇の言葉が震えた。目から堰を切ったように涙が溢れ出た。

「どうしたのだ。なぜ泣く。もっと近う。おう、すっかり立派になられた」

法皇は思わず前屈《まえかが》みになって手を差し伸べた。

「中宮とは睦まじうしているか」

法皇の作り笑いが、父親の情愛に満ちた笑いに変った。

「はい、父上」

「そうか、それはよかった。皇太后も息災か」

「ご息災であられます」

天皇と話していると法皇の内に力が戻ってきた。すると、にわかに波瀾に満ちた来《こ》し方《かた》のあれこれが甦った。思えば、ただ一人の我が子である今上天皇とは生まれた時から心行くまで接することも話をすることも叶わなかった。荒海の中で二つの小舟に乗って翻弄されているようなものだった。法皇は、今ようやく凪《な》いだ海で我が子と一つの舟に乗っている心境になっていた。

「予が即位したのはちょうど今のそなたと同じくらいの年であった。初めの摂政は翌年に死に、跡を継いだ摂政も二年も経たずに死んだ。予が元服して兼通が関白になったが、今度は一族の中で醜い争いが始った。その者たちは我利《がり》に狂って禁裏までも踏み荒らしおった。無念だが予にそれを御《ぎょ》するだけの力はなかった。そのような中でそなたは生まれた。予は一日も早くそなたに会いたかった。そなたの爺は頑なに五十日《いか》の儀《ぎ》は東三条殿で行うと言い張った。兼家は予のことをよく思っていなかったからな。だが、予はこれだけは許さなかった。それでそなたの五十日の儀は清涼殿で行った。はじめて見たそなたの姿は今も目に焼きついている。せっかくの対面なのにそなたは眠っていてなかなか目を開けなかった。指で頬をつつくとぴくりと動いたが目を覚まさなかった。色は白絹《しらぎぬ》よりも白く、肌は餅よりも軟らかかった」

長く話す法皇は、天皇が初めて見る幸せに満ちた穏やかな表情だった。

「だが、それは束の間の喜びだった。兼家は、その後そなたとそなたの母を東三条殿に留めて参内させなかった。次にそなたに会ったのは、三歳の着袴《ちゃっこ》の儀《ぎ》の時だった。童姿《わらわすがた》のそなたを抱こうとしたが、そなたは泣きそうな顔をして乳母《めのと》にしがみついておった」

法皇は笑ったが、そのあとで顔が曇った。

「そなたともそなたの母とも、もっと一緒に暮らしたかった。しかし、それは叶わなかった。そなたの母と予はしだいに疎遠になってしまった。だから、そなたの弟も妹も生まれることがなかった。予はそなたの母を疎んじたわけではない。二人の間には越えられない溝が他の者によって掘られてしまったのだ。そして、なす術もなく退位して出家した」

法皇は、天皇と一緒に過ごす一時《ひととき》を惜しむようにして話し続けた。

「ところが、先帝は二年足らずで退位し、そなたが七歳で即位した。そのようになろうとは夢にも思わなかった。今予が願うのは、我が皇統が途絶えることなく続いていくことだけだ。そのためには、帝が中宮を大切にするのはもとより、摂政とうまくやっていくことだ。けっして予の轍《てつ》を踏んではならぬ」

法皇は悔恨を噛みしめながら諭した。

「そのお言葉、肝に銘じて忘れません。ですが、父上、いつまでもご壮健で見守っていてください」

天皇は、縋りつくように言った。法皇は、いっそう穏やかな表情になって続けた。言わなければならないことがあとからあとから湧いてきた。

「皇太后が悲しんだり困ったりすることがないように、良きように計らっておくれ。予との間は疎遠になったが、そなたにとっては大切な母だ。

　それから、実資のことだが、あの者はずっと予を支えてくれた。信頼できる男だし能力もある。公私の別なく尽くす者はあの者を措《お》いてほかにいない。くれぐれもそなたに忠誠を尽くすようにと言ってある。あの者が遺憾なく才能を発揮できるように、しかるべく処遇してやってほしい」

　廂《ひさし》の間《ま》に控えている実資は、法皇のその言葉を聞いて思わず嗚咽《おえつ》を漏らした。法皇の在位中は蔵人頭として近侍し、退位後は院の別当として近侍している。太政大臣実頼と関白頼忠が死んだあとは権力の座が九条流に移り、小野宮流は傍流に落ちた。法皇はかねてからそのことを気にかけていた。渋る兼家に強引に掛け合って参議に補任させたが、自分がいなくなったあとを考えると不憫でならない。

　法皇は、半時ほど、気にかかる者たちのことやさまざまな思い出をとめどなく話したり、宮中の様子を聞いたりした。そのあとで、ふと思い出したように言った。

「もう一度そなたの笛を聞きたい」

　すると、天皇は帯に挟んでおいた笛を取り出した。前の朝覲の時、法皇は名笛の赤笛《あかぶえ》を出して天皇に吹かせた。その音色に感激した法皇はその赤笛を天皇に贈った。笛を愛する天皇は、それを身から離さない。これが法皇の前で吹く最後の笛だという不吉な思いを払おうとしたが、その思いがいよいよ昂じ、息が詰って笛を吹くことができない。

「どうした。早く吹いておくれ」

法皇が優しく促した。天皇は涙をこらえて息を整え、笛を吹きはじめた。笛の音に乱れはなかった。澄徹した笛の音が嫋々《じょうじょう》と響いた。法皇は瞬きもせず天皇の姿を見つめ、笛の音に聞き入った。天皇が笛を吹き終ると、法皇は至福に酔ったように笑みを浮べた。

「父上、まろの笛はまだ未熟です。これからも精進いたします。そして、もっと心行く笛の音を聞いていただきとうございます」

乱れることなく笛を吹きおおせたことに安堵すると、こらえていたものがいちどに溢れ出て涙が流れた。

「今日の笛の音に予は満足だ」

法皇が頷きながら言った。

「父上」

天皇は何か言わなければならないと焦《あせ》ったが言葉が出なかった。法皇が廂の間に控えている実資を呼んだ。

「例のものを持ってまいれ」

法皇が実資に命じた。実資は畏まって下がるとすぐにある物を持ってきて法皇の前に差し出した。法皇はそれを天皇に手渡した。

「開いて見るがいい」

それは何かの目録だった。

「それは予が所領するもののすべてだ。そなたにそれを贈ろう」

天皇は、ようやく法皇の心奥がはっきり分かった。これまで漠然と恐れていたことが現実になろうとしている。

「これは父上にとってこの上もなく大切なものです。まろは受け取れません」

天皇は必死だった。

「いや、これらはそなたにとって必ずや必要となるものだ」

厳しくも慈愛の籠った言葉だった。法皇は起きているのが苦しくなった。すると、気力を絞るように言った。

「そなたの懐仁《かねひと》という名は、大江斉光《おおえのただみつ》が献上したもので、仁《じん》を懐《いだ》くという意味だ。仁は経世の要《よう》諦《てい》だ。そのことを忘れないようにな」

そう言うと、法皇は力尽きたように崩れた。天皇は御座に上がって法皇の体を支えた。実資が女房を呼んだ。西の廂の間に控えていた女房が二、三人入ってきた。

「そなたは近寄ってはならない。物《もの》の怪《け》が移る。今すぐに宮中に戻るのだ。実資、すぐに帝をお送り申すのだ」

喘《あえ》ぎながら法皇が言った。天皇は、後ろ髪を引かれる思いであったが、実資に促されて円融寺を出た。それから半月後に法皇は崩じた。

その頃、故伊尹邸《これただ》である東の院に、北の方恵子《さとこ》と娘の九の御方が住んでいた。伊尹は、藤原北家九条流の祖師輔《もろすけ》の嫡男で、円融天皇の摂政となり、次いで太政大臣に任ぜられたが、その翌年のうちに病に倒れ、四十九歳で死んだ。北の方恵子は、亡き夫への追慕もさることながら、孫の花山院に対する思慕が年を経るにつれてつのる。最近ではそれに縋って生きているというありさまである。花山院はこの邸で生まれ、内裏の東宮に入るまでの数年間をここで過ごしている。摂政、太政大臣に上り詰め、一の人となった伊尹の邸は、着飾った女房が大勢仕えていた。公卿や殿上人が絶えず訪れ、正月には盛大に大饗が行われた。北の方は栄華のただ中にあって毎日が夢見心地だった。しかし、伊尹が死に、若くして皇位に即いた孫の花山天皇は二年足らずで退位し、出家してしまった。

かつて殷賑《いんしん》を極めた東の院は荒れ、訪れる人も仕える女房の数も少ない。北の方は、廂の間に出ては放心したように人気《ひとけ》のない庭を眺める。そしてひたすら思うのは花山院のことである。噂によれば、花山院はその後霊場を巡り歩いて修行三昧に入っているという。院は俗から隔絶した別世界に行ってしまったと思うと、恵子は思わず涙せずにいられない。超俗の境《きょう》に入った院がこの邸に戻ってくることはありえないということは十分心得ているが、それでも花山院に会いたい気持ちがつのる。

そんな早春のある日のことである。北の方恵子は、その日も廂の間に出てぼんやり庭を眺めていた。庭の雪が消えて地面がわずかな若草に彩《いろど》られ、木々の芽が驚くほどの勢いで膨らんでいく。しかし、春になっても北の方の心はときめくことを忘れている。そこへ、女房がばたばたと廊を走ってきた。何やらひどく慌てた様子である。

「どうしたのだ。そのように廊を走って。お行儀の悪いこと」

北の方が眉をひそめてたしなめた。

「御方《おかた》さま、たいへんでございます」

女房は、北の方の前に崩れるように座り込むと、そのあとの言葉が出ず、ぜいぜいと荒い息をしている。

「だからどうしたというのです。しっかりおっしゃい」

女房が息を整えてようやく言った。

「院さまがおいでになりました」

北の方は、一瞬誰のことか呑み込めなかった。

「師貞親王《もろさだしんのう》さまでございます、御方さま。花山院さまがおいであそばされたのでございます」

女房は、やっとそれだけ言ったが、まだ荒い息をしている。この女房は、花山院が生まれた時からこの邸に仕えていて、幼少時の師貞親王の姿が脳裏に焼きついている。

「まことか。早うここにお通ししなさい。まあ、なんてことでしょう。師貞親王さまがおいであそばすとは、さあ、早う、早う」

北の方は、もどかしげに女房を急きたてた。皇太子に立って内裏の東宮に入って以来、北の方は師貞親王に会っていない。即位した時には生母の懐子《ちかこ》はすでに故人となっていたから、天皇がこの邸に朝覲行幸することもなかった。北の方の脳裡に残っているのは、師貞親王のあどけない童姿ばかりである。ほどなく花山院が母屋に入った。北の方は、剃髪して法服に身を包んだ院の姿をまじまじと見て絶句した。黄丹色《おうにいろ》の御袍《ごほう》を着た姿も黄櫨染《こうろぜん》の御袍を着た姿も見ることなく、こうして墨染《すみぞめ》の法衣姿《ほうえすがた》を見ていると、とめどなく涙が溢れ出た。

「お婆《ばば》さま、お久しぶりでございます」

院は、きれいに剃りあげた頭を下げた。冠姿もついに見ることが叶わなかったと思うと、北の方はいっそう涙が溢れた。

「ご息災のご様子で安堵したぞ」

花山院を一日たりとも忘れることなく恋い焦がれていた北の方である。これまで心中で院の出家姿を思い描いていたものの、やはり目の前にいる現実の姿を受け入れることができない。

「なぜそのようにお泣きなさる。予に会うのが嬉しくないのか。予が出家したことがそんなに悲しいか」

花山院はやや不機嫌になって肩を落とした。その言葉を聞いて北の方は現《うつ》し心が戻った。

「院さまのことを思わない日はございませんでした。お婆は老いました。念じることは今一度院さまのご尊顔を拝することだけでございました。でも、それは叶わぬことと諦めておりました。こうしてお姿を拝見し、お声を聞いていることが夢かと思えてなりませぬ」

そう言うと北の方は袖で顔を覆ってまた泣いた。

「予に会えたことが嬉しいのなら、どうか笑っておくれ」

院はいざり寄って北の方を抱いた。北の方は顔を上げ、院の頬を撫でた。温《ぬく》もりのある肌を指先で確かめながら、北の方はこれがうつつであることをようやく実感した。

「院さまは、どこでどうしておられるのかと、そればかりを案じておりました」

北の方は少し落ち着きを取り戻して言った。

「予は、巡礼に出て西国《さいごく》三十三か所の観音霊場を巡った。今は元慶寺《がんぎょうじ》にいる。無性にお婆さまに会いたくなって、それでこうして参ったのだ」

花山院が修行三昧に入ってから四年余り経っている。そして、この春に京に戻ったあとは元慶寺に起居している。道兼に唆《そそのか》されて内裏を出たあと剃髪したあの寺である。厳しい修行を続けた花山院にとって、寺での日々は無聊《ぶりょう》だった。霊場を巡っているうちは俗を忘れることができたが、退屈な寺で過ごすうちに俗心が蠢《うごめ》きだした。とはいえ、出家の身で立ち入ることのできる場所は思い浮かばなかった。ふと思いついたのが東の院だった。そこは母懐子《ちかこ》の実家であり、院が生まれた所である。母懐子も祖父の伊尹も今はいない。だが、祖母がまだ存命で東の院で暮らしているということを花山院は風の噂に聞いていた。たちまち俗への執着と肉親への思慕が込みあげて、院を激しく突き動かした。

幼少にしてここを離れたから何も覚えてはいないが、それでも花山院は感慨が胸に迫った。これまで遠ざかっていた俗の色と臭いがにわかに院を刺激した。院は、幾人か気になる者たちの消息を聞いた。ついこの間の円融法皇の崩御は、寺の者から聞いている。わけても気がかりなのは義懐《よしちか》と惟成《これなり》のことだった。義懐は生母懐子の兄で、若い花山天皇を補佐した。惟成は蔵人として義懐とともに朝政を補佐した。外祖父のいない花山天皇が頼りにしたのはこの二人だった。兼家一族の陰謀により花山天皇が宮中を出て元慶寺で剃髪した時、この二人もあとを追って出家した。花山院は、自分と運命を共にした二人のその後がやはり気になるところだ。

「義懐は、どうしているだろうか」

院が聞いた。

「飯室《いいむろ》の宝満寺に入られたと聞いております。叔父上の尋禅《じんぜん》さまが天台座主《てんだいざす》であらせられますから、それにお縋り申したのでございましょう。惟成は乞食《こつじき》となって諸国を巡っておりましたが、二年前に亡くなったそうです」

「そうか、惟成は死んだか。惜しいことをした。あの者は実直で有能であった」

院は、大きな溜息をついてからぐるりと母屋の中を見回した。その時、几帳《きちょう》がかすかに動いたのを見逃さなかった。

「そこにいるのはどなたかな」

院の声に、几帳が大きく乱れ動いた。

「九の姫君でございます。今このお邸に住んでおりますのは、このお婆と九の姫君だけでございます」

「九の姫君か。年はいくつになる」

「二十六になります。この姫君は老いた母を案じて尽くしているうちに盛りを過ぎてしまったのでございます」

北の方が寂しそうに笑った。院の中で抑圧されていた猟色の血がたちまちたぎってきた。すると目の前にいる皺に覆われた媼《おうな》の顔が見えなくなった。その声も聞こえなくなった。

「此方《こなた》へ出るがよい。みな出るがよい。さあ、出てくるのだ。此方へ、此方へ、さあ」

九の御方と女房たちはためらったが、院の強引さに負けて几帳から出た。女房たちは扇で顔を隠していたが、院は、ひとりひとり舐めるように見た。

「顔を見せておくれ。さあさ、そのように隠すでない。苦しゅうない」

院の声が裏返った。

「やはり、女子《おなご》はいいのう。美しいのう。そなたが九の姫君か。そちらは」

「右近の娘、中務《なかつかさ》でございます。そちらは中務の子、平子《ひらこ》でございます」

北の方が言った。右近は花山院の乳母《めのと》であった。

「すると、そなたと予は乳兄弟《ちきょうだい》ということだな。お婆は息災か」

「三年前に亡くなりました」

「さようか。しかし、女子はいいものだ。美しい女子に囲まれているとこの世は極楽じゃな」

花山院は、寺での起居が急に疎ましく思われ、東の院に留まりたいとしきりに思った。

ある日の東三条南院である。母屋に摂政道隆と二人の息子、伊周と隆家が対面していた。道隆と伊周は匂い立つような春の直衣姿だが、隆家はしどけない狩衣姿《かりぎぬすがた》である。着崩れしているのはさっきまで馬場で馬を乗り回していたからである。額にはまだ汗が滲んでいる。

「また乗馬か。侍従になったのだから、少しは歌の道なり漢歌《からうた》の作法なりに身を入れたらどうだ」

道隆は、いつものことながら乗馬にうつつをぬかしている隆家が嘆かわしい。

「いいか、しかるべき席で恥をかくようなことがあれば、そなたの恥にとどまらない。権門九条家の末代の恥になるのだ。伊周を見習うがよい。伊周はそなたと同じ年で侍従になった。もう漢籍にも通じているし、一端《いっぱし》の歌を詠める。しかるべき席で人を驚かす歌が詠めれば、それは我が一族の誉れになるというものだ」

隆家にとって、父親のいつもの小言は糠に釘だ。

「父上、男は、歌でしくじるよりも、むしろ馬でしくじる方が恥です」

隆家の口答えはいつもこうだ。

「たわけたことを言うでない。武門の男はそうかもしれぬが、そなたは武門の出ではない。誇るべきものは和漢の学問に秀でていることだ。そのような魂胆では女房たちに笑われるのは必定だ」

伊周の言葉も隆家にはいっこうにこたえない。道隆と伊周は匙《さじ》を投げて話題を変えた。

「ところで父上、東の町に新邸を造営なさるのは何のためでしょうか」

道隆は、東三条殿に隣接した場所に広大な新邸の造営に取り掛かっている。兼家が住んだ東三条殿は、長男道隆ではなく道長が伝領した。それは道長が望んだというより、姉の詮子が望んだことであった。そこは詮子の実家であり、兼家亡きあともここで暮らしたいという思いがある。そこで、兄弟の中で最も気心の知れている道長が伝領できるように事を運んだのである。道隆は南院を伝領してはいるものの、本邸を末弟に伝領されたことはやはり面白くない。豪勢な新邸を造営するのはそういう思いを晴らしたいということもある。

「一つには中宮のためだ。これから先何があるか分からないから、里内裏を造っておく必要がある。だから、新邸は二条の宮と称する。だが伊周、もう一つはそなたのためでもある。二条の宮には北宮と南宮を作る。北宮は中宮のもの、南宮はそなたのものだ。そなたはこの先必ずや帝と中宮の後ろ盾となるのだ」

道隆が言った。伊周は、一月後に婚儀を控えている。妻となるのは源重光《みなもとのしげみつ》の娘である。この結婚を取りまとめたのは道隆で、それには周到な思惑が働いていた。道隆は、何がなんでも摂政の位を嫡子の伊周に譲りたいと思う。しかし、それが容易ではないことは十分承知している。弟の道兼と道長が虎視眈々《こしたんたん》とその座を狙っているからだ。道兼は摂政の器ではないからともかくとして、道長は才能も胆力もあるから油断がならない。しかも、道長は宇多源氏源雅信の娘を正室としている。正室にはすでに女児が生まれているから、ややもすればこの姫君が将来后に立つということも十分ありうる。そうなれば道長は外祖父として摂政に就くことになるだろう。それを阻止するためには自分が長く摂政、関白の座に留まることだ。そしてその間に伊周が摂政になる土台を固めるのだ。道隆は、先の先までの術策を練る。道長に対抗するためにも伊周の正室は賜姓源氏でなければならない。醍醐源氏重光の娘を伊周の正室に決めたのはそういう思いがあったからだ。

「いいか、道隆の跡を継ぐのは道兼でも道長でもない、そなただ。この道隆はそなたが摂政、関白になるのを見届けることなく死ぬことはない」

今年の正月の除目で、伊周は十八歳にして参議に叙せられ、公卿に列することとなった。道隆の摂政就任以来、極端な身内の昇進が非難の的になっていたが、この叙任もまた異例のことであり、いっそう世の顰蹙《ひんしゅく》を買うこととなった。

「伊周が摂政、関白になったなら、その跡を継ぐのはそなたかもしれぬ。そのことをよく考えて学問を積んでおくのだ」

道隆が隆家をたしなめた。

「隆家は、摂政、関白の座を欲する気持ちはこれっぽっちもありません。学問も性に合いませんん」

隆家は平然と口答えする。

「まったく、そなたはしょうがないやつだ」

道隆が眉をひそめて首を振った。

「それはそうと、先日、花山院が東の院を訪れなさったということです」

伊周がふと思い出したというように言った。

「花山院が東の院を。院は今春巡礼から帰られて元慶寺に入られたということは聞いているが。いったい何の用があって東の院へおいでになったのだろうか」

道隆が首をひねった。

「噂では、その後も東の院をお訪ねになり、日が高くなってから寺にお帰りになられるとか」

「院は、やはり御仏の教えよりも、色の道の方がお好きなのでございましょう」

隆家は、さも合点したというように言う。

「東の院にはたしか九の御方がおいでだ。院は、その姫君のもとに通っておられるのだろうか。もしそうだとすれば北の方にとっても姫君にとってもお気の毒なことだ。院のご寵愛を受けて幸せになった者はいない。面倒なことが起らなければいいが」

道隆は、今は零落している伯父の遺族たちの身を案じて溜息をついた。院が元慶寺に入ったと知るや、ひとまず安堵の胸を撫で下ろした道隆だったが、漠とした不安と恐怖に襲われた。考えてみれば、冷酷な企みによって花山天皇を玉座から追放したのはほかでもない我が一族だ。それによって一族は栄華を手に入れたが、花山院が出家後修行のために霊場巡りに出たことで、陥穽《かんせい》に嵌《は》めたという自責の念も報復に対する恐れも消えたのだった。だが、院が帰京したことを聞いた時、道隆の胸中にそれが甦った。院は、よもや俗世に闖入《ちんにゅう》してくることはあるまいとみずからに言い聞かせてはみたものの、不安はいっこうに払拭できない。在俗の折には、さまざまな奇行によって人々を混乱に陥れて不幸にした。その院が俗世に戻ってきた。そのことがとんでもない禍いの種になるのではないかという不吉な予感が暗雲となって道隆の心を覆った。

薬　玉

　それから二年が過ぎた。旧年は降雪が少なく、いつもは深い雪の中で行われる暮れの追儺《ついな》も、わずかな雪が積っているだけで、なんとなく弛緩したものとなった。だが、大晦日の深夜から新年の未明にかけて、あたかも天地を浄めるかのように雪が降り積った。新年を迎える天皇には期するものがあった。今年は、即位してから七年目である。この間、政《まつりごと》は摂政をはじめとする公卿や法皇に握られていた。これを我が掌中に取り戻さなければならない。天皇は決然とそのことを誓った。天皇は、真新しい黄櫨染《こうろぜん》の御袍《ごほう》を身に纏って、新雪に覆われた清涼殿の東庭に降り立って空を仰ぎ見た。折しも雪が止んで、明るみ始めた空にわずかに浅葱色《あさぎいろ》が差している。天皇は、東庭にみなぎる森厳《しんげん》な空気の中で威儀を正し、初めに属星《ぞくしょう》を、ついで四方の神々を、それから山陵を遥拝《ようはい》した。

　四方拝に引き続き、大極殿《だいごくでん》で朝賀が行われた。朝賀は、久しく絶えていた宮中行事で、実に四十七年ぶりのことである。この古式の復活を目論《もくろ》んだのは道隆だった。おのれの権力を世に誇示するというのが道隆の意図するところであった。大極殿の南廂に天皇が立ち、その横に摂政道隆が立った。

大極殿の南庭を覆った新雪が朝日を受けて美しく輝いている。その左手には槍を林立させた武官が、右手には文官が整然と隊列を整えている。正面には位に応じた色の束帯を纏った百官が並んでいる。天皇は、居並ぶ群臣を見下ろした。その目には凛とした光が差し、一文字に固く結ばれた唇には堅固な意志が表れていた。横に立つ道隆は、百官の衆目を浴びて、おのれの権力が世にあまねく及んでいることを実感し、満面の笑みを絶やさなかった。それから、左右大臣をはじめ、公卿がおもむろに進み出てそれぞれに賀を述べた。延々と公卿たちの祝賀が続いた。晴れがましい元旦の日の光に照らされて百官の祝賀を受けているその光景は、道隆とその一族の繁栄の絶頂を示すものであった。

「上さま、今年もきっと世は安寧《あんねい》で、五穀豊穣、ますます吉事が続くことでしょう」

群臣の祝賀が一巡したところで、道隆が天皇に言った。天皇はそれには答えず、依然として厳しい目で遠くを見つめていた。道隆は、天皇の厳しい目に、みずからの意思で経世を行おうとする決意を感じ、掌上の玉が零《こぼ》れ落ちるような不安を覚えた。天皇は十四歳になる。即位して七年目だから、天皇がそう思うのもごく自然なことである。しかし、この摂政の座は揺るぎないものだし、天皇にはまだ自分だけで経世を行う力はない。道隆はそう思いなおしながら天皇に従って大極殿を下りた。

二日の二宮大饗《にぐうだいきょう》に続き、三日は朝覲《ちょうきん》があった。一昨年、天皇は円融法皇と皇太后詮子のもとに朝覲した。だが、その年のうちに円融法皇が崩御し、国母《こくも》詮子は落飾した。昨年は諒闇《りょうあん》のため朝覲はなかった。そういうわけで二年ぶりの朝覲である。暮れの深夜から新年の未明にかけて雪が降ったが、その後はふたたび晴れた日が続いた。紫宸殿の南庭には随行する大臣と公卿が勢揃いした。天皇は、紫宸殿の廂の間から廊に出た。その時、橘《たちばな》の葉叢《はむら》から鶯が鮮やかな翼の色を見せて飛び立ち、左近の桜に止った。天皇は一瞬足を止めて鶯の影を目で追った。すぐに鳳輦《ほうれん》が上ってきて天皇を乗せると、おもむろに階《きざはし》を下りた。御前の警蹕《けいひつ》の声とともに、鳳輦は粛々と動き出した。そのあとに束帯姿の大臣と公卿が、ある者は馬に乗り、ある者は牛車に乗って従った。長い行幸の列は、承明門から建春門を経、陽明門を出て東三条殿に向った。

天皇にとって東三条殿は懐かしい場所であり、ここを訪れるとやはり心が落ち着く。天皇はここで生まれ、東宮となって宮中に入るまでここで過ごした。寝殿の中も、庭園も隈なく覚えている。

母屋の長押《なげし》には簾が掛けてあり、詮子はその中で天皇を迎えた。天皇は簾の中に入り、国母の前に畏《かしこ》まって新年の祝賀を述べた。

「新玉の年の初めにあたり、謹んでご祝詞を申しあげます。母上さまにおかれましては、この年が吉事多き年でありますようご祈念申しあげます」

一昨年の朝観のとき、皇太后詮子は美しい裳唐衣《もからぎぬ》を着ていた。だが、それからほどなく円融法皇が崩御し、詮子はその年のうちに落飾し、東三条院の女院号を贈られた。天皇は、法衣を纏っている母の姿をいまだに受け入れられない。

「上さまにおかれましても、この年がつつがなく慶事に富んだ年となるようご祈念申しあげます」

詮子にしてみれば、定子と結婚してから三年経ってもなお御子に恵まれないこともさることながら、丈夫とは言いがたい天皇の身の上が気になるところであった。昨年も何度か患い、その都度陰陽寮《おんようりょう》の晴明《はるあきら》を呼んで祈禱をさせている。

型通りの祝賀の儀式が終ると、階《きざはし》の下に控えていた大臣や公卿たちが寝殿に上がり、饗宴が始った。南廂の間には摂政道隆、左大臣雅信、右大臣重信、内大臣道兼が着座し、そのほかの公卿たちは廊に着座した。左右大臣は兄弟で、どちらも古希を過ぎ、高齢である。道隆と摂政の座を巡って確執があった道兼は、二年前の秋内大臣になったことで、兄道隆に対する恨みが一時薄れたものの、すぐに猜疑心《さいぎしん》が頭をもたげてきて、兄が長男の伊周を自分の後継者にしようとしていると思い込み、敵愾心《てきがいしん》を内に秘めている。

「太政大臣《だいじょうだいじん》がこの席におられないのが寂しいですな」

宴が進んだところで座の長者である左大臣雅信が言った。太政大臣為光は昨年夏に死んだが、その地位は空席のままだ。

「いかにも。ですが、次は兄上が太政大臣になる順番でございましょう」

右大臣重信が言う。それには兄の跡を継ぐのは自分だという思惑が透けている。兼家が摂政と関白に絶大な力を持たせたことで、太政大臣は名目的な地位になったが、名誉ある地位であることに変りはない。藤原氏に実権を握られた以上、源氏がそれにとって代るということは考えられない。だから、源氏方にとってはせめて名誉職の太政大臣の地位が欲しいところだ。

「いや、なにがしも来年はこの席におられるかどうかは分からない。そろそろ浄土に行く支度をしなければならならない時がきたようだからな」

雅信は、磊落《らいらく》に笑った。

「滅相もないことをおっしゃいますな。左大臣どのはまだまだご壮健で帝をお支えなさらないと」

道隆にしてみれば、雅信兄弟が太政大臣になろうが左大臣になろうが、それは大したことではない。

「摂政どのにとってはまことにめでたい春でございますな。これで中宮さまに御子がお生まれになれば、まさに常春《とこはる》の世ということになりますな」

左大臣が皮肉とも世辞ともつかぬことを言った。定子がまだ御子を産んでいないことを気にしているだけに、その言葉は道隆を不快にさせた。

「それはともかく、伊周どのにお子が誕生したのですから、摂政どのは何ら後顧の憂いはありません。羨ましいかぎりですな」

伊周は、一昨年、権大納言源重光の娘と結婚し、去年夏に松君が生まれている。道隆は機嫌を直し、重信に酒を注いだが、しだいに酒癖の悪さに火がついてみずから酒を注ぎ、浴びるように飲んだ。

天皇は、詮子に仕える女房に勧められて少し酒を飲み、すぐに顔が赤らんだ。

「懐かしゅうございます。上さまはほんとうにかわいらしいお子でいらっしゃいました」

「あの頃の上さまはずいぶんやんちゃでいらっしゃいました」

「寝殿の中を所構わず走り回られて、わたくしたちは一日中追いかけ回しておりました」

「そうそう、釣殿がお好きで、お姿が見えない時はたいてい釣殿にいらっしゃいました」

「釣殿は危ないからと、殿にいつもお叱りを受けておられましたが、上さまは隙を見てはおひとりで釣殿にいらっしゃいました」

酒席に仕える女房たちが口々に思い出を語る。

「予は、生き物を見るのが好きだった。鯉や亀や蛙、蜻蛉《とんぼ》もいた。みな面白かった。ひとりで釣殿に行くと、それらがいっぱい出ていた。ところがほかの者が来ると隠れてしまう。だから、ひとりで行きたかったのだ」

幼い時の天皇は、池の小さな生き物を愛し、それを飽かず眺めた。すると、女房たちが血相変えて釣殿の長い廊を走ってきた。その音で亀や蛙がみな水の中に飛び込んでしまった。それがいまいましくてならなかった。

「乳母《めのと》の民部《みんぶ》の御許は、一日の終わりには疲れ果てていたわね」

詮子も幼い頃の我が子の姿を思い浮かべて笑った。

「予は、道兼のことを今でも恨んでおるぞ」

簾の外で天皇の言葉を耳聡《みみざと》く聞いた道兼は、飛び出た眼をむきだして天皇の方を見た。

「上さまがこの道兼をお恨みあそばされるのはなぜでございますか」

簾越しの道兼の険しい形相に天皇が一瞬たじろいだ。

「そのように予を睨《ね》めつけるでない」

天皇にたしなめられて、道兼は慌てて平伏した。

「そなたは、小さい頃から乱暴だった。予が池を眺めていることなどいっこうに頓着せず、蛙や亀を狙って石を投げおった」

「それは、上さまを面白がらせて差し上げようとしたことでございます」

「予にとってははなはだ迷惑であった」

「そうとは知らず、ご無礼をいたしました」

道兼は両手をついて平伏した。

「もうよい、さあ盃を取るがよい」

天皇が笑って言った。女院付きの女房が簾の外に出て道兼の盃に酒を注いだ。道兼はそれを飲み干すと階の下に下りて拝舞した。

女房がまた思い出話をした。

「管弦の宴で殿が舟遊びをなさった時も面白うございました」

「そうそう、上さまが舟に乗りたいとお泣きあそばされました。殿は、しかたなく抱いてお乗せになった」

「ところが今度は怖いとお泣きあそばされたわね」

詮子も女房も声を出して笑った。すると、道隆が簾のもとに寄って話しかけた。

「何やら楽しそうですな。なにがしも加わらせていただきましょうかな」

道隆の透き影を見て、詮子と女房がいよいよ笑い転げる。

「何がそんなにおかしいのです。なにがしの顔に何ぞついておりますかな」

道隆が手で頬を撫でた。弟道兼と違って、道隆の顔は正視するのが憚られるほどに白くて整っている。

「管弦の遊びの時、上さまが舟にお乗りあそばされたことを話していたのですよ」

詮子が言った。

「ああ、そのようなことがありましたな。上さまがどうしてもお乗りになりたいと。ところが、乗ったとたんにお泣きになった」

道隆がからからと笑った。天皇は、みなに笑われたことでいたく不機嫌になった。

「あの時の管弦の遊びは楽しゅうございました。そうだ、上さま、御遊《ぎょゆう》をなさいませ。上さまの笛を聞きとうございます。さあさあ、管弦の支度を」

道隆が女房に命じた。

「これからめでたい春を祝して御遊あそばされますぞ。さあ、大いに盛り上げて楽しみましょうぞ」

道隆が大きな声を発すると、廊の席から拍手と歓声が上がった。すぐにさまざまな楽器が用意された。奏楽に堪能な公卿が御前に召された時、大納言済時《なりとき》はすぐには立たなかった。それを見て一座の者は眉をひそめた。虚栄心の強い済時は、箏《そう》の名手だった村上天皇から手ほどきを受けたことをひけらかし、みずからの芸を出し惜しみするのが常だった。そのため、箏の達人と一目置かれてはいるものの、世の顰蹙を買っていた。

「済時どの、さあこちらへ」

酒飲み仲間の道隆が手招きした。

「堪能のお方がお揃いのところへなにがしなど」

済時がなおも卑下を装う。

「何を申される。済時どのの箏がなくては管弦が整いませぬ。さあさあ」

廊の座に上っている朝光が済時を促した。済時は、不本意ながらという様子でやおら立ち上がった。もったいぶったその仕草に、一座の者はいっそう眉をひそめた。

天皇の前に楽人が勢揃いした。雅信は琵琶《びわ》を、重信は笙《しょう》を取った。この二人の父敦実親王《あつざねしんのう》は雅楽に堪能だった。その血筋を受けて兄弟もまた雅楽の達人である。それに太鼓や羯鼓《かっこ》、鉦《かね》が加わった。天皇は横笛を持ち、楽人に加わった。華やかな楽音が喨々《りょうりょう》と響きわたると、南庭の随身たちはもちろん、東西の対には女房たちが残らず廊に出て聞き入った。中でもひときわ清澄な天皇の笛の音は、誰もがそれと分かり、その妙なる音に耳をそばだてた。

雅楽が終わると酒宴に戻った。

「いやあ、さすが村上帝から直々の秘伝をお受けなさった済時どのの箏はお見事。さあ、思い切りぐいっと干しなされ」

浴びるように飲んで酩酊している朝光が覚束《おぼつか》ない手つきで済時の盃に酒を注いだ。済時は、好物の干鳥《ほしどり》を噛む歯が半分ほどなくなっている。銀箸すら重く感じるようになったが、箏を奏でる指だけはまだ確かだった。

朝光がまた済時に酒を注いだ。少し離れたところで顕光《あきみつ》が道長に擦り寄っていた。顕光は、今は亡き関白兼通の長男で朝光の兄である。朝廷の儀式で失態を繰り返して嘲笑の的になるなど、世の信望がなく、弟は大納言に進んだがまだ中納言のままだ。故関白の長男だという自尊心だけは尋常ではない顕光にとって、それは堪えがたいことだった。そこであらゆる折に自分を取り立ててくれそうな者を探しては触手を伸ばす。それがうっとうしくて誰も近づかない。

「道長どの、一献どうぞ」

顕光は、二回りも若い権大納言道長に媚びるように酒を注ごうとする。

「なにがしは、遠からず道長どのの世が到来すると踏んでおりまする。それは相違ござらぬ。なにがしの目は確かでござるゆえ」

絡みついてくるような物言いに辟易して、道長は眉をひそめた。

「兄上がいますから、なにがしの世など、たとえ実現するとしてもずいぶん先のことです」

道長が振り払うように言う。

「奥方の父上は左大臣雅信さま、すでに女のお子もおいでです。そのお子が入内なされて、将来はお后になられることも夢ではございますまい。いや、きっとそうなるに相違ござらぬ。道兼どのは、摂政になれる器ではござらぬ。それに、北の方には女のお子はおられない。どう考えましても一の人にはふさわしくない」

顕光は、声を潜《ひそ》めて耳打ちするように言う。道兼も顕光も嫌われ者だが、類は互いに憎み合うもので、この二人は犬猿の仲だ。

「なにがしは、兄上を踏みつけにして摂政になることなど毫《ごう》も考えておりません。長幼の序を守れというのが父上のお教えですから」

道長は、兄弟で官位が逆転している顕光を憐れみながら言い放った。顕光は、何か口ごもりながら提子《ひさげ》を持ってほかの席に移っていった。祝宴は夜まで続き、天皇は戌《いぬ》の刻《こく》に還御《かんぎょ》した。

立春を過ぎたある日、女院詮子と道長が東三条殿の東の対で向き合っていた。

「姫君は元気か」

女院が目を細くして言う。末弟の道長を贔屓《ひいき》している女院は、六つになる道長の長女彰子《あきこ》がかわいくてたまらない。

「元気です。ますますお転婆になりまして手に負えません」

道長が磊落《らいらく》に笑って答えた。

「しばらく会っていないな。ずいぶん大きくなったでしょう。姫君に会いたい」

女院は、そう言って霞のかかった比叡山を眺めやった。

「ぜひ、土御門殿においでください。姫もきっと喜びましょう。この頃は、姉上にいただいた雛《ひいな》で遊んでばかりおります」

どことなく寂しげな女院の様子を見て道長が言った。

「そうしましょうか。ここも寂しくなってしまいました」

父兼家が生きていた頃の東三条殿は賑わっていた。長女の超子《とおこ》が産んだ為尊親王《ためたかしんのう》と敦道親王《あつみちしんのう》もいた。その親王たちは東三条殿に隣接する南院に移っている。身近にいた二人の親王が揃って出て行ってしまったのだから消沈するのも無理はない。

「ところで、帝に先頃御悩があったと聞きましたが」

二月に入って天皇が体調を崩したということは女院の耳にも入っていた。

「晴明《はるあきら》を召して祈禱をさせたことで、ほどなく恢復なさったと聞いております」

道長の言葉を聞いても、女院の愁眉は開かない。

「帝の御子は望めないと巷《ちまた》では噂されているようですが、やはりこのようなことでは、それもほんとうかしらね」

女院の表情がさらに陰る。

「いや、そのような噂は九条流を嫉《ねた》む者たちによる流言にすぎません。帝は、まだお若いだけのことです」

「若いといっても、もう十四におなりです」

「もしかしたら、御子ができないのは中宮の方に原因があるかもしれません。遵子《のぶこ》さまの例もありますから」

円融天皇の女御で、詮子と中宮の座を争った末にその座に就いた遵子には御子が生まれず、素《す》腹《ばら》の后《きさき》と陰口された。一方、詮子には御子が誕生した。その御子が今上天皇である。

「姫君は六歳でしたね。とすれば、裳着《もぎ》の頃にはちょうど帝と釣り合いが取れます。そなたの姫君にはきっと御子がお生まれになるにちがいありません」

女院はそう言うとにわかに声に力が籠ってきた。

「そのような恐れ多いことを」

女院が口にすることは、いちいち道長の心の奥に潜む思いと同じだった。道長は女院にそれを暴《あば》き出されているようで気まずくなってくる。

「いえ、わたくしはそう確信しております。将来、そなたは必ずや摂政になります」

「まだ兄上がいますし、次には伊周もいます。この道長に摂政が回ってくることなど、いつのことやら」

道長は、心にないことを言って笑った。

「いえ、必ずやそなたが摂政、関白になる日が遠からず来ます。わたくしは、それを見ないうちは死ねません」

次第に女院の言葉に力が籠ってきたのを感じて、道長の心底に沈潜している権力志向が頭をもたげてきた。

「兄上が摂政になる時は長幼の序を言われたくせに、今度は世襲を盾に伊周を摂政にしようと考えておられる」

道長の胸の奥に燻《くすぶ》っている兄道隆に対する不満が噴き出してきた。

「そのようなことは許されることではありませぬ。道隆のあとは道兼が、そして、そのあとはそなたが継ぐのが筋というものです」

「そう言っていただけると、道長は安心です。くれぐれも末永くお達者でいてください。それではこれにて失礼いたします。これから粟田殿で弓馬の遊びがあるものですから」

「粟田殿へ。御身は弓がお好きだから、せいぜいお楽しみなさい」

「姉上、きっと土御門殿においでください。明日にでも」

女院は、道長が車寄《くるまよせ》で牛車《ぎっしゃ》に乗り、東中門《ひがしなかもん》を出て姿が見えなくなるまで見送った。

桜の蕾が膨らみはじめた頃、道隆邸で二つの儀式が執り行われた。一つは敦道親王の元服の儀であり、もう一つは道隆の三人の娘たちの裳着の儀である。敦道親王は、冷泉天皇の第四皇子で、母は兼家の娘超子《とおこ》である。花山院は異母兄で、現在の東宮居貞親王《いやさだしんのう》は同母兄である。超子が庚申《こうしん》の夜に頓死したため、兼家が三人の遺児を引き取って育てた。そして、兼家亡きあとは道隆が親王の後見人になっている。

時折吹く春の風に、明々と灯された燎火が揺れて音を立てて爆《は》ぜる。東の対の廂の間に大臣と公卿が勢揃いして加冠の儀が始るのを待っている。今日元服の日を迎えた親王が母屋の中央に座し、両側に加冠の役を務める左大臣雅信と、理髪の役を務める参議の公任が控えている。下げ髪《みずら》を垂らした親王のひときわ白い顔が、緊張した面持ちで正面を向いている。公任がやおら立ち上がり、親王の下げ髪の紐を解いた。女房たちが残らず寝殿の東廂に集って、その様子を見守っている。

「公任さまが鬢の紐をお解きになったわ」

「なんておいたわしいこと」

「どうしておいたわしいの」

「どうしてって、親王さまのお美しい鬢姿がもう見られないんですもの」

「親王さまはもう十三におなりよ。いつまでも鬢というわけにはいきませんわよ」

「そうよ、親王さまは、きっと上《あ》げ勝《まさ》りにおなりになるに違いありませんわ」

「きっとそうよ。凛とした元服後のお姿を早く見たいわ」

東の対までは声が届かないため、女房たちは声高に喋りながら東の対で繰り広げられる元服の儀を見つめている。公任は、両側の下げ鬢の紐を解くと、髪を一つに束ねて梳《す》き、髻《もとどり》を結った。次いで左大臣が柳の箱の上に載せてあった冠を取って親王の頭に被せる。高齢の左大臣の手がひどく震えて、髻を冠の巾子《こじ》に収めることが容易に出来なかった。ようやくのことで髻が巾子に収まったが、それに簪を挿して留めることはとても出来そうになかったので、見かねた公任が代りに挿した。加冠を終えた親王が衣服を改めるためにひとたび退場すると、座が緩んでざわめいた。

「加冠をなさった敦道親王さまは、なかなかご立派に見えますな。二の姫君とはきっといいお仲になられましょう」

内大臣の道兼が兄の道隆に言った。すると、道隆は不快そうに顔を背けた。道兼の胸の内を敏感に感じ取ったからだ。道兼は、昨年、側室の娘尊子《たかこ》の裳着の儀を執り行っている。尊子は九歳であり、その年齢で裳着の儀をするのは異例のことだ。道兼が尊子の裳着を急いだのにはわけがある。正室に女児はなく、側室の子がまだ幼いことから、一度は外祖父となって摂関の座に就く夢を諦めたが、尊子が成長するにつれて権力への志向が燃えてきた。できれば天皇に、それが叶わなければ東宮のもとに入内させたい。そのためには、兄道隆の娘の存在がいかにも邪魔になる。為尊親王と敦道親王は祖父兼家に可愛がられたが、長ずるに及んで、内劣りの外目出《とめで》たと噂されている。兄道隆の姫君たちがこの親王の妃にでもなってくれれば好都合だ。道兼のその魂胆は、道隆には手に取るように分かる。

「いや、二の姫君はともかく、今日、一緒に裳着をなさる三の姫君でも四の姫君でも親王さまとはお似合いでしょう」

何が何でも兄の娘たちを天皇と東宮から遠ざけようとする道兼の思いが露骨で、道隆はますます不機嫌になった。それは、おのれの思惑を道兼に知られていることへのいまいましさでもあった。中宮定子にまだ子が生まれる兆候がない。もし、定子に子が生まれなければ、我が家系の存続が危うくなる。弟の道兼と道長には娘がいる。その娘を天皇か東宮のもとに入内させ、御子を儲《もう》けることになれば向こうが外祖父の地位に就くことになる。そう思うと道隆は焦燥に駆られる。

「ごもっとも。今日、摂政どのが親王さまのご元服に合わせて姫君たちの裳着をなさったのは、そのような思いがおありだからでしょうな」

左大臣が恬淡《てんたん》として応じる。もはや権力に対する執着がすっかり失せている左大臣は、人の心を忖度する煩わしさがない。道隆は、軽くあしらわれた気がして、こんどは左大臣に恨みの矛先を向けた。左大臣雅信の娘倫子《ともこ》は道長の正室で、すでに女児を儲けている。道隆にしてみれば、左大臣もまたうとましい存在であった。

それから数日後の東の院である。北の対には、明るい春の日が差していたが、母屋には女房の姿はなく、帳台の内に花山院が中務《なかつかさ》を侍らせて籠っていた。花山院が突然東の院を訪れたのは二年前の春だった。花山院はそこで母の妹に当る九の御方に心を動かされ、俗心が戻ってとうとう東の院に住み着いてしまった。しかし、花山院は出家の身であったから年官はなく、中途半端な居候の身とならざるを得なかった。これを不憫に思ったのは女院詮子だった。思えば、花山院の退位も出家もわが一族のなせる業であった。今は我が身も出家の身であることから、女院はその悪業《あくごう》を恐ろしく思わずにはいられない。そこで、上皇に準じて花山院に年官を与えるべきだと摂政道隆に進言した。道隆も、言われてみればもっともなことだと思い、姉の進言を受け入れた。これによって経済的な安定を保証された花山院は、さっそく東の院にみずからの住居を造営した。

「もうよい。そなたの足揉《も》みは絶妙じゃ。身も心も蕩《とろ》ける。さあ、こんどはまろがそなたを揉んでやろう」

花山院が中務を抱き寄せて胸をはだけ、両の乳房を揉んでは吸った。

「どうじゃ、まろの手とて、そなたのしなやかな指には負けまいぞ」

花山院は、中務の耳に熱い息を吹きかけて言う。中務は、院の容赦ない手と唇の攻めに悶《もだ》えた。院は、ますます荒ぶるように中務を攻め、もてあそんだ。悦楽の果てに院が静かになると、中務が院の顔を見つめ、その頬を撫でながら言った。

「まだ、九の御方さまに未練がおありなのでしょう」

「何を申す。九の御方は為尊親王と結婚しているではないか」

花山院が恨みがましげな中務をなだめた。

「まろが愛しているのはそなただけじゃ。子も生まれた。まろの初めての可愛い子じゃ。まろは、どんなことがあっても、そなたが産んだ子を守っていくつもりじゃ」

中務は、花山院の寵愛を受けて昨年の秋に子を産んだ。花山院の后には子がいないので、その子が院にとって初めての子であった。

「でも、院さまは、平子《ひらこ》の方が可愛いとお思いなのでしょう。平子は若くて可愛いとお思いなのでしょう」

中務がまた恨めしげな目で院を見つめてすねた。

「ばかを申すでない。平子はそなたの娘ではないか。まろにとって大切なのはそなただけじゃ」

花山院は、いよいよすねて煩わしくなる中務を強く抱き寄せた。

中務は、母屋から出て西の廂の間に下がった。そこには平子と刀自《とじ》が向い合って座っていた。

平子はなにやら不機嫌そうで、刀自がひどく狼狽した様子で畏まっている。

「何ぞあったのか」

平子は、いっそう不機嫌そうに黙って中務に背を向けた。

「いったいどうしたのだ」

中務が刀自にきつく問い詰めた。

「平子さまが何も召し上がりたくないと。それではお体に障ると申しあげていたところでございます」

「そう言えば、そなたはここ数日、朝夕の膳にはほとんど箸をつけていない。どこぞ具合でも悪いのか」

中務が平子にいざり寄って聞いた。

「のう、どこぞ悪いのか」

顔を背けたまま黙っている平子に中務が心配そうに言う。明るい平子がこのように頑なな態度を見せるのを中務は不審に思った。すると、平子が急に口を押えて吐く仕草をした。中務は、慌てて平子の背をさすった。

「もしかして、そなたは」

中務が激しく打たれたように身をのけぞらせて叫んだ。そして、刀自の方を振り返った。刀自は小さく頷いてから、いっそう狼狽してうつむいた。

「まあ、なんということでしょう」

中務は、激しい羞恥と怒りと憎悪がいちどに込みあげてきて平子を睨みつけた。

三月初めのある日、東三条南院で摂政道隆と朝光、済時両大納言が会していた。三人は、母屋の南廂で昼から酒を飲んでいる。相も変らず朝光と済時は南院に入り浸っている。道隆もそれを待っており、少し足が遠のくと使いの者をやって呼び寄せる。

「先日、伊周どのが山に登られたとか」

すでに酩酊している済時が言う。

「成忠どのの受戒がありましてな。それでなにがしの名代《みょうだい》として」

道隆が言った。

「山に登るのは難儀ですからな」

朝光が頷き、手ずから酒を注ぎ、ぐいと飲み干した。

「いかにも。この年になるとなかなか」

「成忠どのは、受戒はまだ済ませていなかったわけですな」

済時も手ずから酒を注いで飲んだ。成忠は、昨年の十月に出家して法名を道観と名乗っている。

「なにがしもそろそろ出家を考えようかな」

五十を過ぎた済時は、鬢《びん》の毛がすっかり白くなっている。

「何を申される。済時どのが出家なさるなど、ゆめゆめあってはならぬことです」

道隆が真顔で済時を制した。

「そうですとも。俗世こそ極楽というものです。彼岸に行ってしまってはこうして酒を飲むことも叶いません」

朝光も気色《けしき》ばんで言う。済時は、二人のあまりの真剣さに押されて苦笑した。

「そのように怒りなさるな。冗談でござる。なにがしは入道など毫《ごう》も考えはしません。死ぬまでこうして酒を飲みたい。いや、あの世に行っても一緒に酒を飲みましょうぞ」

それを聞いて道隆も朝光も顔が緩んだ。

「いかにも。あの世に行っても、必ずや三人揃って酒を飲みましょうぞ。さあ、誓いの盃を」

道隆が提子《ひさげ》を持って二人に酒を注ぎ、みずからの盃にも注いで高く掲げると、朝光と済時がこれに応じた。

「それはそうと、出家されても少しも変らぬ御方がいるものですな」

朝光が眉をひそめた。

「花山院のことですな」

済時が即座に言う。

「いかにも。九の御方を捨てて、乳母子《めのとご》を愛したうえ、その娘にまで手をつけられるとは」

花山院は、在位の頃から奇行が多く、都の噂が絶えることがなかった。退位して出家し、修行に出た数年間は都人《みやこびと》の関心事から消えたが、京に戻ってからは元の木阿弥になり、院の行状が逐一噂となって都に広がった。

「あろうことか、ご自身が捨てた九の御方のもとに為尊親王を通わせておられるとか」

朝光の語気がいよいよ強くなる。すると、済時が空咳《からせき》をした。それで朝光が自分の失言に気づき、慌ててその場を繕って道隆に酒を注いだ。花山院の事情は複雑に絡み合って道隆に繋がっている。為尊親王は花山院の異母弟で、母は道隆の妹超子《とおこ》である。そして、今は道隆が為尊親王の後見人である。

「九の御方を捨てたというのは、ちと言葉が過ぎました」

朝光が道隆を憚って言う。

「いや、実際のところ花山院には弱りますなあ。院に関わった女子《おなご》はみな不幸になる。朝光どのの姫君もお気の毒でしたな」

道隆は気を損うどころか朝光に同情を示した。朝光の長女姚子《ようこ》は花山天皇の女御となったが、寵愛を受けることなく入内後数か月にして宮中を去って里邸に下がり、それから五年後、十九歳の若さで世を去った。こうして朝光は御子の外戚となる機会を断たれてしまった。花山院の寵愛を受けてさえいればと、その恨みが今も消えることがない。

「済時どのは、いいですな。東宮は誠実なお方だから。今にめでたく御子がお生まれになりましょう。さすればお家も安泰というわけですな」

済時がまた空咳をした。朝光の言葉は、微妙に道隆を刺激するものだった。しかし、朝光は酔いが回って、人の心を察することが覚束なくなっている。東宮の居貞親王《いやさだしんのう》は為尊親王の同母兄だが、二年前に済時の娘娍子《すけこ》が東宮のもとに入内している。今上天皇にはまだ御子が生まれていない。もしかすると先に東宮の方に御子が生まれるかもしれない。そうなれば、時の運が我が方に回ってこないとも限らない。済時は、それを強く望みながら、一方では目の前にいる摂政を引きずり落としかねないその考えを恐ろしく思う。

道隆は、酔いの底で敏感に済時の心中を察した。すると、済時に対する憤怒と焦燥が込み上げてきた。今上天皇に御子が生まれない場合に備えて手を打っておかなければならない。先日裳着を終えた次女の原子《もとこ》を東宮のもとに一刻も早く入内させなければ。同じ日に裳着の儀を終えた三女は敦道親王の妃にしよう。道隆の考えは、先の先まで飛んでいき、朝光と済時のことは脳裡から消えていった。

ある日、道隆が西の対に通じる渡殿を歩いていくと、弓場《ゆば》で隆家が弓を引いていた。道隆が足を止めて眺めたが隆家は弓に夢中で気がつかない。立て続けに四本の矢を射たが二本を外した。あとの二本は辛うじて的を射たが中心から逸《そ》れた。

「とっとと矢を取ってこんか、このうすのろめ」

隆家に怒鳴りつけられて、舎人男《とねりおとこ》が慌てて矢を取りに走った。

「調子はどうだ」

道隆が声をかけた。隆家は振り返ったがひどくいらだっている様子だ。三月の二十九日に殿上《てんじょう》賭弓《のりゆみ》がある。先日その組分けが行われ、隆家は前方《まえかた》の一《いち》の射手《いて》に選ばれている。殿上賭弓は、天皇をはじめ後宮の女官や大勢の公卿が臨んで行われる宮中の一大行事である。

「後方《あとかた》は、組分けのあった夜にさっそく賀茂社に参って祈禱をしたそうだ」

道隆が廊に腰を下ろして言った。

「神頼みをするのはおのれに自信の持てない者のすることです」

隆家が傲然と言い返す。

「相変らずの自惚《うぬぼ》れ屋《や》だな」

道隆が笑った。

「賭弓は原子も楽しみにしているぞ」

「姉上も参内されるのですか」

「そうだ。中宮と一緒に見られると楽しみにしている。そなたも左中将になったのだから、ど真ん中を射ていいところを見せてやるがいい」

隆家は、この間の直物《なおしもの》で左中将に叙せられている。

「姉上も、いよいよ参内なさるのですね」

「賭弓の二日前に参内することになった」

道隆は、裳着の儀を終えたばかりの原子を参内させるという目論見を速やかに実現させた。それは東宮の即位に備えての布石であった。東宮の即位がいつになるかは分からないが、ともかく原子を参内させ、機を見て東宮に入内させるというのが道隆の目論見である。また、このように原子の参内を急いだのは、原子が殿上の賭弓を見たいと強く望んだからでもあった。

その日、在国が道兼邸を訪ねていた。碁を三局打って、道兼が二局負けた。碁を打った後、二人は廊に座ってくつろいだ。

「美味ですなあ。甘葛《あまずら》を惜しみなく使ってあって、実に甘い」

女房が用意した椿餅を食べた在国が舌鼓を打った。たちまち在国の前には、餅を挟んであった椿の葉がたまった。

「摂政は、二の姫君を東宮のもとに入内させようとしているらしい」

道兼は椿餅には手をつけず、顎の強鬚を手でさすりながら言う。

「さようですか。なるほど。二の姫君を東宮のもとへ」

在国は頷きながら道兼の言葉を聞き流す。好物の椿餅のことでそれどころではない。

「摂政は、一の姫君に御子が生まれないことを考えて手を打ったのだ」

道兼がいまいましげに言う。

「ですから、尊子《たかこ》さまを早く入内させることですよ」

在国が手に取った椿餅の葉をはがす。

「尊子はまだ十歳だ」

道兼が、憮然《ぶぜん》として在国を睨みつける。

「それもそうですな」

道兼に尊子の裳着を急ぐようにと勧めたのは在国だった。道兼は、正室に娘がいないことで将来を悲観していた。在国は、その道兼に側室の娘尊子を入内させることを説いた。すると、道兼は、天皇のもとに入内させるべきか、はたまた東宮のもとに入内させるべきかためらった。在国は、天皇のもとに入内させるべきだと言った。なおもためらう道兼に、時を待てば必ずや好機が訪れると言い放った。その言葉が、埋もれ火のように勢いを失っていた道兼の権力志向を勢いづかせた。道兼は、九歳になったばかりの尊子のためにさっそく裳着の儀を執り行った。去年のことである。

「待てば海路の日和《ひより》あり、ですよ」

在国が道兼の摂政就任を当人に劣らず渇望しているのにはわけがある。兼家の後継者争いの時、在国は道兼を推した。だが、摂政に就いたのは道隆だった。道隆は、在国に対して苛酷な報復を企て、蔵人頭の要職を解いたうえ、その翌年、在国をある殺人事件の容疑者に仕立て上げ、官位を剥奪して朝廷から追放した。在国は、一年後に許されて官位に復したものの、いちど押された殺人容疑の烙印《らくいん》は容易に消えはしないし、道隆が権力を握っている間は、いつまたいかなる報復があるか分からない。在国はその不安が消えない。この不安を除くためには道兼に縋るほかはない。

「尊子を帝のもとに入内させるか、それとも東宮に入内させるか」

道兼はぎょろ目をむいて顎鬚をごしごしこすった。兄の道隆には娘が四人いる。だから、いくつかの布石が打てる。だが、道兼には娘が一人しかいないから打つべき手は一つだ。その一手を間違えれば何もかも終りだ。

「迷うことはありませぬ。帝のもとに入内させることです。帝はお若い。なにがしは必ずや今の帝の御代が長く続くと思っております」

あらかた椿餅を食べ終えた在国が落ち着き払って言った。それは、在国の洞察というより、むしろ強い願望であった。

殿上の賭弓が行われる二日前の夜、原子は選りすぐりの女房を伴って参内し、淑景舎《しげいしゃ》に入った。摂政の姫君の参内ということで多くの公卿が随行した。原子が参内したということは、登花殿にもすぐに伝えられた。中宮定子は、妹の参内を心待ちしていた。だが、女房たちには複雑な思いがあり、素直に喜べないところがあった。

「早く会いたいわ。淑景舎に行ってみようかしら」

定子は落ち着かず、立ち上がっては歩き回り、何度も外を眺めた。

「もう遅いですから、明日になさいませ」

中納言の君がたしなめた。

「まだ戌《いぬ》の刻《こく》じゃないの」

定子が不満そうに口をすぼめる。

「なりませぬ。お着きになられたばかりでお疲れのところに伺うのは慎まなければなりませぬ」

「さようでございますよ。明日、早くにお使いの者をやって、こちらにおいでいただいた方がようございます」

右衛門の君もたしなめる。夜が更けて、女房たちは廂《ひさし》の間《ま》の局《つぼね》に下がった。

翌日の朝、淑景舎に中宮の使いが赴いた。それからほどなくして原子が登花殿を訪れた。初夏を思わせるような爽やかな青空である。庭先の植え込みには、楚々《そそ》とした著莪《しゃが》と色鮮やかな躑躅《つつじ》が咲いている。その横には大きく枝垂《しだ》れて山吹が咲いている。原子は、母屋の廊まで来ると、満開の山吹に見とれて嘆声を上げた。

「おもとは、わたくしよりもこの花に会いたかったのね」

南廂の間で待っていた定子が託《かこ》ち顔《がお》を作って言う。

「お姉さま、そのようなことありませんわ。わたくしはどんなにお姉さまに会いたかったことか。お姉さまのことを思って眠れない夜もどれほどあったでしょう。眠っていてもどれほどお姉さまの夢を見たことでしょう」

原子は、廂の間に入って定子の前に座り、自分がどれだけ姉のことを思っていたかを訴えた。

「分かっているわ。わたくしだっておもとのことを思わない日はありませんでしたよ」

裳着の儀を終えてすっかり大人びた原子を見つめながら中宮が笑った。姉妹にとっては久しぶりの対面である。定子は柳色の小袿姿《こうちきすがた》で、原子は萌黄色の小袿に裳を着けている。二人の小袿の瑞々しい色目《いろめ》が映りあって眩しいほどに美しい。

「三の姫君も、四の姫君もおもとと一緒に裳着をなさったのね。会いたいわ」

「三の姫君はとても殊勝になって、ついこの前まで夢中になって遊んだくせに、雛遊《ひいなあそ》びには目もくれなくなったわ。それに比べて、四の姫君は、袿が窮屈だってこぼしてばかりいるわ」

「四の姫君は、まだまだ遊び盛りの年頃でいらっしゃいますもの」

中宮の横に伺候している中納言の君と弁の君が袖で口元を覆って笑った。南廂の間に据えてある二階棚の上の香炉から、黒方《くろぼう》のえも言われぬ匂いが立ち上っている。原子は、今まで嗅いだことのないその芳香に酔いしれ、母屋の方に目をやった。そして、光沢のある美しい調度品に目をみはった。

「入ってもいいわよ」

定子が言った。原子と二人の女房が母屋に入った。自邸でも贅を尽くした調度品に囲まれて暮らしている原子だが、所柄《ところがら》か、二階厨子も、鏡台も、唐櫛笥《からくしげ》も何もかもが美しく見え、原子はいちいち嘆息した。

「あれを用意なさい」

定子が、側に伺候している女房に言った。弁の君が頷いて廂の間から出ていった。そして、大きな手箱を捧げ持って戻ってきた。

「さあ、これはおもとへの贈物よ」

定子が、原子の前に手箱を差し出した。花鳥の蒔絵《まきえ》が施された美しい手箱を見て、原子はまた驚嘆の声を上げた。手箱を開けると、化粧具、理髪具、香道具などが入っていた。

「それは、入内した時にお使いなさい」

定子が言った。原子は、中に入っているものの一つ一つを手に取って見た。一通り贈物の品々を手に取って見ると、惜しむように手箱に収め、あらためて母屋の中を見回した。

「お内裏って本当にすばらしい所ね。何もかもが美しいわ」

「原子さまも、まもなく入内なされましょう」

中納言の君が言った。

「そうですよ。定子さまが入内なさったのもちょうど三年前。原子さまのお年と同じ時でした」

右衛門の君も言う。

「いつ入内できるのかしら。お内裏は、楽しい行事がいっぱいあるのですもの。白馬《あおうま》の節会《せちえ》、男踏歌《おとことうか》、女踏歌《おんなとうか》、乞巧奠《きこうでん》、相撲《すまい》の節会《せちえ》、五節《ごせち》の舞《まい》。ああ、どれも早く見たい。待ち遠しいわ」

原子が夢見心地に言う。

「おもとは、宮中の行事を見るために入内するつもりなの。あきれたわ」

定子も女房も笑った。

「ところで、隆家はしっかり備えているかしら」

定子が聞いた。

「組分けが終った次の日から、暇さえあれば弓場《ゆば》に立って弓を引いているわ。明日は、きっと勝つはずよ」

原子が太鼓判を押した。その日、原子は物語の草紙や絵巻物を読んだり、貝合せの遊びをしたり、箏の琴を弾いたりして登花殿で楽しい一日を過ごした。

殿上賭弓《てんじょうのりゆみ》の前夜は雨が降ったが、当日になってしだいに小止《おや》みになった。紫宸殿南庭には天幕が張られ、近衛府《このえふ》と兵衛府《ひょうえふ》の武官がずらりと並んで座っている。そこは幔《まん》で仕切られているので、弓場殿《ゆばどの》からは見えない。紫宸殿西側の回廊に設けられた上卿《しょうけい》の座には、すでに摂政と大臣が着座している。摂政道隆が右中将実方を呼んだ。実方は、上卿の座のある回廊の砌《みぎり》に来て畏まった。

「前後の射手《いて》を確かめてまいれ」

道隆が命じた。実方はすぐに引き下がり、前後の射手を確認して戻ってきた。

「前方《まえかた》が三人、後方《あとかた》が一人不足いたしております」

道隆は射手が四人も欠けていることにやや不興な顔をしたが、すぐに命じた。

「前方には、道長、伊周、道綱を加えよ」

道綱は道隆の異母弟で、母の素性の低さと自身の能力の限界から出世の面では道長と伊周に後れを取っているが、こと弓に関しては他の追随を許さない。前方の一《いち》の射手《いて》は隆家である。道隆が、この三人を前方に入れたのは、前方を勝たせたいという思いからであった。

「畏まりました。して、後方には」

道隆がやや考えてから言った。

「道頼《みちより》を加えよ」

道隆は嫡子の伊周を愛し、妾腹に生まれたこの長男を疎んじた。だが、兼家はこの孫を養子にして可愛がって育てた。その兼家が死んだあとは後ろ盾を失い、やはり出世の面では後れを取っている。

校書殿《きょうしょでん》の東廂に設けられた天覧用の弓場殿に、中宮定子と一昨日参内した原子がすでに入っている。内裏での暮らしが長い定子は落ち着き払っているが、初めて参内した原子は扇で顔を隠したまま緊張した面持ちである。

「賭弓《のりゆみ》を楽しみにしていたじゃないの。顔を隠してばかりいないで、よくご覧なさいな」

中宮定子は、扇の上から目を出して、紫宸殿の廊に居並ぶ公卿の姿や、殿上人たちが忙しく動き回る南庭の光景を見て楽しんでいる。原子は、姉を横目で見て、恐る恐る扇の上から外を眺めた。紫宸殿西側の回廊に設けられた上卿の座には、摂政と大臣が着座しているのが見える。父の道隆が笑いながら話している相手の高齢の人物は左大臣と右大臣だろうか。叔父で内大臣の道兼も見える。弓場殿のすぐ前が射場《いば》である。その遥か前方には新しく作られた垜《あずち》が見える。

「隆家はどこにいるのかしら」

原子が小声で定子に聞いた。

「あの幔の向うよ。今にそこの射場に出てくるわよ」

右近の橘の前には、饗饌《きょうせん》の席が設けられ、そこには今日の射手に選ばれた殿上人たちが着座しているが、幔が張られていて弓場殿からは見えない。

その時、弓場殿に天皇が入ってきた。定子も原子も扇で覆ったまま顔を伏せている。

「よくぞ来られた」

天皇が原子に声をかけた。原子は縮こまったまま畏まっている。

「妹は、賭弓をとても楽しみにしておりました」

定子が言った。

「さようか。今日は、存分に楽しむがいい」

原子には、天皇の声が天から聞こえてくる妙なる声に思われた。恐る恐る、わずかに扇の上から目を出して天皇を見た。冠を着けた天皇の端整な顔は、ひときわ白く、身に着けている赤色の袍《ほう》も鮮やかだ。原子は、つい扇で顔を覆うのを忘れて見とれた。

やがて、一の射手と二の射手が幔から出て射場に入った。

「一の射手は隆家か。いかな優れた歌詠みの実方も、弓では隆家には敵《かな》うまいの」

天皇が定子に向って言った。

「さあ、いかがでしょうか。正月の賭弓では、実方さまは見事的中なさいましたから」

定子が言った。

「そなたは実方の味方か」

天皇が笑った。

一番手の隆家は、平胡籙《ひらやなぐい》から矢を一本抜いておもむろに番《つが》えた。巻纓《けんえい》の冠に緌《おいかけ》をつけた姿が隆家にはよく似合う。隆家は、衆目を一身に集めて弓を絞った。弓の軋《きし》む音がきりきりと響いたかと思うと、矢が風を切って飛び、的に当った。原子は思わず声を上げて手を叩いた。天皇が、その声に驚き、横目で原子の方を見た。顔は定子とどことなく似ているが、ずっと幼く見えて、先だって裳着の儀を終えたとは思えない。

隆家が射終ると、実方が平胡籙から矢を抜いて番《つが》えた。その一連の動作は舞を舞うかのように優雅だった。矢が空《くう》を切る音も口笛のように聞こえた。一直線に飛んだ隆家の矢に比べて、実方の矢は大きな弧を描くように見えた。だが、矢は見事に的中した。

「実方もなかなかやるのう」

若い天皇は、二人の近衛中将の勝負にすっかり興奮している。

「前方は負けてしまうのかしら」

原子が心配そうに眉をひそめた。

「絶対負けないわよ。道長さまと道綱さまが加わったのですもの。負けるはずがないわ」

定子は、そう言いながらも勝負の行方が気がかりでならない。選りすぐりの射手が揃っただけのことがあって、当り矢の数は拮抗していた。やがて伊周の番が回ってきた。伊周は弓の心得がないわけではないが、今日、にわかに方人《かたうど》に指名されたことでやや動揺していた。案の定、伊周の放った矢は的の縁を掠《かす》めたが、的中とは認められなかった。道長は難なく的を射、道綱は見事に的の中心を射た。道頼も外さなかった。かくて、前方の当たり矢の数が五本勝った。定子も原子も大喜びであったが、道隆は眉をひそめたまま浮かぬ顔であった。

その翌朝の辰《たつ》の刻《こく》に、道隆の住む東三条南院が出火した。火元は北の方貴子の居所になっている北の対だった。貴子は、道心が篤く、室内に持仏堂を作り、朝晩の勤めを欠かさなかった。その日も持仏堂に燈明を灯して読経をした。だが、そのあとで、燈明をつけたまま北の対から誰もいなくなった。何かのはずみで燈明の火が物に燃え移り、火はたちまちのうちに北の対を呑みこんでいった。道隆は、為す術もなく西の厩《うまや》に逃れ、放心の体《てい》で炎を見つめた。紅蓮《ぐれん》の炎が巨大な渦を巻いて立ち上り、晴れた空と寝殿の建物の影が激しく揺らめいた。北の方と女房たちも西の厩周辺に集っておののきながら炎を見つめた。そこへ、道兼と実資が車に乗って駆けつけた。いち早く火事を知った実資が、車で南院に向う途中で道兼邸に寄り、道兼を同乗させてやってきたのだった。火は、すさまじい勢いで北の対を焼き尽くし、飛び火が寝殿の屋根に移っていった。

「何をぐずぐずしておる。母屋のものを運び出すのだ。急げ」

道兼が辺りに散らばっておろおろしている雑人《ぞうにん》を怒鳴りつけた。雑人は、我に返って母屋に飛び込んでいった。まっさきに帳台が運び出された。それから、厨子や二階棚、櫃《ひつ》、屏風、几帳などを、手当たり次第に運び出し、西の厩の前に用意された敷物の上に置いた。北の対が炎に巻かれて崩れ落ちると、女房たちに抱えられておうおうと声を上げて泣いていた貴子は気を失った。やがて寝殿の屋根に火が広がり、炎の渦が巨大になっていった。それを見て、厩の馬が嘶《いなな》き、鬣《たてがみ》を震わせて立ち上がった。

道隆は、吹きつけてくる熱風に身を曝しながら、人の力では御することのできない何物かの意志を強く感じた。すると、天をも焼き尽くすような巨大な炎が業火《ごうか》に見えてきた。もはや、母屋に入ることができず、雑人たちが、何やら叫びながら右往左往している、北の方はと見れば、女房たちに抱えられて、死んだように青ざめて目を閉じている。女房たちは、みな声を上げて泣いている。

「泣くでない」

道隆が大きな声で女房を怒鳴りつけた。女房たちが驚いて道隆を振り返った。道隆は、ものすごい形相をして拳を震わせている。女房たちは恐怖を覚えて凍りついたように動かなくなった。

「おろおろするでない。おろおろしてはならぬ」

道隆は、女房をたしなめるように言ったあと、こんどは自分を戒めるように声を抑えた。

東三条南院の火事があった日の数日後のことである。花山院は、東の院の北側に建てた居所で、平子《ひらこ》を侍らせてくつろいでいた。東の院の北側に造っていた御所が完成し、そこに移ったのは去年の冬のことである。花山院が頼りにした祖母の恵子《さとこ》は、その数か月前にこの世を去った。

帳台の中で、院は腹這いになり、平子に足を揉ませている。

「どうしたのだ。今日は少しも力が入っていないぞ。まろは、そなたの揉みがいちばん好きだ。身も心も蕩《とろ》ける。今日はまるで力が入っておらぬ。何ぞあったのか」

腹這いになっている院が平子の顔を振り返った。平子は、ぼんやりとあらぬ方を見て、目に涙を浮べている。

「どうしたのじゃ。泣いておるではないか」

院が驚いて起き上がった。

「のう、どうしたのだ。何が悲しいのだ」

平子は、いっそう泣きじゃくる。

「申してみよ。何が悲しいのだか」

平子がようやく口を開いた。

「昨日、母上のお子を見ました。潤んだ目を見開いてわたくしをじっと見詰めました。あの子も生きていればと思うと」

平子はそのあとを続けることができず、また泣いた。

「もう、死んだ姫のことは忘れるのだ。今度は、きっと元気なお子が授かるということもあろう」

院はそう言って慰めると平子を抱きしめた。

昨年の春、中務《なかつかさ》と平子が相次いで女児を産んだ。中務の子は無事に生まれてつつがなく育っている。しかし、平子の子は死産だった。

「院さまは、わたくしよりも、やはり元気なお子を産みなさった母上の方が愛しいのでございましょう」

平子が恨めしそうに院の顔を見つめ、はだけた院の胸を拳で激しく叩いた。

「何を申す、まろがいちばん愛しているのはそなただ」

院が抱きしめようとすると、平子はいっそう院の胸を叩いた。

「昨夜もその前の夜も、母上をお召しになったではありませんか」

「まろがそなたばかりを愛しているのを中務がきびしく責めるのだ。まろがほんとうに愛しいのはそなただ。この髪の匂い、この白い肌、指も、おう、なんと細くてかわいらしい」

院は、平子の身を愛撫しながら言う。しばらく拗《す》ねたあとで、平子は、悲しみも恨みも消えて、院の胸の中で情念を燃え上がらせていった。

四月中《なか》の酉《とり》の日《ひ》は賀茂社の祭である。その日、摂政道隆の別邸には、大勢の公卿が訪れた。やがて、隆家が馬に乗って母屋の南庭に現れた。今日の祭使を務める隆家は衣冠束帯姿で、従者たちは紫の褐衣《かちえ》を着ている。賀茂祭の行列には近衛使《このえづかい》が加わる。それを務めるのは近衛中将《このえのちゅうじょう》である。隆家が祭使となって行列に加わることになったのは、今年の春に左中将になったからである。いつも狩衣姿《かりぎぬすがた》で馬を乗り回している隆家には、衣冠束帯がいかにも窮屈そうだ。

「いかなさがな者も、束帯を着ればそれなりの風貌に変わるものですな」

公任が声を潜めて実資の耳元で囁《ささや》いた。

「いや、なかなかどうして、ほかの桃尻《ももじり》の連中と違って威風堂々たるものだ。隆家どのは気骨がある」

実資は、目を細くして隆家の姿に見入っている。どういうわけか、実資は兄の伊周をよく思っていないが、さがな者と陰口されている隆家を贔屓《ひいき》にしている。隊列が整うと、母屋の南廂に勢揃いしている公卿たちに見送られて、隆家の一行は東の門から内裏へと向って出立した。

その日、中宮たちは祭使の行列を見るために校書殿《きょうしょでん》の東廂に出ていた。中宮は、涼しげな藤《ふじ》の襲《かさね》を装っている。祭日とあって女房たちも意匠を凝らした襲の色目を競い合う。やがて日華門から行列が入ってきた。御所車と御馬が現れると、女房たちがその絢爛さに驚嘆の声を上げる。続いて舞人《まいびと》と陪従《べいじゅう》が姿を見せると、女房たちはにわかに色めき立つ。それらの者たちはみな近衛府の若い武官が務め、女房たちの憧れの的である。

「そのように大きな声を出してはなりませぬ。上さまに聞えますよ」

中納言の君が若い女房たちをたしなめるが、いっこうに聞かず、知っている武官がいると名を呼んでは手を振ったりする。中納言の君がたまらず中宮に叱責を促す。

「慎みなさい。ほら、舞人たちが笑ってこちらを見ているわよ」

中宮がたしなめると、女房たちはしばしおとなしくなるが、またすぐに騒ぎ始める。

「社頭の儀の雅楽、聞いてみたいわ」

「あの御馬が駆けるところも見たいわね」

行列は、延々と続き、粛々と南庭の中央を進んでいく。ほどなく祭使を乗せた飾馬《かざりうま》が現れた。

「隆家さまよ」

「なんて凛々しいお姿でしょう」

女房たちが身を乗り出す。

「隆家さまは、やはり馬上のお姿がお似合いね」

中納言の君も思わず隆家の姿に見とれて中宮に囁く。

「伊周さまは上さまの御前に伺候なさり、隆家さまはこのような晴れがましい祭使をお務めなさる。中宮さまにとっては、まことに喜ばしゅうございますわね」

弁の君が言う。

「宰相の君は、どのように思っているのかしら」

中宮が、若い女房たちの後方に座っている宰相の君に言いかけた。すると、女房たちはみな宰相の君を振り返った。宰相の君は最近新しく中宮に仕えるようになった女房で、才女の誉れ高く、いつも機知に富んだ言動をしては人々を感心させる。中宮はそれが面白く、折あるごとに謎をかける。宰相の君は、やや沈黙した後、美しい声で言った。

「うれしきを何に包まむ」

すると、女房たちが賛嘆の声を上げた。中宮も微笑んで満足そうに頷いた。宰相の君は、古今集の、「うれしきを何に包まむ唐衣袂ゆたかにたてと言わましを」という読人しらずの歌をもって、嬉しさが重なる中宮を祝福したのだった。

賀茂祭が過ぎてから数日後のことである。朝光が道隆の別邸を訪れた。未《ひつじ》の刻《こく》を過ぎたばかりだったが、道隆と朝光はすぐに酒を飲み始めた。

「やはり、済時どのがおられないと酒の味も今一つですなあ」

さんざん酒を呷《あお》りながら、朝光が眉をひそめ、またみずから酒を注いで飲む。

「咳病《がいびょう》と申しておられたが、どうやらこじらせてしまわれたようですな」

「三人が揃って飲めるようにせいぜい養生しませんとな」

「ごもっとも」

二人は頷きながら間断なく酒を注いで飲んだ。しばらくとりとめのない話をしたあとで道隆が言った。

「実は、ひとつ考えていることがあるのです」

「ほう、それは」

朝光が盃を持つ手を止めて道隆の顔を窺った。

「摂政を辞退しようと思うのです」

道隆の思いがけない言葉に朝光は我が耳を疑った。

「道兼どのにお譲りになられるとでも」

関白兼家の後継を巡って、道隆と道兼の兄弟は熾烈な争いを演じた。結局は兼家の裁断で道隆が摂政の座に就いたが、道兼には払拭できない怨恨が尾を引いている。そのことは朝光もよく知っている。だが、今なぜ道隆が摂政の座を譲ろうとするのか、朝光には解《げ》しかねた。

「そうではござらぬ」

道隆が、きょとんとしている朝光を見て言った。

「摂政を辞するのは関白になるための便宜です。なにがしが思うのは、帝ご自身が大人としての自覚を持ってほしいということなのです」

「と申しますと」

「帝は、とうに元服をなさっておられる。されど、まだまだ子供でおられる。つまり、なんというか、朝政もさることながら、その、つまり、中宮を愛することをお分かりあそばされない」

道隆の言葉がしどろもどろになった。

「なるほど。帝が大人になられて、早く御子を儲けてほしいと。帝のご自覚を促すために、摂政を辞退なさると、早い話がそういうことですな」

朝光に容赦なく心底を暴《あば》かれたことで、道隆はいささか羞恥を覚えた。

「いや、あくまで帝ご自身で朝政を行っていただきたいと、その一念からでして」

道隆が弁解すればするほど、心の内が露呈する。

「ご心中、お察し申しますよ。東宮は、ことのほか娍子《すけこ》さまを御寵愛のご様子ですからな。もし、このまま帝に御子がお生まれにならず、東宮に御子がお生まれになれば、道隆どのは大変なことになりますからな」

道隆が周章狼狽して心中を隠蔽《いんぺい》しようとしても、朝光は核心をそらさない。道隆は、いたたまれない様子で席を立った。

「いかがなされた」

朝光が盃を持ったまま道隆を見上げた。

「ちと、樋殿《ひどの》へ。近頃やたらと喉が渇いて、尾籠《びろう》ながら樋殿が近くて閉口しております」

道隆の顔色が心なしか悪いように思われたが、朝光はそのことを口に出すのが憚られた。

端午の節句が近づいたある日の登花殿である。空は数日前から曇りがちで、今日も時折小雨が降っている。簾は上げてあるが、几帳の内はほの暗い。中宮は母屋の真ん中に座ってぼんやりしている。廂《ひさし》の間《ま》では弁の君と侍従の君が碁に興じている。その横で、女の童《めわらわ》が石投《いしなご》をして遊んでいる。それを見ていた小兵衛の君が、一緒になって石投遊びを始めた。昨年の秋に登花殿に入った宰相《さいしょう》の君《きみ》は、一人離れて草紙を読み耽《ふけ》っている。式部の君は、几帳の際に座り、みなに背を向けるようにして何かを手縫いしている。

そこへ道隆がやってきた。道隆は、几帳を押し分けて女房たちがいる廂の間に入った。女房たちはあわてて几帳の後ろに隠れた。中に入るなり、道隆が床の上に落ちているものを見つけて拾い上げた。

「薬玉《くすだま》ですな。うむ、なかなかよく出来ておる。これは道隆がいただいてもよろしいかな」

道隆は、外の光を当てて薬玉をしみじみと見た。

「なりませぬ。それは、大事なお方のために作っているものですから」

中宮が制した。

「この道隆より大事なお方と言えば、さては上さまですな。上さまに差し上げるものとあっては恐れ多い」

道隆は、そう言って薬玉を下に置いた。

「もうすぐ、端午の節句ですな。なにがしもこのような美しい薬玉が欲しいものです」

道隆が言った。

「お父さまにはもっといいものを作って差し上げましょう」

中宮が答えた。

「滅相もない。道隆は、帝より立派な薬玉をいただくわけにはまいりませぬ」

道隆が、恐悦至極とばかり、大仰に手を振った。それを見て、中納言の君と右衛門の君が笑いを漏らした。

「何がおかしいのですか。おもとらは、なぜそのように笑われる」

道隆が目をむくふりをした。

「いいえ、お父さまにはやはり、もっと美しいものを作って差し上げます」

その時、東西の廂の間の几帳が揺れて、その向こうにいる女房たちの気配が漏れた。

「そこな方々、こちらへ出て参られよ。道隆が来たからとて、そのようによそよそしくなさるな、さあさ、こちらへ」

几帳の揺れがさらに大きくなって、さざめきが聞こえるが、女房たちは出てこない。

「昨日、伏見に参りまして山に登ってきました。山時鳥があちらでもこちらでも鳴いておりましてな。まことと、時鳥は人恋しくさせるものですなあ。そこな方々、こちらに出て、恋しき人の話など聞かせておくれ」

几帳が揺れて、女房たちの困惑する様子が伝わってくる。女房たちは、几帳から出て道隆の前に姿を曝すことは憚られるが、さりとて道隆を無視するわけにもいかない。几帳の中から返事がないので、中宮は小さく咳払いをした。すると、ややあって几帳の向うから澄んだ張りのある声が漏れてきた。

「寝ざめざりせば」

それを聞くと、几帳の内からも外からも感嘆の声が上がった。道隆は、参ったという面持ちで、大きく頷いた。中宮は、その様子を見て、勝ち誇ったように胸を張って微笑んだ。

「かく申されたのは、いったいどなたでしょうかな」

道隆が中宮に聞いた。

「宰相の君でございます」

中宮の側に伺候していた中納言の君が答えた。

「なるほど、おもとは、昨夜寝覚めに時鳥の声を聞かれた。それで、道隆の話は聞くまでもない、というわけですな。いかにも名に聞こえた才女のあしらいようですな」

道隆がさも愉快そうに笑った。天徳四年に行われた内裏の歌合《うたあわせ》で壬生忠見《みぶのただみ》が詠んだ「さ夜ふけて寝覚めざりせばほととぎす人伝にこそ聞くべかりけれ」という歌は誰でも知っている。

それからしばらく物語をしたあと、道隆が咳払いをした。それを聞いて中宮は側に控えていた中納言の君と右衛門の君に目くばせをして下がらせた。

「そなたも知ってのとおり、我は摂政を辞して関白に就いた。なぜそうしたかは分かるだろう。上さまはもう立派な成人におなりだ。上さまにそのことをご自覚いただきたい。そう思うからだ。それによって、現に、上さまは変られた。先日、初めて官奏の儀に臨まれたが、そのお姿はまことに堂々として、国を統《す》べる者としての威儀を十分に備えておられた。これからは、押しも押されもせぬ上さまの御代が続くであろう」

道隆は、誇らしげに、そして満足げに言った。だが、そう言ったあとで、にわかに声を潜めて言った。

「上さまとは睦まじゅうしておられるのか。さっきも言ったとおり、上さまはもう立派に成人におなりだ。そなたにお子が誕生しないのは、どうしたことかと、母上も案じておられる。この道隆とて同じことだ。もし、そなたに男御子ができず、東宮妃に男御子が誕生したらどうなるか。そなたも分かるだろう。とにかく、上さまと睦まじゅうすることだ。そのためには、この登花殿を内裏でいちばん華やかで魅力的な所にしなければならぬ。いいか、ゆめゆめ東宮妃に後れを取ってはならぬぞ」

道隆は、そう言いながらも心の内に払拭できない懸念がわだかまっていた。それは天皇が病がちなことであった。とはいえ、数日患うことはあっても大病になることはないのだから、いつかは御子が授かることもあるはずだと思う。その時、西側の几帳の下から懐紙が差し込まれた。道隆が手に取ってそれに書いてある文字を読んだ。

「関関《かんかん》たる雎鳩《しょきゅう》は河の洲に在り」

道隆が、やや考えあぐねていたが、すぐにその心が読めた。

「窈窕《ようちょう》たる淑女は君子の好逑《こうきゅう》」

道隆は、それが詩経の「関雎《かんしょ》」の一節であることに思い至り、その後に続く句を口ずさんだ。

「なるほど、上さまと中宮は雎鳩《みさご》のように仲睦まじく、中宮はまことに帝の后としてふさわしいと。それにしても、このように機敏なことを申されるのはいったいどの君であろうか」

道隆が驚嘆して言った。

「やはり宰相の君でしょう。そのようなことを思いつくのは」

中宮は、すっかり感心しきっている父を見て得意げに言った。

端午の節句の日が来た。五月四日の夕方、登花殿にも舎人《とねり》がやってきて軒に菖蒲を葺《ふ》いた。女房たちは几帳の隙間から菖蒲を葺く様子を見ていたが、舎人が帰っていくと廊に出て軒先の菖蒲を見上げた。夕暮れの空を蝙蝠《こうもり》が忙しく飛び交っている。軒に挿された菖蒲はまっすぐに伸びて、先端の葉先がわずかに垂れている。

その夜、中宮は天皇の召しを受けて清涼殿に入った。帳台の中には、定子が贈った薬玉が飾られていて、菖蒲の匂いが強く立ちこめていた。

「うむ、いい匂いだ。まろは、菖蒲の匂いが好きだ」

天皇は、帳台の柱に結わえつけてある薬玉を外して手に取り、鼻孔を膨らまして匂いを嗅いだ。その様子を見て、定子は、袖で顔を覆って笑った。先日、父が登花殿を訪ねてきた時に言った言葉を思い返した。上さまは変られたと父は言った。国を統べる者としての威儀を十分に備えられたとも言った。だが、鼻孔を膨らまして菖蒲の匂いを嗅いでいる天皇の様子は、以前と少しも変っていない。若い天皇は、居並ぶ群臣の前では世を統べる者としての威厳を保つべく振舞わなければならない。そのような天皇の姿と目の前にいるたわいなくさえ思える天皇の姿を重ねると、定子は笑いをこらえることができない。

「お風邪はもう治られたのですか」

定子が言った。天皇は、よく風邪を引く。先日の冷え込みで、前の風邪が治りきらないうちにまた引いてしまった。

「うむ、よくなった。この薬玉があれば、どんな病も寄りつくことはあるまい」

定子が天皇の顔をそっと窺った。すると、初めてこの帳台に入った日のことが思い出されて、また笑いが込み上げてきた。それは、天皇が元服した三年前のことだった。添臥《そいぶし》として参上したのだが、天皇はあどけない少年の顔だった。そのうえ、帳台の中に振《ふ》り鼓《つづみ》が転がっているのを見て、いっそうおかしさにこらえきれなくなった。定子に笑われたことで天皇は不機嫌になったが、それがまた定子にはおかしかった。しかし、あの時、定子の中に天皇に対する強い愛が生まれたのだった。目の前にいる天皇は、あの時の天皇と少しも変らないと定子は思う。

天皇は、薬玉を手に持ったまま、匂いを嗅いだり垂れている五色の糸をもてあそんだりしている。それから、何やら思い出したらしく口を開いた。

「覚えているか。まろがまだ東三条殿にいた時のことだ。そなたとまろは庭に出て遣《や》り水《みず》のところで遊んでいた。すると、そなたが菖蒲の葉があると言った。そして、これで薬玉を作ってもらおうと言って摘みはじめた。まろも摘んだ。二人とも両手いっぱい摘んで女房のところに持って行った」

「それで、女房たちに大笑いされましたね」

「そうだ。菖蒲だと思ったものは杜若《かきつばた》の葉だった。そなたのせいで、まろは笑い者にされ、大恥をかかされた」

天皇が愉快そうに笑った。

「上さまも菖蒲だと思われてお摘みになられたのですから、半分は上さまのお恥ですわ」

定子が恨めしげに言い返す。

「何を申す、あの時、まろは四つで、そなたは七つだったのだぞ。まろはそなたにそそのかされたのだ」

天皇がそう言うと、定子は袖で顔を隠してうつむいた。天皇は、黙りこんだ定子を見て言葉が過ぎたことに気づいた。幼少の頃は、東三条殿で一緒に過ごした。三つ上の定子がいつも先に動き、天皇は定子の言うがまま、為すがままに付き従っていた。あの時の癖が天皇の頭の片隅に今もこびりついている。それがなかなか厄介で、そのために心ならずも定子を傷つけたり、素直になれなかったりする。

「これは、そなたが作ったのか」

天皇が、袖で顔を隠したまま顔を伏せている定子にやさしく言った。

「なかなかうまく出来ている。ああ、いい匂いだ」

天皇は、また薬玉を鼻に当てて匂いを嗅いだ。その様子を見て、定子が笑いをこらえきれなくなった。

「何がおかしい。そなたはさっきから笑ってばかりいる。何がおかしいのだ。申してみよ」

天皇が睨む真似をして言う。それでも定子が答えないでいると、天皇は今度は本当に怒った顔をして言った。

「そなたは、まろを軽んじているのだな」

定子が大きくかぶりを振った。

「ならば、何がおかしいのか申してみよ」

天皇がそう言って迫ると、定子が小声で答えた。

「猫が匂いを嗅ぐ様が、上さまのご様子とよく似ているのを思い出したのでございます」

「まろが猫に似ていると」

「いいえ、猫の方が上さまに似ているのでございます」

「同じことではないか」

そう言って天皇がまた睨みつける真似をしたあと、声を上げて笑った。清涼殿には猫がいる。猫好きの天皇は、この猫をこの上もなく可愛がっている。

「なるほどな。猫は何でもこうして匂いを嗅ぐ」

天皇は、もう一度薬玉の匂いを嗅いだ。それから、定子の手を取り、抱き寄せて臥した。そして、定子の胸を探り、乳房を愛撫し、存分に匂いを嗅いでから唇を当てて吸った。

「まろは、そなたの匂いが好きだ。いつまでもこうしていたい」

天皇は、定子の胸に顔を押し当ててじっとしていたが、そのまま寝入ってしまった。

豊明節会

六月の半ばを過ぎた頃、天候が荒れた日が続き、大雨が降ったかと思うとにわかに大粒の雹が降ったりした。毎日のように黒雲が都を覆い、雷鳴が轟いた。都人は、物の怪が蠢《うごめ》いていると恐れ、その正体は道真の怨霊だという噂が広がっていた。それを耳にした天皇が関白道隆を呼んだ。

道隆が清涼殿の昼御座《ひのおまし》に参上すると、黒い雲が垂れ込めている空を仰いで天皇が言った。

「今日も黒雲が内裏を覆っている」

色白の天皇の顔がいっそう青白く見え、眉間に皺を寄せて何かに怯えている様子だ。

「黒雲が覆っているのは内裏ばかりではございませぬ。このところ、都全体が黒雲に覆われております。ですが、この時節はいつもこのように空が荒れるものでございます」

道隆が言った。天皇は、空を見上げたまま言う。

「巷では、これは天神の怒りだと噂されているそうだな」

天皇が道隆の方を振り向いた。

「たしかにそのような噂もございます。しかし、道真公は延喜の御代に右大臣、正二位が贈られております。さらに、六年前には上さまが北野天満宮天神の称号を贈っておられます。道真公の御霊《ごりょう》はこれによって鎮められております」

道隆が天皇を慰めるように言う。

「それはそうだが、毎日のように内裏の上で雷が鳴る。今にも落ちんばかりだ。天元《てんげん》の御代には内裏が焼亡している。きっと、道真の怨霊《おんりょう》は鎮まってはいないのだ」

天皇の怯えは収まらない。その時、紫宸殿の上で稲妻が閃《ひらめ》いたかと思うと、すぐさま雷鳴が轟いた。

「見たことか。これはやはり道真の怒りに相違ない」

天皇がいっそう怯えて言う。

「気を確かにお持ちなさいませ。これは、雷神のなせる業《わざ》でございます。すぐに、雷鳴の陣を設けましょう」

道隆は蔵人を呼び、近衛の陣に雷鳴の陣の用意を伝えさせた。間を置かずに官人と近衛府の武官が十数名やってきて清涼殿の孫廂に伺候して弦打《つるう》ちをした。

その頃、登花殿では若い女房たちが東廂の間に身を寄せ合い、雷鳴が轟くたびに悲鳴を上げていた。中宮は母屋で書見をし、古参の女房たちが側に控えている。雷は紫宸殿の真上から動かない。目が眩むような稲光が走ると同時に雷が鳴り、母屋の中を揺るがす。

「落ちたらどうしよう」

「お内裏がたちまち火に包まれてしまうわよ」

「ああ、恐ろしい、くわばら、くわばら」

小兵衛の君が指で耳の穴を塞いで縮こまる。

「その呪文、なぜ雷さまが鳴るとくわばらって言うのか知ってる」

侍従の君が言う。

「このような恐ろしい時に、どうして悠長なことを考えていられるのかしら」

式部の君が恨めしそうに顔をしかめる。

「面白いわね。どうしてなの」

小兵衛の君が侍従の君に擦り寄って聞く。

「桑原というのは、道真さまのご領地なんですって。どういうわけか、そこには雷さまは落ちないそうよ。それで、くわばら、くわばらって言えば雷が落ちないっていうわけよ」

その時、また稲妻が光り、同時に雷が鳴った。三人の女房は口々にくわばら、くわばらと唱えて手を合わせた。

「近頃雷さまがしきりに鳴るのは、お天神さまのお怒りのせいだという噂よ」

式部の君が声を潜めて言う。その時、清涼殿に続く回廊の方から大きな足音が聞こえてきた。足音は登花殿の前でぴたりと止んだ。

「関白さまの仰せにより、弦打ちのご奉仕に参上いたしました」

やってきたのは近衛の武官たちだった。低く重い鳴弦《めいげん》の音が登花殿の中まで響いてきた。

数日後、在国が道兼邸を訪れていた。二人は碁を三局打ったあと酒を飲んだ。その日も空が黒い雲に覆われ、午後になって雷が鳴った。

「今日も雷か」

道兼が盃を手に持ったまま稲妻が走る方に目をやった。

「姫君を帝のもとに入内させる決心はつきましたか」

在国が雷のことなど気にせずに言う。

「尊子も来年は十一だ。春には帝のもとに入内させようと思っている」

道兼が顎の強鬚《こわひげ》をしごきながら言った。

「そうなさいませ」

在国が安堵して自らの盃に酒を注いだ。

「ところで、雅信さまは、だいぶお加減が悪そうです。もう二月余りも物を召されないということです」

在国が話題を変えた。

「あのご様子ではそう長くは持たないだろうな」

「雅信さまは左大臣を辞されたが、重信さまが左大臣になられるのでしょうな」

「いや、右大臣とて同様にご高齢だ。いつ何があるか分からない」

「そうでしょうな。さすれば、必然的に道兼どのが左大臣。そして、関白の姫君にお子が生まれず、道兼どのの姫君にお子が生まれますと、案外早い時期に摂政になるということも夢ではありませんな」

在国は、自分が日頃抱いている願望を吐露して、立て続けに二杯盃を干した。

「しかし、そううまく事が運ぶともかぎらぬ」

道兼はいらだたしげに顎鬚をさらに強くしごいた。

「兄上は自分の後継者は伊周と決めている節がある。この道兼を差し置いて、あの世間知らずを後継者にするなどもってのほかだ」

道兼は、仁王のようなぎょろ目をむいて虚空《こくう》を睨んだ。

「世間知らずに摂政の座を奪われないためには、帝の信を得ることですよ」

在国が道兼の盃に酒を注いで言った。

「何ぞ妙案があるとでも」

道兼は、ぐいと酒を飲み干して在国の顔を見た。

「この頃、雷が鳴り止みません。世間では、これは道真公の祟りだと噂しています」

「それがどうしたと」

「道真公の御霊を鎮めるのです」

「してその術は」

「道真公に位階を贈ることです」

「それならばすでに正二位を贈られている」

「いいえ、道真公はそれでもまだお怒りが収まらないのです」

「で、どうすれば収まると」

「やはり、時平さまと同様、左大臣正一位を贈らないとこの怒りは収まりません。このことを道兼どのが帝に申しあげるのです」

「なにがしが」

「さよう。夢で託宣を受けたということにしてそのように申しあげるのです」

「なるほど、託宣か。託宣を受けたとなれば、帝の信を賜ることができよう」

道兼は、ぎょろ目を細くして何度も頷いた。

数日後、左近衛《さこんえ》の陣《じん》で定例の陣定《じんじょう》が行われた。その日は、太政官《だいじょうかん》から臨時の叙位といくつかの議事が出されたが、重要な事柄でもないため、さしたる異論もなく淡々と進んだ。あらかじめ用意された議事がひととおり終えたところで道兼が発言した。思いがけない道兼の発言に、その日の上卿《しょうけい》が戸惑いの様子を見せたが、道兼は構わずに言った。

「このところ、内裏の上で連日雷が鳴っております。雷の陣を設けましてもいっこうに収まる様子がござらぬ。それもそのはずです。これは、道真公の御霊のお怒りでござります」

道兼の野太い声におされて、座は一瞬緊迫した空気に包まれた。列席者の中で道兼の弟道長が二十八歳でいちばんの若輩で、その次に若いのが三十三歳の道兼だ。他の者たちはみな年上だが、九条流のこの二人にはやはり一目置かざるを得ない。

「して、内大臣どのはどうするのがよいと」

右大臣重信が一座の沈黙を破って発言した。左大臣雅信が病のためついこの間辞任したので、その日の最長老は弟の右大臣重信だ。

「しかし、延喜の御代に大宰府への左遷を撤回し、官位を復して右大臣、正二位が贈られている。それで十分ではござらぬか」

七十を超えている重信に野心はないが、最長老という責務からの発言であった。

「それに、永延元年には今上天皇から北野天満宮天神の称号も賜っておられる。これ以上の贈位は無用でござろう」

年の割に中納言に留まっている顕光《あきみつ》が声を荒らげて言った。顕光は、朝廷で失態を繰り返しては人々の嘲笑を買っている。昇進がままならないのは自身の人品のせいだが、本人は微塵もその自覚がなく、人を恨み、やたらと人の前に出たがり、後先考えずに物を言う。

「いや、実は、なにがしは昨夜《ゆうべ》の夢で、道真公を時平どのと同等の左大臣の位を贈るべしとのご託宣を賜りました。惟《おもん》みますに、道真公が大宰府に左遷されましたのは、時平公の讒言《ざんげん》がもとでありました。いかに官位が復したとはいえ、死してなお時平公の下位に置かれているのは、道真公にとっては堪えがたいことなのでございます。その意を酌んで、時平公と同じ左大臣の位を贈るのが至当かと存じまする」

道兼は、在国から授かった筋書きをそのまま披歴した。いずれ劣らぬさがな者同士の議論に、一座の者はどちらに与《くみ》したらいいものか判断しかねて口をつぐんだ。

「それでは、内大臣の申されたとおり、道真公に左大臣、正一位を贈ることに異論はございませんな。その旨を奏上することといたしまする」

上卿がそう言ってその場の議定を収めた。かくして、道真は左大臣正一位を追贈された。

七夕が過ぎて間もなく、東宮のもとに入内している娍子《すけこ》の使いが大納言済時の邸を訪れた。済時は娘の使いを迎えるのが何にもまして嬉しい。娍子が入内したのは二年前だが、まだ御子の誕生を見ていない。だが、さいわい東宮の寵愛はことのほか厚い。今は九条流が権勢をほしいままにしており、済時の小一条流は傍流に甘んじることを余儀なくされている。しかし、中宮定子にはいまだ御子が生まれていない。もし娘に御子が生まれれば、小一条流は望外の僥倖に恵まれることになることは間違いない。だから、済時は一日千秋の思いで宮中からの吉報を待っている。娍子は、後宮の宣耀殿《せんようでん》に入って更衣になっている。その宣耀殿から使いの女官《にょかん》が来たのだから、ただ事ではあるまいと済時は胸を躍らせた。

「本日は、たいそうおめでたいことをお知らせするために参りました」

女官が畏まって口上を述べた。

「それは喜ばしいことだ。して、そのめでたいということは。なぜそのように離れておる。もっと近う」

済時は大仰な手振りで女官を招き寄せた。女官は、膝行《しっこう》して済時の前に進み出て言った。

「更衣さまがめでたくご懐妊なさいました」

済時は、一瞬言葉を失った。二年間ひたすら待ち続けた吉報が、いとも簡単に女官の口から出たことで、にわかには信じがたく、頭の中が混乱してしまった。これは夢で、すぐにかき消されて消えてしまうのではないかと恐れた。今までに幾度もそのような夢を見ては落胆させられたからだ。

「まことか。しかとそうなのだな」

済時は、恐る恐る女官に聞いた。

「まことでございます。ご懐妊は間違いのないことだから、いちはやく大納言さまにお伝え申しあげるようにと、上臈《じょうろう》さまから仰せつかって参ったのでございます」

娍子の懐妊が事実だと分かると、済時は急に不安になった。そして、怯えるように周りを見回した。母屋には済時と使いの女官の二人がいるばかりである。しかし、几帳を隔てているとはいえ、廂《ひさし》の間《ま》には女房たちが控えている。済時は、声を潜めて、さらに女官を近くに呼び寄せた。

「いいか、このことは口外してはならぬ。このことが知れれば、何者かが悪法によって妨害しないとも限らない。ともかく無事に御子がお生まれになるようにと、みなが用心してくれ。更衣にもしかとそのように申してくれ」

済時は喜びを抑え、厳しい表情で女官に言った。

秋もやがて終りに近づいたある日、道隆が登花殿にやってきた。道隆は、ためらいもなく几帳を分けて廂の間に入り、戯言《ざれごと》を言って女房たちを笑わせた。ひとしきり談笑したあと母屋に入って定子に話しかけた。

「ついこの間重陽《ちょうよう》の節句を楽しんだと思ったら、もう残り菊も色褪せてきましたよ。しかし、ここ登花殿は、その名のとおり、いつもあでやかな花が咲き揃っておりますな。ここの花は、みな色褪せることも枯れることもない。まこと、花の園、この世の極楽でございますな」

道隆は、そう言って高らかに笑った。

「それは、ひとえに九条家の変わらぬご繁栄のお陰でございます。どうかこの栄華が長く続きますように」

中宮の側に伺候している中納言の君が言った。

「いかにも。だが、安堵するがいい。なにがしが元気なうちは九条家は安泰だ。そのためには、ここ登花殿が宮中でいちばん華やかで美しく、面白い所でなければならぬ。おもとたちが負っている責務は重大じゃぞ」

道隆がみなに聞こえるように大きな声で言う。

「そのことはみな十分承知しておりますわよ。ここにいる者たちは、いずれも選りすぐりの才色兼備の者たちですからご安心なさって」

中宮が凛と透る声で言う。

「おう、そうであったな。この登花殿がいよいよ光り輝くように、みなが心してくれよ。ところで、新しい女房がこちらに入ることになった。和歌所の寄人《よりうど》を務めた清原元輔《きよはらのもとすけ》の娘だ。なかなかの才女で面白い女子《おなご》らしい」

道隆がそう話すと、女房たちの間にどよめきが起った。

「あの、梨壺の五人の元輔ですか」

中宮が聞いた。

「いかにも。梨壺の五人の一人として後撰集の撰に当った者だ。元輔の祖父は古今集に多くの歌がある深養父《ふかやぶ》だ。元輔は、周防守《すおうのかみ》として下向しているが、娘も一緒について行って四年をかの地で暮らしたそうだから、都人の知らない鄙《ひな》のめずらしいことも知っておろう。元輔は七十九歳で肥後守《ひごのかみ》になって下向して、四年前に任地で死んだ」

「そのような高齢で遠国に下向して亡くなるなんてお気の毒ね。その者は肥後にもついて行ったのかしら」

中宮がさらに聞いた。

「いや、その者は結婚していたから肥後には行っていない。この女子は、一度橘則光《たちばなののりみつ》と結婚したが別れ、藤原棟世《ふじわらのむねよ》と再婚している。だが、棟世とは二回りも年が違う。とにかく、この女子は自分の才気を持て余しているらしいのだ。なにしろ、元輔は歌の道ばかりでなく、漢学にもずいぶん力を入れて仕込んだらしい」

「まあ、頼もしいわね。そのようなお方が参られたら、この登花殿はいっそう殿方たちの心を惹くことでしょう」

定子の側に伺候しているもう一人の女房が言った。道隆は、それから廂の間の女房たちとしばらく戯れて出ていった。

その頃、実資が粟田殿に道兼を訪れていた。実資は四歳年上で参議であり、一方の道兼は三十三歳にして内大臣である。だが、道兼は、かつて蔵人頭《くろうどのとう》実資のもとで蔵人を務めたことから、今も実資を何かと頼るところがあった。実資は実資で、今や飛ぶ鳥を落とす勢いの権門となった九条流の中で、心置きなく接することができるのはこの道兼であった。実資は、盤石な摂関家に対して一種の敵愾心《てきがいしん》を抱いている。その根底にはかつての名門小野宮流《おののみやりゅう》の矜持からくる嫉みがある。とはいえ、もはや九条流に抗する術はないのだが、やはり摂関家の存在が気になる。そういうわけで、時折こうしてかつての部下であった道兼をふらっと訪ねてくる。道兼の方から故実に明るい実資から教えを請うべく呼ぶこともあれば、政《まつりごと》に関する示唆を仰ぐべく呼ぶこともある。

母屋の前に開けている庭園の木々が美しく紅葉している。その彼方に連なる東山連峰も色づいている。実資が庭の佳景を誉めたあとで言った。

「春日詣ではいかがでしたか。さぞかし豪勢な旅を楽しまれたことでしょうな」

道兼は、春日詣での折、立派な神宝を奉献し、盛大な走馬《はしりうま》や神楽を奉納したが、それには触れずに性急に他の話を口にした。

「実は、一昨日夢想がありました。それが、また道真公に関するご託宣なのですよ」

道兼は、辺りを憚るかのように声を潜めて言った。

「道真公は六月に正一位、左大臣の称号が贈られたばかりではないですか」

六月の雷騒動を鎮めるために道真公に贈位することを言い出したのは道兼だった。それが実現したあとはたしかに雷が鎮まった。これによって道真公の御霊が鎮まったのだと誰もが安堵したのだった。

「いや、まだ道真公の御霊は鎮まっていない。最近頻繁に起る天変地異がその証拠です」

その頃、大小の天変地異が続いていることは事実だった。秋の終りには時節外れの暴風が二度も都を襲った。都の外も甚大な被害を蒙《こうむ》った。地震も続いている。それが強い地震の余震なのか、新たな大地震の予兆なのかと都人は怯えている。またある夜、都の空に大きな流れ星が飛んだのを多くの者が見たという。

「左大臣時平公と同等の位を贈るべきだと、陣定の席で道兼どのは言われた。贈位はそのとおりに行われたのだから、それ以上の贈位は不要ではござらぬか」

実資は、道兼のいうことが納得しかねた。

「たしかに、なにがしはそのように申した。しかし、道真公はまだ時平公と同等ではありませぬ。時平公の極官《ごっかん》は左大臣だが、死後に太政大臣《だいじょうだいじん》の位が贈られております。ですから、その贈位がなされない限り道真公の御霊は鎮まらないのです」

「それで、その旨のご託宣が夢想に現れたと申されるのですな」

「さよう。それでなにがしは今朝、関白のもとに伺ってそのことを申しあげた。すると関白は痛く感じ入って、さっそくそうするようにと言われた」

道兼は、六月の陣定に道真への贈位を提案した。それは在国から示唆されたことではあったが、陣定では道兼の思惑通りに事が進み、道真への贈位が決定された。道兼にとって、それはかつてない心地よい成功体験をもたらした。また、それによって夢想が思いがけない力を持つものだということも知った。人情の機微に敏《さと》い実資は、すぐに道兼の真意を理解した。三か月前に左大臣雅信が死んだ。今は左大臣は空位のままだが、やがて右大臣の重信が左大臣になるだろう。そうすれば、おのずと内大臣の道兼は右大臣になる。しかも、重信は七十二歳という高齢だからいつ左大臣が空位になるか分からない。ということは、道兼がいつ左大臣になるか分からないということだ。それを思うと、道兼は今のうちから発言権を確固としたものにしておきたいところだ。

「ごもっともでございますな。都の人々は昨今の天変地異に怯えている。これは巷で聞いた話ですが、さる高名な卜者《ぼくしゃ》が、来年には恐ろしい疫病が都を襲うと言っているそうです」

道兼は、実資の話を一笑した。

「そのような妄言は鬼に笑われましょう。とにかく、なにがしの夢想に示された神意に従えば、いかなる天変地異も疫病も恐るるに足らずでござる」

道兼の夢想に対する信奉はますます強まっていった。そして、この度もまた道兼の思惑どおり、道真に太政大臣が追贈されることとなった。

ある日、観修僧都《かんしゅうそうず》が実資のもとにやってきた。観修は、天台宗寺門派の僧で、加持に秀で、高家《こうけ》からの信奉が篤かった。実資は、家人に不幸が続いていたため観修を呼んで加持をさせていたが、この日は実資の方から呼んだわけではなかった。実資は、観修がいつになく神妙な顔をしているのをいぶかしく思った。すると、観修は意外なことを話し始めた。

「拙僧は、このところ東宮さまの更衣、娍子《すけこ》さまのために加持を行っております」

「更衣さまはどこぞお加減が悪いのですか」

実資が聞いた。

「いえ、ご病気ではございません。更衣さまはご懐妊あそばされました。大納言さまは、更衣さまのご加護とご安産のための加持を拙僧にご依頼なさったのです」

実資は、東宮の更衣の懐妊を聞かされてもさして驚いた様子はなかった。東宮の更衣に御子が生まれようと、それは実資には何ら関りのないことである。

「それで、昨日更衣さまのために加持を執り行いましたところ、亡霊が出てきたのでございます。なんとそれは、師輔《もろすけ》さまの霊なのでございます。亡霊自身が、我は九条右大臣だと名乗ったうえでこのようなことを言われました。自分は、在世の時、神仏に頼って子孫繁栄の願掛けをした。その際、ことのほか強く願ったのは、小野宮太政大臣の子孫が滅亡するようにということだった。そして、その願いは成就した。九条流の子孫は繁栄を遂げ、摂関の座に君臨することとなった。だが、ここにきていささか九条流にとって由々しきことが出来《しゅったい》した。それは、小一条流の更衣娍子が懐妊したことだ。悪くすると、摂関の座が小一条流に移りかねない。だから、更衣の懐妊を妨害する、と。恐ろしいことでございます」

実資は、観修の話を聞いて身の毛がよだつ思いがした。実資は祖父実頼の養子となり、由緒ある小野宮流を継いでいる。そして、大納言済時は、小一条流の家柄である。師輔は、神仏に縋って兄弟の家系を妨害して権力を手中にし、死んでもなおそれに執着し、他家への妨害を止めないのだ。実資は、小野宮流が辿《たど》った運命を思い返すと、一つ一つ思い当ることがあった。とくに今年に入ってから、実資の身内に不幸が続いている。二月には北の方が男児を出産したが難産で、嬰児《みどりご》は生まれてすぐに死んだ。その後も家中の者によからぬことが起った。北の方は出産後も体が思わしくないばかりか、娘が重い病気に侵されてしまった。小一条流の済時の娘が懐妊すると、これをも妨害するというのだろうか。実資の胸中で、師輔に対する恐怖が怒りと憎悪へと変っていった。

「しかし、拙僧は、たとえ師輔さまの霊といえども、亡霊は鎮めなければなりませんから加持を続けます」

観修が言った。

「伺いますに、こちらにおかれましても、いろいろとたいへんなことが続いているとか。もしや、それは師輔さまのせいでは。九条さまの霊はなかなか強うございます。くれぐれもご用心なさいませ。もしお望みとあらば、拙僧が加持を仕《つかまつ》りまする」

観修の申し出にもかかわらず、実資の心は動かなかった。

「お志はかたじけのうござるが、なにがしは、邪霊と化した師輔さまには屈しませぬ。ただ天意に従うだけです」

観修の顔に、一瞬不快の表情がよぎった。

「拙僧は、ただ小野宮さまのことを思って、御身に起っていること、あるいは起ろうとしていることをお知らせすべく参ったのでして、他意は毛頭ございません。しかし、それはどうやら差し出がましいことであったようです。失礼仕りました」

実資は、慇懃《いんぎん》に頭を下げて立ち上がろうとした観修を引き留めるようにして言った。

「いや、御僧のお心はありがたく思っております。ただ、なにがしは、人の世の権勢は亡霊などの力で動かされるものではなく、それはすべて天意がしからしむるものだと信ずるだけなのです。むろん、加持の効験を信じないわけではありません。ですが、もし亡霊が我が小野宮家を妨害しようとも、それが天意に悖《もと》るならば、必ずや天がなにがしを護ってくれることでしょう」

立ち上がりかけていた観修は、もう一度座に直った。

「ごもっともです。ですが、御仏の力は天意に劣るものではございません。また、天意に悖るものでもござらぬ。天意は、人の世の正邪を正し、権勢の帰するところを決しますが、御仏は慈愛をもって衆生を導き、救済されます」

実資は頷きながら観修の言葉を聞いた。

それから数日後、実資は済時邸を訪ねた。ともに傍流に甘んじている権門同士ということもあり、この二人は気が合う。母屋の南廂に向い合って座ると、実資はそこから見渡される庭園の佳景を誉めた。ここ数日の夜の冷え込みで濃く色づいた紅葉が美しい。

「北の方さまはご息災であられますか」

年長の済時が気遣って訊ねた。実資にとって、今年はよからぬことが続いたからだ。二月には妻の死産があり、その後体力も気力も衰え、いっこうに恢復しなかった。六月には娘までもが重い病に見舞われて危篤に陥った。

「仁海上人《にんかいしょうにん》や証空阿闍梨《しょうくうあじゃり》を呼んで加持を行いまして、その都度邪気を調伏しているのですが、なかなかそれを根絶するというところまでは。ここしばらくは妻も娘も小康を保ってはおりますが」

済時は顋のあたりを擦りながら聞いていたが、なにやら深刻なことを考えている様子で、顔がしだいに険しくなった。

「実は、娍子《すけこ》が懐妊しております」

済時が声を潜めて言った。

「そのことでしたら、観修から伺っております」

実資がそう言うと、済時はうろたえた。

「二、三日前、観修が参りまして、更衣さまがご懐妊なさったと申されましたので、まずはお祝い申しあげようと馳せ参じたしだいです」

実資が言った。

「後生ですから、このことは内密にしておいていただきたい。観修には引き続き加持を頼んであるから、今のところは亡霊が鎮まっています。しかし、このことが知れたら、誰がどのような悪法によって妨害に及ぶか分からないですからな。せめて着帯の儀まではこのことが外に漏れないように用心しないと」

済時の懸念はいっそう深まるばかりだ。

「ご安心ください。このことは誓って他言《たごん》はいたしませぬ」

済時は、それを聞いてようやく安堵したように溜息をついた。

「それにしても、観修はなぜ実資どのにこのことを話したのであろうか」

済時の顔がまた曇った。

「ご懐妊なさった更衣さまのために加持を行った際に、九条さまの亡霊が出てきて、九条流以外の後胤《こういん》を断つと申された旨を話されました。その亡霊が小野宮流にもさまざまな妨害を及ぼしていることを知らせるべく参ったとのことでした」

「恐ろしいことだ」

済時は、何かを振り払おうとするように首を振った。

「実資どのも、ゆめゆめ加持を怠らないことですな」

「済時どのも」

「とりわけ、関白どのにこのことが知られたら厄介だ。そうすれば、九条さまの亡霊に縋っていよいよ他家の妨害を画策しないともかぎらない。しかし、妙といえば妙ですな。九条さまの亡霊の加護があるというなら、なぜ中宮さまに御子がお出来にならないのであろうか」

済時が首をひねった。

「もしかしたら、花山院の生霊《いきりょう》のせいかもしれませんな」

実資が言った。

「なるほど、院は、九条流の人々にまんまと嵌《は》められて退位させられたのですからな。いまだにその怨恨は晴れることはあるまい」

「恐れながら、その累は帝にも及んでおりましょう。ということは、娍子さまに無事に御子が誕生することになれば、済時どのが摂政の座に就かれることになります」

実資が遠大な筋道を描いて見せると、済時は笑って受け流したが、内心ではそれが現実となることを夢見て甘美な夢想に浸った。

その年はいつもの年より早く冬が来て、都に雪が降り積った。登花殿の格子は掲げてあり、趣のある雪景色が見えるが、女房たちはそれを楽しむ者はなく、炭櫃《すびつ》の周りに集って何やら落ち着かない様子である。それというのも、今日は新しい女房が出仕する日だからである。その新参者は、祖父も父も高名な歌人であり、そのうえ当人は才女であるということはすでに女房たちに知られていた。やがて噂の女房が来た。その姿を見ると、女房たちは拍子抜けして、中にはあからさまに失望の色をなす者もいた。襲《かさね》の色目《いろめ》は地味で、髪の毛もよく梳《す》いてあるのかと疑われるほどにほつれが目立ち、風貌がやや老けて見えた。

「さあ、こちらにお入りなさい」

中宮の側に控えている中納言の君が手招きした。廂の間にいる女房に促されて、新参女房は顔を赤らめ、不器用に膝行して母屋に進んだ。

「もっと、前にお進みなさい」

中宮がもどかしげに促したが、少し進み出ただけで顔を伏せている。

「おもとのことはよく聞いています。とても面白い人のようね。楽しみにしていましたよ」

新参女房にはその声がまるで天女の声のように思われ、ただ恐れ多くて目の前にある火桶しか目に入らない。それは、梨絵を施した沈《じん》の火桶で、中には赤々と火が熾《おこ》してある。

「そのように畏まってばかりいないで。今日からは、この登花殿の一人として、おもとらしく振舞いなさい。それはそうと、おもとの名前は何にしようかしら」

中宮が思案顔で宙を見つめたが、その艶《つや》やかな黒髪も、絹のように白くきめ細かな顔も、新参女房の目に入らない。

「父御《ちちご》は肥後守《ひごのかみ》であられましたから、肥後はいかがでしょう」

伺候している中納言の君が言った。中宮は何度かそれを口にして首をかしげた。

「ご兄弟はどうなの」

中宮が聞いた。

「長兄は雅楽頭《うたのかみ》、次兄は花山院さまの殿上法師《てんじょうほうし》、三番目の兄は大宰少監《だざいのしょうげん》でございます」

新参女房は消え入るような声で言った。中宮は、それも声にしてみたがやはりどれも気に入らなかった。それからしばらく考えたあとで声を上げた。

「少納言。少納言がいいわ。雅楽頭も少納言も官位が同じですもの。これがいいわ。清原氏だから、清少納言。おもとは、そのように名乗りなさい。みなもそう呼ぶのですよ」

中宮が廂の間にいる女房たちに向って言った。清少納言という女房名を与えられた新参女房は、西廂《にしびさし》の局《つぼね》を与えられた。寝殿は、主人が暮らす母屋の周りに廂の間がある。南廂の間は女房が伺候する場であり、接客の場でもある。西廂はいくつかに区切られていて、女房たちが暮らす局になっている。少納言の君の局には、他に三人の女房と一人の女の童《めわらわ》がいた。命婦《みょうぶ》の乳母《めのと》と呼ばれる女房は中宮の乳母で、女房たちの中ではもっとも年のいった女房である。侍従の君は中宮が参内した時から仕えている若い女房である。小兵衛の君もやはり中宮が参内してから仕えた若い女房である。そのほかに、八歳になるみくりという名の女の童がいた。

少納言の君が出仕した翌日の夜、中宮は母屋に呼んだ。中宮の側には、二、三人の女房が伺候していた。少納言の君は、中宮の前に出ることが出来ず、几帳の後ろに隠れるようにしていた。すると、中宮が言った。

「そのようなところに隠れていないで、こちらに出ていらっしゃい」

少納言の君は、恐る恐る几帳の後ろから出て中宮の前に出た。高坏《たかつき》に灯がともっていて、部屋の中は昼よりも明るい。少納言の君は、やや縮れ気味で艶がない自分の髪に引け目を感じていた。高坏灯台の明るい光にそれが容赦なく照らされていることを思うと消え入りたい思いだった。すると、中宮は厨子棚から絵を取り出した。

「これをご覧なさいな。とてもきれいよ。そのように離れていないで、もっとこちらへ」

中宮はそう言って火桶の横から絵を差し出した。袖口に覗いている艶《あで》やかな薄紅梅の襲《かさね》からわずかに出ている指が白くて美しい。少納言の君は、思わず中宮の顔に見入った。そして、その美しさに見とれ、あたかも物語の中に迷い込んだような気がして現し心《うつごころ》を失った。少納言の君は、呆けたように中宮の顔を見つめた。すると、中宮も少納言の顔を見つめた。しばし見つめあったあとで、中宮がふっと噴き出すように笑った。少納言もわけもなくおかしくなって笑いを漏らした。伺候している女房たちがそれを見て、首をかしげて顔を見合わせた。

「一緒に見ましょう」

中宮は、厨子棚からまた数枚の絵を取ってきて差し出した。少納言の君にとって、目にするものすべてが豪奢《ごうしゃ》で美しかったが、絵もまたこれまで見たこともないようなきらびやかさだった。

数日経ったある日、少納言の君が局に下がっていると、中宮からの使いがやってきて呼ばれた。廂の間には女房たちが集っていた。少納言の君は、目立たないように中宮から距離を置いて座った。唐衣《からぎぬ》を着た女房たちが長炭櫃《ながすびつ》を囲んで楽しげに談笑している。二、三人が固まって絵物語に興じている者もいる。時折、外から使いが来て文《ふみ》を届けたり、伝言を伝えたりする。女房たちは、それらの取次にもそつがない。新参者の少納言の君は、その様子を窺いながら、参内する前の期待がすっかりしぼんで自信を失っていった。

ある日、摂政さまのお出ましだと言って、女房たちは慌てて周りのものを片づけて身だしなみを整えた。少納言の君はうろたえ、几帳の後ろに隠れた。やってきたのは大納言の伊周だった。

普段着の直衣《のうし》と指貫《さしぬき》の姿だが、指貫の紫が雪の白さに映えて美しい。伊周は、廂の間に座って中宮に話しかけた。

「実は、昨日と今日は物忌《ものいみ》なのですが、この大雪ですので中宮さまはどうしておられることかと気になりまして」

すると、中宮は何やら意味ありげに笑みを浮かべながら答えた。

「今日は〈道もなし〉ですもの、雪見舞いにいらっしゃるとは思いませんでしたわ。それに、物忌だとか。いったい何事かしら」

少納言の君は、中宮の言葉が「山里は雪降り積みて道もなし今日来む人をあわれとは見む」という和歌を踏まえていることがすぐに分かったので、伊周がこれにどう応じるだろうかとわくわくしながら窺った。

「さればこそ、〈あわれとは見む〉と思いまして」

伊周は、中宮の意中を瞬時に読んで、同じ歌を踏まえて応じた。廂の間の女房たちは、その返しを聞いて感嘆の声を上げげた。少納言の君は、内裏では、常住坐臥、知性と教養の応酬がなされているということを知っていた。その現実を目の当りにして、果たして自分はこのような時に如才なく応じていけるだろうかと不安になった。

伊周は、廂の間の女房たちと冗談を言ったりふざけ合ったりしている。女房たちは少しも臆する様子がなく、やり返したりはぐらかしたりしている。少納言の君は、ひやひやしながらそれを聞き、わけもなく赤面したりしながら息を潜めていたが、にわかに咳が出そうになった。必死になってこらえていると、押し潰したような咳が漏れてしまった。それを耳聡く聞きつけた伊周が言った。

「そこにいらっしゃるのは」

中宮は微笑んだだけで、それには答えなかった。

「もしや、先日参られたお方では」

中宮はそれにも答えなかったが、伊周はすぐにそうと覚ったらしく、几帳の間近に寄って話しかけた。

「父上は和歌所《わかどころ》の寄人《よりうど》を務められたとか。さぞかしおもとも歌の道には長《た》けているのであろうな。漢学もきびしく仕込まれたと聞いている」

少納言の君は、几帳の側から早く立ち去ってほしいと、そればかり思って身を縮めていたが、伊周はいっこうに立ち去る様子はなく、なおも話しかけてくる。

「父上の任地の周防《すおう》にも行かれたとか」

伊周は、根掘り葉掘り聞いてくる。少納言の君が返答しないでいると、伊周は自らの手で几帳を取り除いてしまった。少納言の君は、羞恥のあまり、扇で顔を隠して縮こまっていた。すると、伊周はその扇までも取り上げてしまった。少納言の君は、袖で顔を隠してうつむき、なぜこのような分不相応な所に参上してしまったのかと悔やまれた。伊周は、少納言の君の扇をもてあそんでいたかと思うと、それを開いて絵に見入っている。

「なかなか洒落《しゃれ》た絵ですな」

少納言の君はそれにも答えるどころではない。そこへもう一人の殿上人がやってきた。源俊賢《みなもとのとしかた》である。俊賢は、昨年、公任の後任として頭弁《とうのべん》になった男である。公任に劣らず女房たちに評判がよかったので、廂の間はにわかに色めきだって賑やかになった。伊周もついそれに釣られてその輪の中に入っていった。

豊明節会《とよあかりのせちえ》が数日後に迫った。それは宮中の一年の最後を飾る饗宴である。殿上人にとって、艶《あで》やかな五節《ごせち》の舞《まい》を見ながら繰り広げられる酒宴はこの上もない楽しみである。今年の登花殿は、ことのほか浮かれた雰囲気に包まれている。中宮のもとから五節の舞姫を出すことになっているからである。舞姫は公卿や受領《ずりょう》のもとから出すのが常であり、中宮がそれを出すというのは稀《まれ》なことであった。中宮から舞姫の付添を命じられると、女房たちは一様に尻込みし、その日が近づくにつれて気が滅入っていった。

女房たちは、廂の間の炭櫃《すびつ》を囲んで浮かない顔を寄せ合っている。

「考えただけでもお腹が痛くなるわ」

侍従の君が溜息をつく。

「あら、どうしてかしら。舞姫の付添のお務めをするなんて、晴れがましいことよ」

小兵衛の君が言う。

「考えてもごらんなさいな。明るい灯火に照らされて、大勢の殿方の前に姿を曝すことになるのよ。それを考えただけでも身がすくんでしまうわ」

侍従の君は、不満の矛先を小兵衛の君に向ける。中宮が舞姫の付添を登花殿から出すと告げた時、女房たちはいっせいにこれを拒んだ。中宮の女房であることの自負心から、それはとうてい受け入れがたいことであった。依然としてその不満が燻っている。母屋でその様子を見ていた中宮がやおら口を開いた。

「小兵衛の言うとおりですよ。これは、登花殿にとってこの上もなく晴れがましく、誇らしいことです。おもとたちにとっても名誉なことです。当日は、おもとたちの姿を見て、殿方たちはきっと驚くはずよ」

中宮には何か秘めているものがあるように思われたが、女房たちにはそれが何かは量りかねた。

五節の舞が行われる豊明節会《とよあかりのせちえ》の日が来た。その日は、紫宸殿の南庭で盛大な饗宴が催される。群臣が着座して饗宴が始まると、大歌所《おおうたどころ》の楽人たちが賑々しく大歌を奏し始めた。その頃、中宮の五節《ごせち》の局《つぼね》は大わらわだった。舞姫は目もあやな裳《も》唐衣《からぎぬ》を纏い、付添の童女《わらわめ》は青摺《あおずり》の衣《ころも》を纏っている。それは神事に奉仕する者だけが着る特別な衣裳なので、童女は神々しさを帯びて美しい。女房たちはその姿を見て溜息をついた。すると、中宮が女官《にょかん》に何かを言いつけた。すぐに数人の女官が衣裳を捧げ持って局に入ってきた。中宮がまたなにやら指示すると、女官たちはそれを女房たちに配った。

「さあ、それを着なさい」

中宮が言った。女房たちがそれ広げると青摺の衣だった。女房たちは一様に驚き、戸惑った顔をした。それを着るのは舞姫の付添の童女と潔斎を済ませた小忌人《おみびと》に限られるからだ。

「中宮さま、これはなりませぬ」

中納言の君がきつい顔をして諌《いさ》める。

「さようですよ、中宮さま。青摺の衣は舞姫付きの童女のほかは着ないものでございます」

右衛門の君も諌める。

「よくご覧なさい。これは青摺の衣ではありませんよ」

中宮が涼しい顔をして言う。

「これは、やはり青摺の衣でございますよ」

中納言の君と右衛門の君が顔を見合わせて言う。

「いいえ、模様は同じでも、摺ったものではなく手描きしたものです。ですから、本物の青摺ではありません」

本来の青摺の衣は、版木を用いて山藍《やまあい》の汁で模様を摺って作る。だが、中宮は一計を案じて専用の版木で摺るのではなく、同様の模様を白布《しろぬの》に描かせたのであった。舞姫たちの先導を務める小忌人がそれを検分した。

「お見事な青摺の衣だ。絹も上等だし、絵も繊細できれいです。版木で摺ったものよりも美しい」

小忌人が驚嘆して言う。

「さあ、みな着なさい」

中納言の君が促したが、誰も躊躇して着ようとしない。それもそのはずで、今日は晴れの舞台に上がるということで、一族の威信にかけて飛び切り上等な衣裳を仕立てて臨んでいる。その上に青摺の衣を着てしまえばせっかくの衣裳が隠れてしまう。その時、宰相の君が誰よりも早く青摺の衣を纏った。日頃からひときわ美しく引き立っている宰相の君は、妖しいまでに美しい。それを見て、ほかの女房たちも青摺の衣を着た。

五節の舞姫は四人で、公卿《くぎょう》や受領《ずりょう》の家柄から一人ずつ献上する。年中行事の中でも重要な晴れの舞台だけに、舞姫を出す家は一族の名誉にかけて妍《けん》を競う。やがて、それぞれの局《つぼね》から舞姫と付添が出て廊に並んだ。釣り灯籠に照らし出されたその姿が息を呑むほどに美しい。とりわけ、青摺の衣を着ている登花殿の一行はいやがうえに目を引く。南庭には、おびただしい燎火《りょうか》が焚かれて昼のように明るい。二献を過ぎた宴席では、みなすっかり酔いが回っていたが、今や遅しと舞姫の登場を待っていた。青摺を着ている中宮の舞姫の一行が登場すると、万座がどよめき、歓声が上がった。楽人が奏でる奏楽と大歌《おおうた》の声が一段と高まって、艶やかな五節の舞が始った。四人の舞姫が紫宸殿の正面に進んで五節の舞を舞う間、付添の女房たちは檜扇《ひおうぎ》で顔を覆って廊に座っている。きらびやかな裳唐衣《もからぎぬ》の袖をひるがえして天女のように舞う舞姫の美しさもさることながら、廊に勢ぞろいしている青摺の衣を着た女房たちの姿が殿上人たちの目を釘付けにした。

幻の花

年が明けた。その年も昨年の例にならって小朝拝が行われた。元旦の空は厚い雲に覆われ、小朝拝が行われる直前に季節外れの大雨が降った。思いがけない雨の朝賀の儀に、人々はなにやら不吉な新年を予感した。

二月に入ってほどなく法興院《ほこいん》の積善寺《しゃくぜんじ》で一切経供養《いっさいきょうくよう》が行われることになっていた。法興院は、先の関白兼家が晩年に極楽往生を祈願して別邸を寺に改めたものである。積善寺は、法興院の一角に道隆が新たに建てた寺である。一切経供養を行うのは、道隆の信仰心もさることながら、自らの権力を天下に示すという思いもあった。それには女院詮子と中宮定子も大勢の従者を伴って参列することになっていた。中宮は、それに先立って二月の初めに登花殿を出て二条の宮の北宮に移った。二条の宮は、道隆が自邸東三条南院の隣に建てたもので、北宮は中宮の里邸、南宮は伊周の住居となっている。中宮の一行が二条の宮に入ったのは深夜であった。

翌朝、女房たちはうららかに日が差し始めた頃に起き、身だしなみを整えて廂の間に集った。造営されて間もない北宮はまだ真新しく、丹色《にいろ》が鮮やかだ。簾は前日のうちに掛け替えられ、部屋の調度類も比類なく立派だ。廂の間に入るなり、女房たちは外を見て感嘆の声を上げた。母屋の正面の階《きざはし》の下に一丈ほどの桜の木があって、満開の花が朝日を受けて輝いている。梅の開花の季節なのにどうしたものだろうかと怪しみつつ、みな夢見心地でそれを眺めた。すると、若い女房たちが廊に出て花をよく見た。

「本物かしら」

「本物に決っているわよ。こんなに精巧に作れるはずがないわよ」

「どこかで咲かせて持って来たのよ。さすが関白さまにはお出来にならないことはないのね」

「そうよね、それにしてもどこで咲かせて持って来たのかしら」

小兵衛の君が階を数段下りて桜の花を間近に見た。

「作り物よ」

小兵衛の君が叫ぶと、若い女房たちが階を下りて花を見た。

「信じられないわ。本物と見まがうほどね」

「でも、雨が心配ね。降ったら台無しよ」

「大丈夫よ。しばらくは降りそうもないわよ」

女房たちはしばしば桜の造花に見とれた。

その日、道隆が中宮のもとを訪れた。道隆は、東三条南院が昨年春に焼亡したため、今は二条の宮の西の対に住んでいる。道隆は、入って来るなり母屋の中心に進み出て中宮の前に座った。

「桜の花、いかがご覧になられましたかな」

道隆は得意満面の顔で言う。

「きれいですわ。朝、外を見て驚きました。まだ梅の花の折なのにどうしてここに桜の花がと、目を疑いました。幻を見ているのかと思いましたわ」

中宮が言った。

「幻の花。さよう、これはまさに幻の花でございます」

道隆は、幻の花という言葉に満足して高らかに笑った。

「まさか作り物とは思いもしませんでした。てっきり本物だと」

中宮の側に伺候している女房が言った。

「さよう、これは、本物の桜に劣らず美しゅうございましょう。なにしろ都でいちばんの細工人を選び抜いて作らせたのですから。三度も作り直させたのですぞ」

道隆は、あれこれ花作りの苦労話をし、ひとしきり造花の自慢をしたあと、居並ぶ女房たちを見回した。

「おう、いずれもお美しいですな。こちらは、まぎれもなく本物の花ですなあ。このように美しいお方々を侍らせて過ごされる中宮さまは羨ましいかぎりですなあ」

その時、天皇の手紙を持って宮中からの使いが来た。

「何が書いてあるのでしょうかな。拝見したいものですな」

中宮は、それをすぐには開こうとはせず、下に置いた。しばらくして、道隆は大事な用事があると言って出ていった。すると、中宮は天皇からの手紙を手に取って開いた。そして、紅梅色の美しい紙に返事を書いて使者に持たせた。道隆と入れ替りに、伊周と三人の妹、それに母の貴子がやってきた。貴子は毎日やってきては夜までいたが、いつも几帳の内側にいて女房たちには姿を見せなかった。

階《きざはし》の下の桜は、日に晒されてしだいに見栄えがしなくなった。なお悪いことに、数日後の夜に雨が降った。三、四人の女房が花を心配して明け方に起きて廂の間の格子を少し上げて外を見た。雨は上がっていたが、薄明かりで見るさえ、花は見るに堪えない姿になっていた。

積善寺の経供養の日が来た。西の対の車寄せの前にはおびただしい車が並んでいて、先に女房たちがそれに乗り込んだ。次いで道隆たちが乗った車の列が門を出て二条大路に出た。その後に中宮を乗せた葱華輦《そうかれん》が門を出た。御輿《みこし》の葱華が朝日を受けてまばゆく光を放ち、一際華美である。

やがて、行列が積善寺に着いた。大門の両側に並んだ楽士が雅楽を奏し、獅子と狛犬《こまいぬ》に扮した舞人《まいびと》がそれに合わせて舞っている。中宮の桟敷から女院の桟敷が見える。関白は、まず女院の桟敷に挨拶に行き、しばらくしてから中宮の桟敷にやってきた。大納言の道長と伊周は、大勢の殿上人を従え、中将の隆家は、背に箙《えびら》を負って関白に随行している。道隆は、中宮の桟敷に上がり、並み居る女房と桟敷の下に勢揃いしている殿上人を見渡しながら、感涙に咽《むせ》ぶ体で言う。

「まるで絵に描いたような美しさだ。そのうえ、お桟敷の前に立派な陣まで据えておられるとは」

桟敷の前に陣が敷かれているわけではなかったが、中将隆家が武官の姿そのままで控えていることと、大勢の殿上人がいるのであたかも陣が敷かれているかのように見える。

「松君をここへ」

道隆が下の席にいる伊周を手招きした。伊周は、数えで三歳になる松君を連れてきていた。中宮のいる桟敷に入れられると、松君は泣きわめき、桟敷の中は大騒ぎになった。

いよいよ経供養が始った。僧侶、上達部《かんだちめ》、殿上人《てんじょうびと》、それに地下人《じげにん》までが加わって、一切経を納めた赤い蓮の造花を持って長い行列が仏堂に通じる渡殿《わたどの》を歩いていく。ほどなく仏堂から衆僧が称《とな》える読経が聞こえてきた。桟敷の者たちは合掌して陶然とその声に聞き入った。長い読経のあとに舞楽が行われた。それがその日のいちばんの見ものだった。阿弥陀像の前に大勢の楽人が並んで座り、楽を奏でる。やがて伎楽面《ぎがくめん》を着け、豪奢な衣装を纏った舞人《まいびと》が現れ、厳かに舞を舞った。法会《ほうえ》は一日がかりであった。中宮のもとに天皇の使いが来て、法会が終えたらすぐに宮中に戻れという旨のことを伝えたので、中宮はそのまま登花殿に帰参した。

経供養が終って数日経ったある日、道隆の居所に済時と朝光が来て、昼から酒を飲んだ。

「積善寺の経供養は、なかなか立派でしたな」

朝光が手ずから注いだ酒を飲み干して言った。

「関白どのも積善寺を建立《こんりゅう》されたうえに経供養を果たされたのですから、後生《ごしょう》の心配はなくなられたわけですな。羨ましいかぎりです」

済時が上体を覚束なく揺らしながら言う。

「いや、なにがしはまだ後生のことは考えておりませんぞ。父上は今生の極楽をと法興院を建立されたが、ほどなくそこで亡くなられたから、法興院はそのまま後生の極楽になってしまった。だが、なにがしの今生の極楽は南院だ。これまでのものよりもっと壮麗で、どこの邸にも劣らないものが出来るはずだ」

昨春焼亡した東三条南院は、目下大急ぎで造営中だ。関白は、その大言《たいげん》とは裏腹に頬の肉が落ち、色白の肌がいくぶん青ざめて見える。

「ごもっとも、関白どのの栄華が陰ることはありますまい。新しい南院は、我々にとりましても今生の極楽となりましょう」

「さよう、今生の極楽の酒を楽しむためにも、頑健でおりませんとな」

済時が朝光の言葉に大仰に頷いて言う。

「ところで、鎮西《ちんぜい》では疫病が流行ってたいへんだとか」

朝光が思い出したように話題を変えた。

「そうらしいな。鎮西全域に広がっておびただしい人が死んでいるらしい。なんでも死肉にたかる野良犬も烏も食い飽きているほどだというから恐ろしい」

「都に入ってこなければいいがなあ」

鎮西の深刻な事態について話す間も三人は盃を手放さない。それからいつものように殿上人の誰彼の失態などを話しては笑い興じた。

「ところで」

朝光がまた思い出したように話題を変えた。

「道長どののお子の誕生が近いようですな。土御門殿ではひっきりなしに加持祈祷を行っておられるようです」

道長は、北の方が懐妊したことを公言して憚らなかったため、早くから道隆もそのことを知っていた。道長には先に彰子《あきこ》が生まれているが、自分には中宮をはじめ四人の娘がいる。だから、道長に女君が生まれようが何ら障りはない。道隆はそう高を括っている。

「それはそうと、娍子《すけこ》さまもご出産が近いと漏れ伺いましたが、まことでございますか」

朝光が済時の盃に酒を注ぎながら言った。すると、ふらついていた済時の上体がぴたりと止まった。同じように関白も凍りついたように動かなくなった。済時の額に脂汗が滲んできた。道隆にとってそれは寝耳に水であった。

「それはまことか」

関白が険しい目で済時を睨みつけた。済時は、最悪の形で娍子の懐妊のことが暴かれたことですっかりうろたえた。

「済時どののお邸にも頻繁に僧都《そうず》が出入りしているようですから、それはまことでしょうな」

朝光だけがひとり平常心で、事も無げに言う。

「それはまことか、済時どの」

関白の抑制された声がむしろ凄みを帯びて、済時の額に滲んだ脂汗が顔を滴り落ちた。

「なにがしは、別段それを、その、秘しておこうなどとは、毛頭意図したわけではござりませぬ」

済時の弁解は、はからずも済時がこれまで意図してきたことを曝け出すこととなった。

「なにがしは済時どのを疑っているわけではござらぬ。気になさるな、気になさるな」

朝光が快活に笑ってぐいと盃を干した。

「して、娍子さまのご出産はいつ頃に」

道隆にとって、宣耀殿の出産は抜き差しならぬ事である。万が一天皇に御子が生まれず、皇太子に親王が生まれるとすれば、今上天皇の皇統は危うくなる。ややもすると関白家の繁栄が終焉《しゅうえん》を迎えることになりかねない。そうなることは道隆が最も危惧するところだ。道隆は、心ならずも取り乱してしまったことを糊塗するかのように平静さを装って聞いた。

「実は、あと二月後でござりまする」

「それはめでたいことですな」

これまで済時に欺かれていたことと、それに気づけなかったおのれに対するいまいましさが綯《な》い交《ま》ぜになって、道隆の表情は強張ったままだ。

それから数日後、道長室が次女妍子《きよこ》を産み、その二月後に、里下がりしていた済時の娘娍子が男御子を産んだ。待ちに待った男御子が生まれた済時邸は喜びに包まれた。無事出産の知らせを受けた済時と北の方は、産屋《うぶや》が設《しつら》えてあった西の対に駆けつけた。五十半ばの大納言済時は、相好《そうごう》を崩して母子と対面した。

「近う、近う、もっと近う。お顔をよく見せておくれ」

済時が御子を抱いている乳母に手招きした。

「おう、おう、玉のような御子じゃ。目元のあたりが東宮によく似ていなさる。かわいいお顔じゃ」

済時が恐る恐る赤子の頰に触れようとして手を伸ばしたが、触れることが出来ずに手を引っ込めた。すると、北の方が手を伸べ、産着に包まれた赤子を乳母の懐から受け取って胸に抱いた。

「何とかわいいお顔ですこと。婆《ばば》さまは、そなたをどんなに待っていたことか」

北の方は、赤子をしっかり抱くと感極まって涙が流れた。それから食い入るように赤子を見つめた。

「御子は、母親似でいらっしゃいますよ。ご覧なさいませ、この白くてふっくらした頰、小さくてかわいいお鼻、目元だって、小さい時の娍子にそっくりですよ」

北の方が勝ち誇ったように言う。済時は、北の方の懐ですやすや寝入ってしまった御子を嫉ましげに覗き込んだ。

「それにしてもそなたはでかしたぞ。九条家に先んじて男御子をもうけたのだから。恐れながら、今上にはまだ御子がお生まれにならない。たとえ入内された原子さまに御子がお生まれになったとしても、この御子がお世継ぎになられるのは間違いない。そうすれば、そなたは将来国母となる。長く九条家の世が続いたが、ようやく我が小一条家に栄華が訪れることになるのだ」

長い間傍流の悲哀を味わってきた済時には、望外の明るい未来が開けてきた。鬢《びん》が白くなり、赤黒く焼けた皺の多い顔が、嬉しさに堪えられないという体である。

「この御子を大切にお育てするのですよ。万が一にも病に罹ることなどなきように気をつけるのですよ」

北の方がそう言うと、済時は急に不安になった。

「そうじゃ、この男御子を無事にお育てするのがそなたの務めじゃ。いいか、けっして病になど罹らぬように用心するのじゃぞ。御子が立派に成長なさるまでは、ここで過ごすがよい」

済時が娍子に言い含めた。

「ありがとうございます。お父さまはいつまでもお元気で、御子のお力になってくださいませ」

安産であったと見えて、褥《しとね》の上に臥している娍子は血色もよく、しっかりした口調で言った。

「合点した。御子のお顔を拝んで、十も若返った気がする」

「いいえ、十では足りませぬ。二十は若返っていただかねば」

北の方が言った。

「二十若返るとな。せめて十で勘弁してもらいたいものじゃ。この鬢の白さは元には戻らんだろうからな」

「いいえ、お気持ちがお若くなられますと、白髪もお顔の皺もきっと消えましょう」

娍子が笑った。

「そなたまでなんということを申す」

明るい光が差しこむ母屋が笑いに包まれた。大納言家にとってこの上もなくめでたい春であった。

鎮西《ちんぜい》に端を発した疫病の流行はたちまち広がり、とうとう京にまで及んだ。そんなある日、天皇は蔵人頭《くろうどのとう》俊賢《としかた》を呼んだ。

「都の様子はどうだ」

天皇が下問した。

「恐れながら、都中に死体が溢れております。大路も避《よ》けて通りようもないほどにあって、腐臭が漂っております。息絶え絶えの者もおびただしくうずくまっております。このまま放置しますと、ますます疫病が蔓延して、都中の者が罹患しかねません。人々は神仏に縋るほかはなく、各所で祈禱を行っておりますが、疫病の流行は収まりそうにありません」

俊賢が言った。天皇は、眉をひそめてしばしうつむいていたが、決然と顔を上げて俊賢に命じた。

「ただちに官宣旨《かんせんじ》を出すのだ。まず、京中の路頭に仮屋《かりや》を作り、路上にいる病人をそこに収容せよ。そして困窮している者たちには穀物を与えよ。それから、諸社に幣を奉納して祈禱せよ。南都の諸寺にも供物を奉じて祈禱させよ」

　天皇は、さらに代々の御陵《ごりょう》に使いを送ったり、大赦を行ったりと、疫病を収束させるべくあらゆる方法を講じた。だが、疫病の流行はいっこうに衰えなかった。極度な恐怖に疲弊した都に、どこそこの井戸の水が疫病に効くという流言が広がり、人々は争ってその井戸に駆けつけ、集った群衆の間で諍《いさか》いが起ったりした。またある時は、今日、疫神《えきじん》が都を横行するから何人《なんぴと》も外出を控えなければならないという流言が駆け巡って、都中の家の門戸は固く閉ざされ、通りから人影が消えた。

　それからしばらくして、誰言うとなく御霊会《ごりょうえ》を修しようという動きが起った。その声はたちまち広がって、多くの人々を巻き込んでいった。もとより巷間《こうかん》から起った動きだったが、やがて朝廷をも巻き込み、二基の御輿《みこし》が造られた。人々はそれを北野の船岡に運んで安置し、大勢の僧侶が仁王経《にんのうきょう》を唱えた。それが終ると朝廷の楽人たちが楽を奏した。この日船岡に集った人々は幾千とも知れなかった。御霊会は一日がかりであった。それが終ると、疫神を載せた神輿《しんよ》は船岡の山奥に消えていった。神輿は山を越え、難波の海に到り、そこから海のかなたに流された。

　夏のある夜のことである。清涼殿の上《うえ》の御局《みつぼね》は中宮に与えられた一室で、女房はさておき、天皇の他入ることが許されない部屋である。だが、中宮の身内の者は例外として入ることが出来た。その夜は、中宮の兄伊周《これちか》が天皇に漢文を講じるために入室していた。天皇に漢学を講じる文章博《もんじょうはか》士《せ》がいるが、漢文の素養があり、中宮の兄で年も近いことから、天皇はしばしば伊周を呼んで漢文を講じさせている。

「今日は、何を講じるのじゃ」

天皇が聞いた。

「本日は韓非子《かんぴし》を持って参りました」

伊周が手箱の中から書物を出して文台《ぶんだい》の上に置いた。

「それはよい。始めるがいい」

伊周がおもむろに書物を開いて読み始めた。

「臣聞く、知らずして言うは不智、知って言わざるは不忠と。人臣と為りて不忠なるは当《まさ》に死すべく、言いて当らざるも亦当に死すべし。然《しか》りと雖《いえど》も臣願わくは聞く所を悉《ことごと》く言わん。大王其《そ》の罪を裁せよ」

周りに座している女房たちは、朗々と読み上げる伊周の声に陶然と聞き入った。伊周は、一節を読み上げるごとにその意味するところを講じていった。天皇は講釈を聞きながら、時々不明の点を問うた。

「なるほどな。そなたも、まろのいかなる裁定をも恐れることなく、何事も率直に申すがよい」

天皇が笑って言う。

「もちろんでございます。分かっていることはすべて帝に申しあげるつもりでおります。ですが、ご裁定の方は何分お手加減のほど所望いたしたく存じます」

それを聞いて、中宮と側近の女房たちがくすくす笑った。伊周の講義はしだいに熱を帯びていき、天皇もその中に引き込まれていった。やがてそれは主道編に及んで佳境に入った。

「君は其の欲する所を見することなかれ。君其の欲する所を見するときは、臣将《まさ》に自《おの》ずから彫琢《ちょうたく》せんとす。君はその意を見することなかれ。君其の意を見するときは、臣将に自ずから表《ひょう》せんとす。故に曰く、好《こう》を去り悪《お》を去らば臣乃《すなわ》ち素《そ》を見せ、賢を去り、智を去らば臣乃ち自ら備えん」

伊周は丁寧にその意を講釈した。天皇はじっとそれに聞き入り、その意を咀嚼《そしゃく》したあとで言った。

「天子は我が意を表すべきではないというが、それではたして経世はうまくいくであろうか。何も思わず、物言わなければ、予がいる意味がないではないか。そのうえ、臣はみな恣《ほしいまま》に振舞って収拾がつかないことになろう」

「そのようなことはございませぬ。論語に、政《まつりごと》を為すに徳をもってするは、譬えば北辰の其の所に居て、衆星のこれに共するがごとし、とあります」

「予は北辰になろうとは思わぬ」

「いえ、上さまは北辰であるべきです。恐れながら、上さまが道を守って不動であられれば、臣は常に仰ぎ見て正邪を見誤ることはありません」

「予は北辰にはならぬ」

天皇が決然と言い放った。

「夜空にある北辰は遠すぎるし、天下を照らすにもその光は弱すぎる。予の居場所はこの内裏だ。この世を治めるのは天ではない、予である。事あるときは、予が裁を下す」

伊周は、天皇の言葉に今までにない堅固な意志が籠っているのを感じた。講義は深更に及んだ。天皇はそれでも止めよとは言わなかったが、さすがに疲れたと見え、柱にもたれて居眠りを始めた。中宮に伺候している女房たちも、一人二人といなくなり、几帳や屏風の陰に入り込んで眠ってしまった。やがて、外から「丑《うし》四つ」と時刻を奏上する声が聞こえた。

「夜が明けてしまったわ」

まだ寝ずに中宮の側に伺候していた少納言の君が、あくびを殺して独り言を言った。

「今さらお休みなさいますな」

少納言の君の声を聞きつけた伊周が言った。

「おやおや、上さまをご覧なさいませ。もう、夜が明けたというのにお休みなさるとは」

伊周が中宮に言った。

「寝穢《いぎたな》くていらっしゃること」

中宮が笑って言う。そのとき、外の方からけたたましい鶏の声が聞こえてきた。犬の鳴き声もする。夜警に当っていた舎人《とねり》の怒声も混じって騒々しいので、伊周が廊に飛び出した。天皇も眠り込んでいた女房たちも驚いて目を覚ました。

「何事だ」

部屋に戻った伊周に天皇が聞いた。

「里に下がる童が、親への土産にしようと鶏を捕まえて隠していました。犬めがそれを見つけて襲ったのでございます。童を懲らしめておきましょう」

伊周が答えた。

「それには及ばぬ。鶏を捕まえてその童に与えよ」

天皇の思いがけない言葉に伊周は打たれ、すぐに廊に出て舎人にその旨を命じた。

「驚いたな」

さっきまでぐっすり寝入っていた天皇が目をこすって言う。

「騒乱が起ったとでもお思いになられたのかしら」

中宮が笑って言った。すると、伊周が朗々と口ずさんだ。

「声、明王の眠《ねぶ》りを驚かす」

機転の利いた、そして時宜を得たその高吟にみな感嘆して聞き入った。

ある日、隆家が車に乗って烏丸《からすま》通りを過ぎようとした時のことである。ゆっくり進んでいた車が突然止って動かなくなり、前の方で何やら言い争う声が聞こえてきた。隆家が後方の簾を上げて従者にわけを聞いた。従者が言うには、先方から車がやってきて、どちらも道を譲らず争っているという。

「誰の車だ」

隆家が聞いた。

「花山院さまのお車のようです」

「なに、花山院さまのお車だと」

隆家が車の小窓を少し開けて外の様子を窺った。

「かまわぬ、進めよ」

こちらが多勢と見た隆家が言った。しばらく外の騒ぎが収まらなかったが、ようやく車が動きだした。だが、またすぐに止った。すると、従者が簾の外から言った。

「花山院さまからのご伝言でございます」

「なんだ、申してみよ」

「いかな吾主《わぬし》でも、我が門の前を事無く通り過ぎることはできまいと、このように申されております」

「なんだと。しかとそう申したのか」

血の気の多い隆家の癇《かん》に火がついた。

「そんなことは、この隆家にとって火中を渡るよりもたやすいと申せ」

すると、隆家に劣らず然るべきところのある花山院がすぐに返事をして、七日後の未《ひつじ》の刻《こく》に、わが門前を破るがよいと言って寄越した。隆家は、願うところとばかりに花山院の挑発に乗った。

隆家は、さっそく頑丈な車を作らせた。牛もすこぶる体格がよく猛々《たけだけ》しいのを用意した。そして、約束の七日後の未の時刻に合わすべく、花山院邸の門前を目指して出陣した。隆家は派手な直衣姿《のうしすがた》で車に乗り込んだ。葡萄染《えびぞめ》の織物の指貫《さしぬき》の裾を簾の下から少しばかり出して、あたかも賀茂祭の公達《きんだち》のような出立《いでたち》である。車の前には五、六十人、車の脇にも後ろにも大勢の屈強な従者を配し、たいそうな行列である。車の前の雑人《ぞうにん》たちは、高々と先払いの声を張り上げる。物々しい先払いの声に、都人たちはみな驚いて通りに出て見物した。ただならぬ行列に、物見高い都人たちはぞろぞろついていき、その数を増していった。二条通りを出た隆家の一行は、東洞院通《ひがしとういんのとお》りを北上し、勘解由小路《かでのこうじ》まで進んだ。その先が花山院邸の門である。意気揚々と進んできた隆家の行列はそこで止った。花山院邸の門前には、おびただしい荒法師と雑人たちが手に手に五、六尺の棒を持ち、大きな石を足元に用意して隆家たちを迎え撃つべく陣を構えていた。隆家側も用意してあるのは弓矢などの武器ではなく、同じように棒や石であった。花山院邸の南の門前も西の門前も荒法師と雑人が隙間なく配置されている。西の正門の中には武装した僧兵の姿が見えている。ここからは見えない東門も北門も、そして邸内も、万全の態勢を整えているのが分かる。隆家の一行と花山院の荒法師たちは一時《ひととき》ほど睨みあっていたが、ついに隆家側はそこから先に進むことが出来ずに退散した。

隆家が花山院邸の門前突破を試みて失敗し、あえなく退散したことが耳に入ると、道隆はすぐに隆家を呼んだ。

「そなたが花山院の門前突破を試みようとしたことはほんとうなのだな」

「はい、ですが、あれは院さまの方がけしかけられたものでして、こちらから意図して挑んだものではありません」

隆家は悪びれた様子もなく抗弁した。

「大勢の者を引き連れ、棒や石を用意して院さまのお邸前に押し寄せたというではないか。それがどうして意図がなかったと言えるのだ」

「ですから、あれは院さまを攻めるという意図など毛頭なかったということです」

「世人は誰もそのように見てはいない。そなたは、恐れ多くも先の帝を挑発したことに違いはないのだ。しかも、何もできずに退散したと、世間ではみな笑っている。まったくもって九条家の名折れだ」

「父上は、潔く突破できなかった隆家を歯がゆく思われているのですか」

隆家の目の底に、何かがめらめらと燃え上がってきた。

「そうではない。軽々に不敬を働くような真似をしてはならぬということだ。それに、九条家の名を汚すような妄動を慎むのだ」

隆家の胸中には、何もせずに花山院邸の門前から戻ったことへの悔恨が渦巻き、もはや関白の説諭など耳に入らなかった。

その年の八月に紫宸殿で任大臣の儀が行われた。これにより雅信が死んで空位となっていた左大臣には弟重信が就き、内大臣道兼が右大臣になった。そして、権大納言伊周は内大臣になった。右近衛中将隆家は従三位に叙せられ、公卿の仲間入りを果たした。その日、関白の自邸では、大勢の殿上人を招いて盛大に祝宴が行われた。権大納言道長は関白邸には行かず、自邸の土御門殿にいた。対座しているのは女院《にょいん》詮子《あきこ》である。

「まったく兄上のやりかたはひど過ぎる。内大臣を右大臣にしたのは順当ですよ。しかし、権大納言の伊周をこの道長を差し置いて内大臣にするとはもってのほかです」

道長の憤懣はますますつのって形相が険しくなる。女院は道長の怒りをなだめるように頷きながら聞いている。

「伊周は二十一になったばかりだ。まだ青二才ですよ。それがなぜ内大臣なのですか。そしてこの道長は権大納言のままだ。笑わせるでない。父上は、亡くなる前に、長男と次男のどちらに関白を譲るかと迷われた。そのとき、兄上は長幼の序に従うべきだと主張され、父上は最終的にそれを入れて兄上を関白になさったのです。長幼の序を考えれば、この道長が内大臣になるのが至当なはず。兄上は、次の関白には道兼、そしてその後は伊周と考えておられるのです。しかし、そのようなことはこの道長が許さない」

道長の憤怒が極まって、今にも目の前の女院に食ってかからんばかりの勢いである。弟の言うことを冷静に聞いていた女院がおもむろに口を開いた。

「時を待つのです。時がそなたに味方する折が必ず来ます。わたくしはそれを信じております。あれは父上がまだご存命の時でした。父上のご病気が重くなって、飯室の権僧正さまを呼んで加持をしていただいた。その時の伴僧に観相に長《た》けた者がいました。わたくしは、ひそかにそなたたちの相を占わせたのです」

道長の顔からにわかに憤怒の相が消えて身を乗り出した。

「して、その観相の結果は」

「伴僧は、即座に、そなたに瑞相が出ていると言いました」

「なにがしに瑞相が。して兄上たちと伊周にはどのような相が」

「そなた以外の相は聞かなかったわ。伴僧も言いにくそうだったし、わたくしはそなたの相が聞ければそれでよかったから」

「それがしに瑞相が」

道長は、自分の瑞相がどのようなものかを考え巡らした。そして、意を決したかのように眉をつりあげて宙を見つめた。

関白道隆は、今年の春頃から体に変調をきたしていた。疲労感がはなはだしく、盃を持つ手の感覚が鈍り、しだいに痩せてきた。とりわけ喉の渇きが尋常ではなかった。その他にもさまざまな症状が出て、冬に入るととうとう参内もままならなくなった。

「お酒を慎みなさいませ。飲水病にはよくないと申しますから」

その言葉が北の方貴子の口癖になっている。

「飲水病などではない。それに、酒はこの道隆にとっては何ものにもまさる薬だ。酒なくて何の極楽ぞ」

炭櫃《すびつ》には赤々と火が熾《おこ》っているが、道隆は震えが止まらない。

「そのようなことをおっしゃらずに、後生ですから酒をお断ちなさいませ」

北の方が縋るように哀願するが、道隆はいっこうに聞き入れようとしない。

「道観に加持をお願いしてあります。明日には参るとのことです」

道観は北の方の父成忠のことで、二年前に出家している。道観はその法名《ほうみょう》である。北の方は、これまでにも何人かの僧を招いて加持祈禱をさせている。だが、道隆の病状は快方に向うどころか、ますます重くなるばかりだ。

「修法などやっても無駄だ。我は飲水病などではない」

「お手がそのように震えていらっしゃるではございませんか。それにひっきりなしに樋殿《ひどの》にお立ちになられるのも心配です」

「それもこれも寒いからだ」

「こんなに火があるのですから、寒いはずはありません。やはりお体の具合がよろしくないのです」

「何度言ったら分かるのだ。我は飲水病などではない」

道隆は不機嫌になって顔を背けた。

叡慮

年が明けた。天皇は、恒例の朝覲《ちょうきん》をするために女院のいる東三条殿に行幸した。天皇の新年の祝詞を受けたあとで女院が言った。

「わたくしは、今年こそは帝に御子が授かりますようにと、それぱかりを念じております。東宮の女御に親王がお生まれになり、そのうえ関白の二の姫君が近いうちに女御となって東宮に入内されます。帝にもし御子が授からないようなことになりますと、先が案じられます。道長の姫君を女御に迎えれば、もしや御子が授かることもあるやもしれませんが、まだ八歳ではそれも叶わないこと」

女院の端麗な顔が憂わしげに陰った。

「そのようなご心配は無用にございます」

天皇は、むしろ女院を気遣うように言った。

「悠長なことをおっしゃっている暇などございませぬ。娍子にはもう男御子がお生まれになっておられるのです。新しく東宮に入る女御にも御子ができないともかぎりませんよ」

女院は、気が静まるどころかますます昂じてくる。

「子は天からの授かりものといいます。天は必ずや中宮に子を授けたまうと、予は信じています。もし、天が中宮に子を授けたまわなければ、その天意を受け止めようと思います。そうなったとしても、東宮には男御子が生まれているのですから、それで皇統は絶えることがありません」

中宮以外に女御を入内させる思いがまるでない帝に落胆して、女院は深い溜息をついた。

道隆は、一昨年の春に焼亡した東三条南院が再建されたので、昨年の暮にそこへ移り、新しくなった邸で新年を迎えた。だが、松の内が明けないうちに、伊周の居所になっていた二条の宮の南宮が焼亡した。そのため伊周は東三条南院に移った。関白家にとっては不吉な年明けとなったが、それから十日後に次女の原子が東宮の女御となって入内し、淑景舎《しげいしゃ》に入った。

原子が入内してからは、中宮と原子との間で頻繁に手紙のやり取りがなされていたが、対面はなかなか叶わなかった。一月《ひとつき》ほど経った日の深夜、原子が登花殿に入った。そして日が替り、未明に道隆と北の方が車に同乗して登花殿にやってきた。やがて夜が明けると、登花殿の格子が掲げられた。東廂には対面のための室礼《しつらい》が整えられていた。中宮は、対面に備えて入念に理髪と化粧をした。女房たちも心して美しく装っている。

「少納言は淑景舎《しげいしゃ》の君《きみ》を見たことがあったかしら」

中宮がすぐ側にいる少納言の君に言った。

「積善寺《しゃくぜんじ》の経供養の折に、御後姿を少しばかり拝見しました」

少納言の君が言った。

「そこの柱と屛風の近くにいて、わたくしの後ろからご覧なさい。とてもお美しい姫君よ」

中宮の今日の装束は、紅梅の固紋《かたもん》の上着の下に浮紋《うきもん》の衣を着、さらにその下に紅の打衣《うちぎぬ》を三枚重ねて着ている。

「紅梅《こうばい》の襲《かさね》には濃い紅の衣がふつうよね。それに、もう紅梅は季節外れよね。でも、萌黄襲《もえぎがさね》は好きでないの」

中宮はそう言ったが、少納言の君には今日の衣裳がたいそう似合って見えた。中宮は、姿を整え終ると、屏風の表に膝行《しっこう》して出た。少納言の君は、中宮から言われたとおりに屏風の横から覗き見ていた。北の方は、白い上着の下に紅の衣を重ねて着、腰には女房と同じく裳を着けている。原子は、紅梅襲の装束を着て扇で顔を隠している。関白は、薄色の直衣を着、萌黄色の指貫《さしぬき》をはいて柱にもたれかかるようにして、女房たちのいる方を向いて座っている。やつれているように見えるが、満面の笑みを浮べていつものように戯言《ざれごと》を言って女房たちを笑わせる。

朝食の時になって屏風が取り払われたので、少納言の君は慌てて側にあった几帳の後ろに隠れた。

「おや、どなたかな。美しいお召し物の裾が見えているのは」

衣の裾と裳が几帳の外にはみ出したままになっているのを、道隆が目敏く見て言った。道隆が今にも几帳の側に寄ってきそうなので、少納言の君は冷や汗をかいて身を縮めていた。すると、いい具合に淑景舎の前に朝食が運ばれてきた。

「うまそうですな。どうかお召し上がりくだされ。この翁と嫗《おうな》がはやくお下がりをいただきたいと、垂涎《すいぜん》の体でお待ちもうしておりますぞ」

道隆は、一日中戯言を言ってはみなを笑わせた。それからほどなく伊周が松君を連れてやってきた。隆家も一緒だ。今か今かと松君が来るのを待っていた道隆は、乳母《めのと》から抱き取って膝の上に座らせ、上機嫌である。昨年の秋に内大臣になった伊周は、すっかり貫禄がついている。やはり昨年の秋に従三位に叙せられて公卿の仲間入りを果たした弟の隆家も凛々しい姿である。職掌は右近衛中将だが、さがな者の隆家には武官が似合う。定子と原子の対面の場になっている南廂は、華美な衣装をまとった女君たちと女房たちが勢揃いし、外側の廊は、束帯の裾《きょ》が折り重なって足の踏み場もない。その日は、関白家にとって栄華の極みを示す日となった。

伊周は、陣の勤めがあると言って登花殿から出ていった。入れ替るように天皇からの使いが手紙を持ってきた。中宮はすぐに返事を書いて使いに渡した。引き続き、東宮から原子のもとに手紙が届いた。原子がみなに背を向けるようにして手紙を見ていると、中宮が寄ってきて覗き込んだ。

「何て書いてあるの。お見せなさいな」

中宮が原子の手から手紙を奪うようにして読む。

「まあ、お優しい水茎の跡ね」

北の方も寄ってきて手紙を見る。

「お歌もさすがね」

それを聞いて道隆も手紙を見る。

「ふむ、ふむ、なかなかお心が籠っておる。どうやらこれで我が世の春も安泰だな」

道隆は、満足げである。

「早くお返事を書きなさい」

道隆が促した。中宮と北の方も急かしたが、原子は返事を書こうとしない。

「お返事はすぐに書くものですよ」

北の方が心配そうにたしなめる。

「いつもは嬉々として書くのだろうに。なにがしが見ているから書かないのだな」

道隆は、原子に背を向けてまた松君のいるところに戻って膝に抱いた。松君が他愛もないことを言ったりすねたりするのを、女房たちが面白がって相手をする。

「この子が中宮の御子だったらどんなによかったことだろうに」

道隆がしみじみと言う。原子は、みなに急かされて顔を赤らめていたが、北の方から強く急かされてみなに背を向けて返事を書き始めた。北の方が付きっきりで、あれこれ助言した。

未《ひつじ》の刻《こく》の頃になって天皇が登花殿にやってきた。天皇と中宮がそのまま帳台に入ったので、女房たちはみな南廂に出た。南廊には殿上人が大勢控えていた。道隆は、宮司《みやづかさ》を呼び、酒と果物を用意させた。殿上人たちはたちまち酔いが回って、廂にいる女房たちに戯言を言ったり歌を詠みかけたりしている。道隆も震える手で盃を持ち、酒を飲む。

「上さまがこのような時においであそばされるのはおめずらしいわね」

殿上人から避けるようにして南廂の奥にいる中納言の君が弁の君に言う。

「中宮さまのお手紙によほど御感《ぎょかん》あそばされたのね。なんてお書きになったのかしら」

「いつになくすらすらとお書きになっていらしたから、きっと熱い思いが籠っていたのに違いないわね」

二人は顔を見合わせて笑った。

天皇は、日没の頃になって帳台を出て清涼殿に戻った。殿上人もあとに従ったので、南廊は元のように静かになった。しばらくして天皇からの使いが登花殿にやってきて夜の召しを伝えた。

中宮は、今宵は参上しかねる旨を伝えた。すると、それを聞きつけた道隆が言った。

「それはあるまじきことだ。すぐに参上するがよい」

道隆がきつく促したが、中宮は気が進まない様子で参上を渋る。一方の原子のもとにも東宮から帰参を急かす使いがやってきた。

「では、淑景舎の君をお送りしてから参りましょう」

中宮がしぶしぶ言う。

「淑景舎の君はこの道隆がお送り申そう。中宮はすぐに参上するがよい」

道隆がそう言って立ち上がった。原子と女房たちがあとに従って登花殿を出た。

隆家は左大臣重信の娘と結婚したが、正妻を差し置いてほかの女のもとに通っているという噂が道隆の耳に入った。伊周の結婚も隆家の結婚も、道隆の周到な目論見が働いて実現した。伊周の正室は醍醐源氏の権大納言重光の娘であり、隆家の正室は宇多源氏の左大臣重信の娘である。二人の息子に宇多源氏と醍醐源氏の双方の皇族の血を取り込み、自らの権力を盤石なものにしようと考えたのであった。道隆は激怒してすぐに隆家を呼んだ。頬の肉が落ちて青ざめている道隆の唇の震えが止まらなかったが、隆家は平然としている。

「お顔の色がすぐれないようにお見受けしますが、しかと養生なさった方がよろしいのでは」

道隆が口を開く前に隆家が言う。

「我のことなどどうでもよい」

道隆はいらだたしげに首を振った。

「そういうわけにはまいりません。父上は、大政《たいせい》の要《かなめ》であられるのですから、いかなる折でも安泰でおられなければ困ります」

道隆の心底を見透かしているのか、隆家はいよいよ沈着冷静だ。

「父上が関白を辞されるなど、けっしてあってはなりませぬ」

道隆は、すでに関白職を辞する旨の上奏をしている。それは何か魂胆があるというより、もはや自分にはその重職を果たしていくだけの力が残っていないことを覚ってのことであった。

「そのようなことはどうでもよい。そなたのことで、よからぬ噂が耳に入った」

「よからぬ噂。さて、それはどのような噂ですか」

「とぼけてはならぬ。いいか、よく胸に手を当てて考えてみるがいい。そなたは、左大臣さまの姫君をないがしろにして、他所《よそ》に通っているというではないか。それはまことか」

息を巻く道隆の唇がいっそう激しく震えた。

「左大臣さまの姫君と結婚したのは事実です。だからといって他所に通ってはならぬという道理はどこにありましょう」

「そういうことではない。よいか、そなたの正室は左大臣さまの姫君なのだぞ。その姫君を粗末にしてはならぬということだ。恐れ多くも左大臣さまは宇多源氏であられる。そのような尊いご縁を蹂躙《じゅうりん》してはならぬ。さもなければ、そなたの行く末は碌《ろく》なことにならぬ」

そう言うと、道隆は激しく咳きこんだ。

「父上、そのように興奮なさるとお体に障ります」

隆家は、父の意中が分かると、早々に退散するに限ると考えた。

「分かりました。姫君を粗末にするようなことはけっしていたしませんから、どうぞご安心なさってください」

道隆が何かを言おうとしたが咳が止らず、ものを言うことができなかった。隆家はそれをいいことにさっさと退散した。

それから道隆の病状はいっそう悪化したため、再び職を辞する旨の上奏をした。天皇は、それを受け入れなかったが、関白職を解かないまま、道隆が病気の間という条件をつけて内大臣伊周に内覧を代行させる宣旨を出した。かくて、伊周は叔父の道兼と道長を超えて関白職を代行することとなった。

それから十日ほど経った日のことである。伊周が慌ただしく道隆のもとにやってきて、大納言《だいなごん》朝光《あさてる》が死んだことを告げた。

「なに、朝光どのが亡くなられたとな。いつのことだ」

道隆は驚愕して声を上げた。

「昨日のことです。都には疫病が流行っております。朝光どのもそれに罹って、あっという間に亡くなられたそうです」

「ああ、何ということだ。天はなんと酷《むご》い仕打ちを下されるのだ。我の大切な酔客を召し上げられるとは」

青ざめて憔悴《しょうすい》しきった道隆の形相が亡霊のように見えて、伊周は慄然とした。

「父上、気を確かにお持ちください。疫神などにつけこまれないようになさいませ。すぐに加持の手配をいたしましょう」

「加持ならやっておる。この道隆は死なぬ」

しかし、道隆の声はいかにも弱々しい。道隆は、掛け替えのない酒飲み仲間を失ったことに落胆して取り乱したが、ややあって気を取り直したように言った。

「ところで、内覧のほうは滞りなく行っているか」

「ご心配には及びませぬ。万事抜かりなく行っております」

「そうか。帝は関白辞退をお認めにならないが、何としてもそなたに関白職を継がせる手立てを講じなければならぬ」

道隆の目に光が戻り、声に力が籠ってきた。

「帝は、やはり関白辞職はお許しにならないだろうな」

道隆は腕を組んでしばらく考え込んだ後で言った。

「そうだ。いい考えがある。随身《ずいじん》を返上申そう。その代わりにそなたが随身を賜《たまわ》るのだ。それがいい。そなたが内覧を代行しているのだから、随身を賜ったとしても誰も異を唱えることはできまい。それが叶えば、もしこの道隆に万が一のことがあれば、おのずとそなたに関白職が移ることになる。一刻の猶予もない。明日にでも参内してその旨を奏上するがいい」

道隆が鬼気迫るような勢いで伊周に命じた。

翌日の朝、伊周はさっそく清涼殿に参上した。応対に出たのは蔵人頭俊賢《くろうどのとうとしかた》だった。伊周は、俊賢を介して、道隆の意向を奏上した。しかし、天皇は、道隆の随身返上は認めたものの、それを伊周に与えはしなかった。それを聞いた伊周は血相を変えて昼御座《ひのおまし》に上がって直訴した。

「父上の上奏をしかとお聞きになられたのでしょうか」

伊周が語気を強めて言った。

「道隆が随身を返上するというならそれでよい。だが、そちに随身を与えるつもりはない」

天皇が冷然と言った。

「なぜでございますか」

天皇の冷静さが伊周の怒りをいっそう煽《あお》った。

「そちはあくまで関白の代行者である。関白でない者に随身を与えたという例《ためし》はない」

「いいえ、摂関以外にも左大臣源融《みなもとのとおる》が随身を賜った例がございます」

伊周がきっぱり言い切ったので、天皇はさすがに道隆と伊周の言い分を飲まないわけにはいかなかった。

その日の夕方、道隆の病状は急変した。東三条南院では、急ぎ高僧を呼んで加持が行われた。大勢の僧たちが夜通し護摩を焚き、読経をした。北の方は寝ずに道隆の枕元に座っていた。道隆は死んだように動かなかったが、時折かすかに唇を動かした。早暁になって、道隆は薄く目を開けたかと思うと北の方を呼んだ。

「僧都《そうず》、僧都を」

道隆が喘《あえ》ぎながら言う。

「ご安心なさいませ。僧都さまは夜を徹して護摩を焚き、読経をなさっていますから」

「ここへ、ここへ呼ぶのだ」

「僧都さまに何かおっしゃりたいことがおありなのですか」

北の方が道隆の耳元に顔を近づけて聞いた。

「出家をする」

北の方は、道隆の顔が鬼気を帯びているのを見て恐れた。

「明るくなってから、いえ、今しばらく経ってからになさいませ」

北の方が制した。

「いや、今すぐだ。ああ、朝光が呼んでおる。待っておれよ。もうすぐそちらへ行くからな」

道隆が譫言《うわごと》のように言う。

「何をぐずぐずしておる。はやく僧都を呼ぶのだ」

道隆に叱責されて、北の方がやむなく僧都を呼び入れると、道隆はすぐに出家する旨を僧都に伝えた。道隆の意中を即座に察した僧都は、北の方と伴僧に出家の儀式の用意を指示した。かくして、まだ明けやらぬ時刻に、道隆は剃髪し、出家を果たした。

道隆が出家したことを知らされた中宮定子《ちゅうぐうさだこ》と東宮女御《とうぐうにょうご》の原子《もとこ》は、その日の夕刻に東三条南院に駆けつけた。伊周も一緒に道隆の寝所に入った。剃髪したばかりの父の姿を見ると、定子も原子も泣き崩れた。

「なぜそのように泣く。父の出家がそんなに悲しいか」

道隆がうつろな目をして言う。

「何も悲しむことはない。今生の終りにそのような悲しい顔を見せないでくれ。我は、何も悲しいことはない。ただ、そなたたちのことだけが心残りだ」

定子と原子の顔を見て少し力を取り戻したのか、道隆は確かな口調で言う。

「伊周、いいか。そなたは関白になるのだ。たとえ帝がお首を縦に振ることがなかろうと、そなたは関白だ。今は父に代って内覧を許されている。随身も賜っている。この父が死ねば、そなたが関白になるのは当然のことだ」

伊周が何かを言おうとしたが道隆が続けた。

「中宮は帝と睦まじくせよ。やがて、必ずや御子が授かろう。原子も東宮に尽くせ。そなたもいつか必ず中宮となり、国母となる日が来るであろう」

そう言うと、道隆は力尽きたように目をつむり、伊周と二人の娘が呼び掛けても返事をすることがなかった。それから四日後の深更に道隆は世を去った。

四月になると疫病は恐ろしい勢いで都中に広がっていった。貴賤を問わず疫神に取り憑かれ、おびただしい人が死んでいった。さながら地獄と化した都であったが、殿上人《てんじょうびと》の間では、道隆亡きあと誰が関白になるかということが大きな関心事であった。伊周は、父道隆が死ぬ前にあらゆる手立てを講じて布石を打っておいたのでひとまず安心であったが、どこか抜かりがあったのではないかという漠然とした不安もあった。さりながら、引き続き関白の代行として内覧に携わっていた。

道隆が死んでから数日経ったある日、天皇が蔵人頭俊賢を呼んで下問した。

「次の関白を誰にするか、速やかに決めねばなるまい」

「さようでございます。都ではその話で持切りでございます」

天皇は額に拳《こぶし》を当てて思案に暮れた。道隆が死んでから、一刻たりともそのことが頭から離れない。だが、いたずらに逡巡するばかりで解決の糸口がまるで摑めないでいた。

「そちは誰を次の関白にすればいいと思うか」

天皇が聞いた。

「恐れながら、帝のお考えは」

俊賢が反問した。

「実を申せば迷っておる。内大臣の伊周が内覧を代行しているのだから、そのまま関白に就かせるというのも理にかなっておろう。だが、それでは道兼も道長も納得すまい」

「もし、道兼どのか道長どののいずれかを関白にすれば、中宮さまのお立場が危うくなりましょう」

俊賢は、天皇が中宮を愛していることを知っている。その中宮は、重服《じゅうふく》ということで消息を交わすこともままならない。

「予もそう思う。中宮を窮地に追い込むようなことはしたくない」

「その御意《ぎょい》がいちばんよろしいかと存じまする」

天皇は、俊賢の言葉に頷いた。

その頃、道兼は藤原相如《ふじわらのすけゆき》の邸にいた。相如は、かつて道真を讒言によって大宰府に追いやったかの左大臣時平の末裔《まつえい》である。道兼が相如の邸にいるのにはわけがある。というのは、数日前、悪夢を見たので陰陽師《おんようじ》を呼んで占わせたところ、今いる所が凶だから方違《かたたが》えをしなければならないと告げられた。そこでこの相如の邸に移ってきたのである。ところが、ここに移ってきた翌日から熱が出て臥す羽目になった。その日、相如は道兼が臥している部屋に入って見舞った。道兼は小康を保っている折だったので、床から出て相如と向き合って話をした。

「ご気分のほどはいかがでございますか」

相如が少し離れて座って尋ねた。

「今日はだいぶいいようだ」

そうは言うものの、烏帽子をとった道兼は髪も強鬚《こわひげ》も乱れ放題である。その上ぎょろ目がうつろでいかにもやつれて見える。

「右大臣どのには、ぜひともいつものように頑健でいていただかないと。なにしろ、ほどなく関白におなりになられる身であられますから」

「分かっておる。これしきの熱でこの道兼が参るものか。ようやく関白の座がこの道兼に巡ってきたのだ。おめおめ死んでそれを無にするのは戯《たわ》けというものだ」

「そのとおりでござる。右大臣どのにとっては千載一遇の好機でございまする。巷では、内大臣どのが関白になられるだろうという噂もありますが」

相如のその言葉を聞くと、道兼の形相が一変した。

「なんだと、あの嘴《くちばし》の黄色い内大臣が関白になるだと」

道兼は、相如に食ってかかるように身を乗り出して言った。

「なにがしはけっしてそのようには思っておりません。あくまでそれは巷で耳にしたことでございます」

「けしからん。父上が関白を辞された折は、ほんとうはこの道兼が関白になるはずだったのだ。ところが、関白は年の順にすべきだと兄上が強弁したので、父上はそれを聞き入れた。帝もそのことはご承知のはずだ」

「ごもっともでございます。次の関白は、右大臣どのを措いてほかにはいらっしゃいません」

道兼は、風貌のみならず人品もよくないので人望が乏しい。だが、相如は道兼を買っている数少ない者のひとりであった。この度道兼にもたらされた好機は、時平の死以来とみに衰えた家系の相如にとっても、願ってもない好機である。

同じ頃、大納言道長は、東三条殿で女院詮子《にょいんあきこ》と会っていた。二人が話していたのはやはり次の関白選びのことだった。道長にとっても詮子にとっても、それは看過できないことであった。

「俊賢どのの話すところによれば、帝は、次の関白は内大臣をと考えておられるようです」

道長が言った。

「それはまことですか」

女院は、驚いて目を見開いた。

「まことのようです」

「どうして伊周を関白にとお考えなのかしら」

「それは、中宮さまのお立場を案じてのご判断だと、俊賢どのが申されました」

「中宮のため。天下を統《す》べられる帝がなんと狭量なこと」

女院があきれたように溜息を漏らす。

「姉上は誰がなるべきだとお考えですか」

道長が女院のもとにやってきたのはそれを確かめるためであった。道長にしてみれば、まともに考えれば自分がこの機に関白に就くことはありえないだろうと思う。だからといってここで何も手を打たないのは将来に禍根を残すという漠とした不安がある。

「伊周は若すぎます。ことはそれだけではありません。ここで伊周が関白になれば、そなたが関白になる機会は失われることになりましょう」

詮子が眦《まなじり》を決して言う。

「そのとおりです、姉上。だからといって、大納言のなにがしが右大臣と内大臣を超えて関白になることはいかにも無理がありましょう」

道長自身がもっとも危惧するところはそのことだった。長幼の序に従えば兄の道兼がいる。世襲に従えば伊周がいる。どのように思案しても、二進《にっち》も三進《さっち》もゆかない。

「何か妙案はないものでしょうか、姉上」

道長が縋るように言う。

「妙案などいりませぬ」

女院は事も無げに言った。

「右大臣を関白にすればいいのです」

道長は女院の真意を量りかねた。関白の地位をみすみす兄の道兼に渡すことがなぜおのれを利することになるのか。

「天は、必ずやそなたに味方します」

逡巡する道長を諭すように女院が言う。

「右大臣のご病状はすぐれないと聞いております。陰陽師に占わせて方違えをしても何も良いことがないどころか、疫病に罹ってしまわれた。今、この疫病に罹った者の多くが死んでいます」

そこまで聞いて、道長はようやく女院の真意を察した。

「右大臣が関白に就くことには、誰も異を申し立てることなどできません。先帝退位の時のいちばんの功労者は右大臣ですもの。ほんとうはあの折に関白になるべきだったのです」

女院は、花山天皇退位について何ら手を染めることなく関白になった兄の道隆に対して、今も不満を持っている。その思いが伊周に対してもそのまま発露する。

「そうは申しましても、帝のお考えが変わらないことにはどうにもなりません」

道長は、女院の言葉にいくばくかの失望を感じないわけにはいかなかった。

「心配は無用です。帝はこのわたくしが説得します。中宮のことを考えることより、そなたは、はやく姫君を帝のもとに入内させることです」

女院のその言葉で、道長の胸中にあった諸々の懸念が霧消した。天皇といえども、国母の仰せられることには従わざるを得ないだろう。道長はそう考えて意を強くした。

それから数日後、女院は参内して凝花舎《ぎょうかしゃ》に入った。そこは女御であった時に賜った後宮で、今も参内した折はそこに入る。女院参内の知らせを受けた天皇はほどなく凝花舎に女院を訪ねた。

「都は疫病が流行っているようだが、母上におかれましてはつつがなくお過ごしですか」

天皇が言った。

「わたくしのことなどより、帝の御身がいちばん大事です。お変りはございませぬか。疫病に罹ったらそれこそお国の一大事でございます。流行り病は恐ろしゅうございます。それが内裏に入ってきたら大変でございます。用心なさいませ。殿上人の中でも多くの者が亡くなっております。少しでも熱のある者は参内させてはなりませぬ。帝は、なるたけ人にお会いにならないようになさいませ」

女院は、病がちな天皇に会うたびに口を酸っぱくして用心を説く。

「それは十分に心しておるからご心配は無用でございます」

いつもの説諭に天皇は辟易して、いなすように言う。だが、いなされればいなされるほど、女院の説諭が執拗になる。天皇に長々と説諭したあとで女院が切り出した。

「ところで、関白の葬儀も済みました。一刻も早く次の関白を決めるべきです。さもなければ、朝臣の心がいたずらに乱れて、よからぬことが起らないとも限りません。いったい帝はどのようにお考えか」

心奥に秘め事がある女院の言葉が険しくなる。

「そのことなら考えております」

女院の胸中に何やら堅固なものがあるらしいことを察した天皇は口をつぐんだ。

「帝は、もしや伊周を関白にしようとのお考えですか」

女院の言葉がいっそう尖《とが》ってくる。

「それも考えております」

女院は、もとより天皇のその言葉を予想してはいたが、あらためてそれを聞くと憤りを抑えることができなくなった。そして、先に道長に話したことをそのまま縷々《るる》述べて、天皇の翻意《ほんい》を促した。だが、天皇は、みずからの決断を示さないまま凝花舎を出た。

それから数日経っても天皇の関白宣旨は下されなかった。そればかりか、天皇は明らかに女院を避けていた。そのことに業《ごう》を煮《に》やした女院は、ある夜清涼殿に入った。天皇はすでに夜《よる》の御殿《おとど》に入っていた。女院は、構わず夜の御殿まで入って帳台の外から天皇に直訴した。

「早く関白の宣旨をなさいませとあれほど申しましたのに、どうして急ぎなさらぬ」

寝所にまで詰めかけてきて直訴する女院の剣幕に押されて、天皇はしばし言葉が出なかった。

「帝は何を躊躇なさる。次の関白は、右大臣の他にはおりませぬ。北家《ほっけ》は、これまで年の順を重んじて摂関の地位に就くべき人がその地位に就いてきました。それを考えれば、右大臣道兼こそが関白に就くべき人です。それに、帝が即位できたのも道兼の功績があったればこそなのですよ」

「それは分かっております、母上」

天皇には天皇なりの桎梏《しっこく》があり、逡巡を余儀なくされているのだが、目の前の女院には何を言っても通じそうにない。

「ならば、ご決断なさいませ。今すぐにです」

女院は、要求が受け入れられなければ一晩中でも動きそうにない様子である。

「分かりました、母上。明日にでも道兼に関白の宣下を下そう」

天皇はとうとう折れて女院の要求を受け入れた。

相如《すけゆき》邸に滞在している右大臣道兼のもとに関白宣旨の使いが赴いたのはそれから数日後のことであった。そのことが都中に知れわたると、殿上人の車が風に靡《なび》くように相如邸に押し寄せた。だが、道兼が病床を離れることができないために、誰も面会は叶わなかった。

その頃、内大臣伊周は、母貴子のもとを訪れていた。貴子は道隆の死後出家したが、そのまま東三条南院の北の対に住んでいる。伊周は、道兼が関白宣下を受けたことを知るや、激しく天皇を恨んだ。伊周は、父道隆の病が重くなっていくにつれ、内覧代行の宣旨を取りつけた。それは父の関白職を受け継ぐための周到な布石であったはずだ。それがいとも簡単に反故にされてしまったことにどうしても得心がいかない。

「帝はいったい何を考えておられるのか」

伊周は、先ほどからその言葉ばかりを吐き散らしている。

「そのように帝をお恨みしてはなりませぬ」

貴子もまた同じ言葉を繰り返して伊周をたしなめる。

「帝は、内覧を代行することをお認めになられたのですよ。ということは、父上に万が一のことがあれば関白をこの伊周に任じるということにほかならないでしょう。なのに、何ゆえに叔父上に関白宣旨を下されたのか」

「ですから、それは長幼の序を重んじられてのご決断でしょう」

「いや、それよりも世襲の方が重んじられるべきです。父上もその旨を奏上され、帝はそれを承諾なさっていたはずです。そうでなければ、なにがしに内覧の宣旨を下さるはずがありません」

北の方がかぶりを振った。

「それは関白が生きておられた時のこと。今は時勢が変っているのです。それぞれの思惑に縛られて、帝もご心痛が絶えないことでしょう。それに」

貴子が口籠った。

「それに。それに何だというのですか」

伊周が詰め寄るように言う。

「それに、そなたが内覧を代行することについては、関白の病の間という文言が入っていました。そなたはそのことを知っておろう」

「たしかに、その文言が入っていたことは知っておりました」

「ならば関白がお亡くなりになった時点で内覧の務めを失うのは必定だということも得心がいきましょう」

伊周自身も、宣旨にあったその言葉の意味することは察していた。宣旨からこの言葉を外すべく、然るべき手を打ちもした。だが、この宣旨に仕掛けられた陥穽《かんせい》をどうすることもできなかった。伊周は、おのれの浅薄さに臍《ほぞ》を噬《か》んだ。

関白の宣旨を受けた道兼は、翌日、返礼と着任の挨拶のために参内しようとした。その日も朝から相如《すけゆき》邸には関白就任を祝福しようと殿上人の車が先を争って押し寄せた。道兼は、かろうじて床から起き上がり、束帯姿になって従者に支えられて車に乗り込み、内裏に向った。相如邸の前に停っていた車は、道兼の車のあとにぞろぞろ続いた。内裏の車寄せで車から降り、廊を歩いて清涼殿に向う途中、道兼は両側から支えようとする従者の手を払って進んだが、足取りが覚束なく何度も立ち止った。ようやくのことで清涼殿に辿り着き、御前に出た。長い廊を無理して歩いたため、もやは体力も気力も使い果たしたかのように座り込んだ。道兼は、肩で荒々しく息をしながらぎょろ目をむき出して正面を見据えた。その目は、謝意を表すというより、猛々しい怨念が燃え盛っているように見えた。

「この、度は、関白、宣下を賜り、恭悦、至極に存じまする。道兼、謹んでお受けいたし、御意に沿うべく、身命を賭《と》して、お勤め、申しあげまする」

道兼は、喘ぎ喘ぎやっとそれだけ言った。天皇は、簾越しにその様子を見て息を呑んだ。道兼の病のことはすでに天皇の耳に入っていたが、詮子の話からして、それほど重い症状だとは思えなかった。だが、眼前の道兼は一見して、関白職に堪えられる状態ではないことが見て取れた。

「下がってよい。よく養生するがいい」

天皇が言った。道兼は下がろうとしたが膝行《しっこう》もままならず、従者に助けられて引きずられるようにして退出した。相如邸では、祝宴の用意を万端整えて道兼の帰りを待っていた。門前には相変らず多くの殿上人の車が停っていたが、道兼は従者の手を借りてようやく車から降り、そのまま自室に入って臥してしまった。そこへ祝福に駆けつけた在国が入ってきた。在国の声を聞いた道兼は閉じていた目を開けた。いつもは人に食ってかかるようなぎょろ目がうつろで痛ましい。道兼は身を起そうとしたが頭を上げるのさえ難儀そうだ。

「そのまま。ご無理をなさらずにそのままに」

在国が両手を出して制した。

「この度の関白ご就任、まことにおめでとう存じまする。なにがしにとりましては、我が事以上に喜ばしゅうござる。ようやく道兼どのの世が巡ってまいりましたな。運命の悪戯《いたずら》で少々回り道になりましたが、やはり落着すべき所に帰するものですな」

先の関白に冷遇されて蔵人頭を解かれ、今は勘解由使《かげゆし》の地位に甘んじている在国にとっては、道兼の関白就任は一陽来復の感がある。だが、道兼には、嬉しさを隠しきれない在国に言葉を返す気力がなく、強鬚《こわひげ》を動かしてわずかに頷くだけだ。

「とにかく、しっかり養生なさって、一日も早く参内なさいませ」

在国には、道兼が病に負けることなどまるで考えられず、やがては我が身に訪れるであろう吉事だけを思って舞い上がらんばかりの体である。在国は道兼の側を離れがたかったが、外の方が何やら騒がしいので、早々に暇乞《いとまご》いをした。

それから数日後、道兼は相如邸から自邸に戻ったが、病はいっこうに快方に向うことなく死んだ。関白就任のわずか七日後のことである。自邸に戻ってからも、門前には新関白に取り入ろうとする者たちの車が隙間なく並んでいたが、道兼が死ぬとことごとく去っていった。

関白道兼の死の知らせは直ちに内裏にもたらされた。それを受けて蔵人頭俊賢《くろうどのとうとしかた》は御前に駆けつけた。

「恐れながら申しあげます。関白さまが今夕お亡くなりになりました」

「何と、道兼もか」

天皇が驚いて声を上げた。

「何ということだ」

簾から漏れてくる天皇の声が震えた。四月から広がった疫病のため、相次いで要職にある者が死んでいる。この朝も左大臣重信が死んだばかりだ。そして、宣旨を下してから七日しか経っていないのに関白が死んでしまったのだから、天皇が動揺するのも無理はない。事は逼迫している。当面内覧を誰にさせるかが問題だが、それは次の関白を誰にするかということにも関わることだから容易なことではない。

「入るがよい」

天皇が簾の中に俊賢を入れた。

「差し当り内覧を誰にさせるかだ」

天皇の眉間に苦渋が滲んでいる。

「そちの考えを申してみよ」

天皇は、このような事態は思い及ばなかった。道兼の関白宣下も、さまざまな思惑に翻弄されてようやく落着させたのだが、事態はさらに深刻になった。

「恐れながら、帝のご叡慮《えいりょ》がいちばん尊いものと存じまする」

俊賢にも天皇の置かれている状況が十分に分かっているだけに、軽々に奏上することは憚られる。

「遠慮するでない。そちの思うところを正直に申してみよ」

天皇がやや焦れた様子で命じた。

「かたじけのうございまする。恐れながら、やはりいちど内覧の宣旨をお受けになられた伊周さまに、もういちど内覧を宣下あそばされるのが至当かと存じまする」

俊賢が畏まって奏上した。

「なるほどな。ただ、この度は先の場合とわけが違う。先の宣旨では道隆の病の間という事情があったが、この度は内覧の宣旨がすなわち関白任命の宣旨となる」

「仰せのとおりでございます。ですが、左大臣もお亡くなりになられた今は、内大臣の伊周さまがもっとも上位であられます。巷でも次の関白は伊周さまだろうというのがもっぱらの噂でございます」

天皇は、俊賢の言うことがまっとうな感じがした。だが、なお逡巡した。それは中宮のことを思うからであった。父道隆が死に、伊周が関白になれないとすれば、中宮の後ろ盾が危うくなる。それを思うと次の関白はやはり伊周にすべきだと思う。一方では、それでは女院も道長も納得しないだろうと考えると、いよいよ窮するばかりだ。

「下がってよい」

天皇が言った。

道兼が死んだという知らせが入ると、道長はすぐに女院のもとに駆けつけた。道長にとっては道兼の死はあまりに大きなことであり、打ちひしがれてどうしようもなくなり、女院のもとに駆け込んだのであった。

「無念で、無念でなりませぬ。兄上が、まさかこんなに早く亡くなられるとは夢にも思いませんでした」

道長は、姉の前で子供のように泣きじゃくった。

「まこと、こんなに早く亡くなるとは」

女院は、憚らずに泣く道長を見ると、こらえていた悲しみがにわかに堰を切って溢れた。二人はしばらく言葉もなく嗚咽を漏らしていた。ひとしきり悲嘆にくれたあとで道長が言った。

「兄上には消すことの出来ない罪を残してしまった。兄上が関白になることをひたすら願いはしたが、一方では自分が早く関白に就ける日を願った。その折のおのれの心を思うと恐ろしいのです」

道長は自分を責めて頭を抱えた。すると、女院がまた嗚咽を漏らした。

「いいえ、そなたは何も悪くない。罪を負うべきはこのわたくしです。そなたをそのように仕向けたのはわたくしなのですから」

二人はそれぞれに、ついこの間次の関白を誰にするかを話した折の自分の心底をまざまざと思い起こし、戦慄を覚えずにはいられなかった。道兼を関白にするというのは、道兼のためを思ってのことではなかった。むしろ、道兼がいなくなることを前提にして、その後に道長が関白になるということを企んでいたのだ。とすれば、道兼の思いがけない早死は喜ぶべきことなのだが、二人を襲ったのは肉親を失った悲しみと自責と悔恨だった。しばし嗚咽を漏らしたあと、女院が言った。

「さりながら、兄上は関白に就いて死んだのだから本望でしょう。そなたもわたくしもけっして兄上を陥れたわけではありませぬ。それどころか、兄上の関白就任を願って心を尽くしたことはほんとうのことです。兄上は、そなたとわたくしを恨んではいないはずです」

女院は、道長にというより自分を諭すかのように言った。

「それよりも、新しい関白に誰がなるかが大事です」

女院の言葉がにわかに真剣みを帯びてきた。

「帝は、やはり内大臣を次の関白にしようと考えておられるでしょうな」

道長の言葉にも力が戻ってきた。

「そなたはそれでよいと思われるか」

「ですが、この道長は大納言の身ですから」

「今は、関白も左大臣も右大臣もいない。それに多くの公卿が死んでいます。非常の折です。非常の折には非常のことが起るのは当然のことです」

「この道長が関白になるということですか」

「関白はおろか、氏の長者とてそなたの他にいない」

道長は、女院の言葉を聞いているうちに、おのれの周りに立ち籠めていた靄《もや》がしだいに消えていくような気がした。

それから数日後、成忠の邸には護摩壇が設けられ、三人の僧侶が来て加持祈禱が始められようとしていた。僧侶の後ろに控えているのは出家した成忠と、四人の息子たちである。成忠は、正面の護摩壇に安置された不動明王から目を離さない。その形相は、不動明王像よりも険しい。四人の息子たちもまた、同じように険しい形相である。僧侶が護摩に火を点じると、たちまち火勢を増して燃え上がった。僧侶が鈴《りん》を振り、真言を唱え始めた。同時に伴僧が激しく太鼓を打ち鳴らした。僧侶は幾度も護摩を投げ入れた。その度に、火の粉が舞い上がり、炎が激しく踊った。僧侶の呪文も目に見えない霊力に抗《あらが》うように力が籠り、身が打ち震えてきた。成忠と息子たちも僧侶の呪文に力を得て、ひたすら念じ続けた。やがて、僧侶の呪文が終り、太鼓の音もぴたりと止んだ。僧侶は立ち上がり、振り向いた。そして、にわかに穏やかな声になり、祓い清める旨を告げて、成忠たちの上で大幣《おおぬさ》を振った。

加持が終って僧侶たちが帰った後も、成忠と息子たちの顔は険しいままだった。

「これで、ひとまず安心出来ますかね」

長男の助順《すけのぶ》が言った。

「いや、まだまだ油断がならぬ。道長どのは悪運の強い方だから、一度の加持などでは参らないだろう」

成忠の目は何かを見据えて爛々《らんらん》と燃えている。

「しかし、あの僧はどんな悪霊でも調伏《ちょうぶく》できると評判なのですから」

次男の信順《さねのぶ》が言う。

「たしかに。道長どのは悪霊以上に強い。容易に疫病に負けるとも思えぬ。だが、道長どのに生きていてもらっては困る」

「帝はやはり道長さまを関白にとお考えなのでしょうか」

四男の道順《みちのぶ》が言う。

「たとえ帝がそうお考えでないとしても、周りの者が強引に道長さまを推すかもしれないではないか」

三男の明順《あきのぶ》が言った。

「そうなのだ。どうも女院さまが帝を唆《そそのか》しておられるようだから、油断がならぬ」

「わが高階家《たかしなけ》のためにも、道長さまに生きていてもらっては困るわけですね」

「そうだ。負けるわけにはいかぬ。何度でも加持をやって道長どのの霊を調伏せねばならぬ。そなたたちも念ずることを怠ってはならぬ」

成忠はいよいよ目を瞋《いから》して息子たちを睨みつけた。

道長に内覧宣旨が下されたのはそれから数日後のことである。女院は、その翌日凝花舎に入ったが、天皇は女院のもとを訪れることはなかった。そこで、女院の方から夜《よる》の御殿《おとど》に天皇を訪ねた。

「帝は、道長に内覧宣旨を下さいましたが、それはいったいどういうことなのでしょうか」

女院が訊ねた。

「どういうこととはどういうことなのですか、母上」

女院の圧力の裏には、何か途方もない意図があるのではないかと天皇は構えた。

「関白の宣旨ではなく、なぜ内覧の宣旨なのかということです。もしや道長の内覧はとりあえずの措置で、正式な関白には誰かほかの者を考えておられるとか」

「そのようなことはありませぬ」

実は、天皇は次の関白を誰にするかということをまだ決めかねていた。安心して政《まつりごと》を補佐できる者という面からすれば道長に勝る者はいない。だが、中宮のことを考えれば躊躇せざるを得ない。

「ならば、何ゆえに道長に関白宣旨を下すことをためらわれる」

女院は畳みかけるように言う。

「道長はとうに大臣の地位にあって然るべき者です。それなのにいまだ大納言にあって、若輩の伊周に先を越されているのは道理ではありませぬ。それもこれも兄上の身内贔屓《みうちひいき》のなせる業《わざ》です。ここで、しかとその非を正さねばなりませぬ」

女院の言うことには理《り》があり、聞くほどに天皇の思いは揺れる。自分の心底にある中宮に対する思いは私情であって、公《おおやけ》の大道《たいどう》と峻別しなければならない。それが分かっているだけに、天皇は女院に反駁することができない。

「分かりましたよ、母上」

天皇は、結局、女院の言うことを肯《うけが》わざるを得なかった。

内覧を命じられてからしばらく経ったある日、道長は天皇から参内を促された。道長はすぐに清涼殿に赴いた。天皇は、疫病の流行が熾烈を極めた都の様子について下問した。道長は、ようやくそれが収まりつつあることを奏上した。それから二、三下問したあとで天皇が言った。

「関白も左大臣も右大臣もいないとあっては、由々しき事態である」

「御意、ごもっともに存じまする」

「そちは大納言のまま内覧をしているが、これでは不都合があろう。諸々のことを鑑《かんが》みれば、やはりそちが関白となるのがよかろう」

「まことに恐悦に存じまする。さりながら、道長にはいささか思うところがございます」

関白の打診に対して、道長が何やら含むところがある様子なので、天皇は虚を突かれた。

「それはどういうことだ。申してみよ」

天皇がいささか不興げに言った。

「恐れながら、帝がもし関白の宣下をお考えあそばしておられるとしたら、道長はそれを返上申しあげとう存じまする」

「それは何故じゃ」

道長の心中を計りかねた天皇はいっそう不機嫌になった。

「恐れながら、天下を統《す》べることは帝の天命でございます。今、帝は申し分なく国を統べておられます。されば、摂政はもちろん、関白という職務は越権であり、無用の職と存じまする」

「ならば、そちは何を望む」

「右大臣として帝をお支え申しあげとうございまする」

道長からすれば、大納言から空席になっている右大臣を超えて左大臣になることはさすがに憚られたし、またその必要もないと思われた。この度の疫病の流行により、公卿の重鎮の大方は死に、自分を措いて上に立つ者はいなくなった。したがって、無理に関白や左大臣を拝命する必要はない。むしろ、右大臣に身を置いた方が政を掌握する上では好都合だ。道長はそう考えた。

「右大臣とな。よかろう。右大臣の宣旨を下すこととしよう」

「ありがとう存じまする。道長、全身全霊を傾けて帝をお支え申しあげまする」

かくして、その数日後に道長は右大臣に任じられた。

その頃、中宮は、二条の宮に下がり、亡き父の喪に服していた。道長が右大臣に任じられたその日に、中宮のもとに天皇の使いが来て、参内せよという天皇の言葉を伝えた。中宮は、夜になるのを待って参内し、清涼殿の夜の御殿に入った。

「お婆《ばば》は達者か」

天皇が訊ねた。

「はい、入道いたしまして、今は二条の宮におります」

「さようか。二条の宮がいちばん心が落ち着くのであろう。道隆が亡くなったあとは、やはりそなたが頼りなのであろうな」

天皇は、しばし黙ったまま中宮の姿を見つめたあとで言った。

「だが、そなたがいるべき所はここであることを忘れてはならぬ」

中宮は、天皇のやや強い語調に気圧《けお》された。

「予は、今日、道長を右大臣に任じた。右大臣といっても、実際は関白と同じことだ。そのうえ、道長は藤氏の長者になる。これからは道長が政《まつりごと》も氏《うじ》も束ねていくことになる。道隆がいなくなって、公卿どものさまざまな思惑が入り乱れることになろう。そなたは、そのことをしっかりわきまえておかなければならぬ」

天皇は少し間を置いてから続けた。

「そなたは、ここを離れてはならぬ。いつもここにいなければならぬ」

天皇は、中宮を強く抱いた。

「予は、そなたを放さない。何があろうとそなたを守る。誰がここに入ってこようと、予が愛するのはそなただけだ」

中宮は、天皇の言葉に、今まで感じたことのない、濃密な思いが籠っているのを感じた。

「上さま」

中宮は、何かに抗うかのように力を籠めて天皇を抱きしめた。

「わたくしは、上さまのお側を離れとうございません。上さまのお側を離れるのが恐ろしゅうございます。後生ですから、わたくしを放さないでくださいませ。どのようなことが起りましょうとも」

中宮は、天皇の言葉によって、自分が陥っている境遇をはっきりと思い知らされた気がした。

そして、にわかに不安と恐怖に襲われた。

十六夜の月

夏の臨時の除目《じもく》があってから数日経ったある日のことである。朝早く参内した実資と公任が朝堂院の朝座《ちょうざ》で隣り合わせになった。二人はともに参議である。

「昨日の仗座《じょうのざ》の一件はご存じですか」

実資が声を潜めて公任に言った。

「右大臣と内大臣の諍《いさか》いのことですか」

公任も声を潜める。

「さよう」

「詳しくは知りませんが、何やらただならぬ口論があったとか」

「俊賢《としかた》どのから聞いたのですが、仗座で二人が激しく言い合ったというのですよ。中にいたのはこの二人だけでしたから、何のことで言い争いになったのかは誰も分からない。みな遠くから聞き耳を立てて聞いたそうですがね。何しろそのやり取りの激しさは、まるで闘乱のようであったということですよ」

「大方関白になり損ねた内大臣の恨みが噴き出したのでしょうな」

「内大臣は、まだ青いままですな。おのれの浅薄さを棚に上げて、まだ故関白どのの権力を笠に着ている」

実資があきれて溜息をついた。

「まったくですな。あのようでは今に必ずや墓穴を掘ることになりましょうな」

公任は漠とした憐憫の情を禁じえなかった。

それから二日ほど経った日のことである。未《ひつじ》の刻《こく》の頃に、七条大路で騒動が発生した。弓箭《きゅうせん》を帯びた者が数人入り乱れて乱闘に及んだのである。大路にはたちまち見物人が集って、遠巻きになって合戦を見物した。

「誰と誰の合戦かいな」

「右大臣さまと中納言隆家さまの僕従どもらしいよ」

「なんでも隆家さまが、大路での合戦を僕従どもにけしかけたらしい」

「先日、仗座で右大臣さまと内大臣さまがやり合ったというから、その決着をつけようということか」

「それは面白い。派手な合戦になるだろうぜ」

「さっさと始めろ」

「もたもたするんじゃねえ」

見物人は、がやがや囃し立てる。大勢の見物人が集ってくると、双方がいっそう勢いづいて罵りあったり小突き合ったりしている。取っ組み合いを始める者もいる。いよいよ乱闘が激しくなると、何者かが矢を放ち、それに当った二人の者が倒れた。そこへ検非違使《けびいし》の役人が駆けつけた。それを見た雑人《ぞうにん》たちは一目散に逃げた。弓を持っていた男と倒れた二人が検非違使に捕えられた。矢で射られたのは道長の僕従で、矢を放った者は隆家の僕従だった。射られた二人は間もなく釈放されたが、隆家の従僕は看督長《かどのおさ》預かりとなった。

その五日後、隆家の従者がまたもや乱行《らんぎょう》に及び、大路で道長の随身を殺害した。そのことにより、隆家は参内停止《さんだいちょうじ》の処分を下された。

それから数日経ったある日、内大臣伊周は成忠邸を訪れていた。伊周は、さっきから外祖父の成忠と向き合って、一人の人物のことを悪しざまに言い立てていた。その矛先は叔父で右大臣の道長である。

「あれは隆家の雑人と叔父上の雑人がたまたま大通りで遭遇して諍《いさか》いになっただけだ。それなのに、検非違使に捕まった叔父上方の雑人は何の咎めもなく、隆家の雑人二人は看督長預かりの咎だ。此度《こたび》の諍いにしても、隆家の参内停止という重い咎だ。これは叔父上が仕掛けた罠に相違ない。我々一族を陥れんとする陰謀だ」

伊周は憤懣やるかたない様子でまくしたてる。

「叔父上はますます横暴になっていく。このまま手をこまねいていたのでは、叔父上の術中にまんまと嵌《はま》るだけだ」

皺だらけになった顔を歪めて頷きながら聞いていた成忠が言った。

「やはり、道長さまに生きていてもらうわけにはいかない。心得ました。この成忠にお任せ下され」

成忠が薄笑いを浮かべて言った。

「何かいい手があるというのか」

「呪詛《じゅそ》でございます」

成忠が声を潜めて言う。

「加持なら今までもやってきたではないか」

「いえ、ですから、呪詛でございます。効験あらたかな陰陽師《おんようじ》がいます。その者に頼めば、きっと道長さまを無き者にすることができます」

伊周は、成忠の鬼気迫る眼差しに一瞬怯んだが、今度こそ叔父を消すことができるのではないかという気がしてきた。

「まことか。それなら、すぐにその者を呼んで呪詛をさせるのだ」

「心得ました。早速今日にでも使いの者をやって呼びましょう」

成忠は、また薄ら笑いを浮かべて伊周の頼みを請けた。

東三条南院にはよからぬことが続いたまま年が暮れて新年を迎えたが、服喪中ということもあり、訪れる者は少なく、寂しい正月であった。五日には天皇が例年のごとく女院のいる東三条殿に朝覲行幸《ちょうきんぎょうこう》した。多くの公卿と殿上人が供奉《ぐぶ》したが、伊周も隆家もそれに加わることはなかった。

正月に続く宮中のさまざまな行事が一段落したある日、隆家は伊周に呼ばれた。二人とも喪服のままである。隆家は、兄が何か心中に怒りを募らせていることをいちはやく察知した。隆家は、人の心を忖度《そんたく》することには劣るが、人の怒りや憎しみには敏感である。

「兄上、何があったのですか」

隆家が聞いた。

「まったくけしからん」

伊周が怒りを吐き出す。

「実はな、花山院のことなのだ」

「院がまた何か」

花山院と聞いて、事情も聞かないうちに隆家の心中に憎悪が込み上げてきた。

「院は一条殿の姫君のもとに通っているらしいのだ」

一条殿は、故太政大臣為光の邸宅である。伊周は、為光の三女のもとに通っている。為光の長女は今は亡き忯子《よしこ》で、花山天皇の女御であった。忯子は、花山天皇に溺愛されたが若くして死んだ。

「巷では、院が通っているのは四の君だと噂されているが、ほんとうは三の君のもとに通っていることは間違いない。三の君はことのほか美しいし、亡き忯子さまによく似ておられる。院は、忯子さまのことが忘れられず、その面影を求めて三の君のもとに通っているのだ。なにがし三の君のもとに通っていることは知っているはずだ。不埒《ふらち》極まりない。許せん」

伊周は肩を震わせて怒りをあらわにする。

「許せないならやるほかはありませんな」

伊周の話を聞いているうちに、隆家の闘争心に火がついた。

「どうしようというのだ」

「問答無用。懲らしめてやるのですよ。院には借りがある。今度こそしっかり借りを返してやる」

伊周の事情に加えて隆家自身の事情も絡んで、闘争心がいっそう勢いづく。

「満月の明るい夜に、一条殿の前で院が出てくるのを待ち伏せする。そして驚かしてやる」

「大丈夫か。手荒なことをして院にもしものことがあったら事が面倒になるぞ」

向こう見ずな隆家であるだけに、伊周は不安を覚えた。

「なに、心配は無用だ。少しばかり脅かして泡を吹かせてやるだけさ」

伊周は、一方では危惧しながらも、弟の豪気に頼むところがあった。隆家は、その日の夜から襲撃に備えて数人の雑人を待機させ、花山院の邸宅付近に見張りを立たせて院の動向を探らせた。だが、満月の日になっても花山院は門から出てこなかった。その翌日、見張り役の雑人が慌ただしく戻ってきた。

「花山院さまがお出になられました。院さまは馬に乗っておられます。四、五人の従者と童が二人付いております」

雑人が隆家に知らせた。

「よし、行くぞ。さいわい今日は十六夜《いざよい》の月が我々に味方してくれる。みなの者、よいか、しくじるでないぞ」

隆家が大声で雑人を鼓舞した。隆家と伊周も一緒になって一条殿を目指して走った。見張りの雑人が、花山院の一行が一条殿に入っていくのを見届けていた。隆家の指示で、みな一条殿の角に身を潜め、花山院が門から出てくるのを待った。それからしばらくして、花山院の一行が出てきた。先頭に童が二人、院が乗っている馬の両側に従者が二人ずつ付いている。一月の十六夜の月は皓々《こうこう》と冴えて、馬に乗った院の姿がはっきり見える。隆家が目くばせをすると、雑人の一人が矢を番《つが》えて弓を引き絞った。弓がきりきりと音を立てたかと思うと、月明の中を矢が一直線に飛んで、花山院の袖を貫いた。花山院が甲高い悲鳴を上げた。

「逃げるのだ。馬を、早う、早う走らせよ」

花山院がわめいた。口取りの雑人は、馬に引きずられるようにして走り去った。それを見ると、角に隠れていた雑人が飛び出して、大路に残っている従者に襲いかかった。伊周と隆家は角に隠れたまま乱闘の様子を見守った。童の泣き叫ぶ声や、入り乱れる雑人の叫び声が聞こえてくる。やがて、花山院の雑人は逃げ去った。意気揚々と引き揚げてきた雑人は、童の首を二つぶら下げていた。

伊周らによる花山院襲撃の報は、すぐさま検非違使庁を経て蔵人所《くろうどどころ》にもたらされた。報を受けた宿直《とのい》の蔵人が事の次第を奏上すべく清涼殿に赴いた。天皇はすでに夜《よる》の御殿《おとど》に入っていた。

「恐れながら申しあげます。今夜、市中において闘乱がありました」

蔵人が奏上した。

「なに、闘乱が。そのようなことで夜夜中《よるよなか》に予を驚かすでない」

天皇がいささか不興げに言った。

「恐れながら、ことが重大ですので一刻も早くと存じまして参上いたしした次第です」

蔵人の声が緊迫している。

「何の闘乱だ。申してみよ」

天皇の動揺が帳台の外に伝わってきた。

「今夜、一条殿の前で、内大臣の郎等どもが花山院さまを襲撃したということでございます。その際、双方の郎等どもが闘乱を起し、内大臣の郎等が童二人の首を取って引きあげた模様です」

「して、院さまはご無事か」

天皇がすかさず下問した。

「さいわい、矢が袖を貫いたばかりで院さまは馬で無事に逃れられたそうでございます」

「伊周が何という不敬を。許せぬ」

天皇は怒りに震えた。同時に、中宮の係累が引き起した抜き差しならぬ事態に当惑した。

「その場に伊周がいたのか」

天皇はそれが気にかかるところだった。

「恐れながら、内大臣と中納言がその場にいらっしゃったようでございます」

天皇はそれを聞いて絶句した。ややあって天皇が言った。

「下がってよい。追って沙汰を申しつける」

事のあらましを聞いて極度に混乱をきたした天皇であったが、ほどなく自制し、冷静になって蔵人に退出を命じた。

花山院襲撃の噂はたちまち都中に広がり、院の密行と、あらぬ嫉妬から不敬極まる蛮行に及んだ伊周兄弟は物笑いの種となった。噂が噂を呼び、挙句の果てに伊周にとってまことに不都合な噂が立った。伊周がひそかに私兵を集めているというのである。しかも、私邸だけでなく家司《けいし》の邸にも私兵を集めているという。やがてそのことが天皇にまで知られることとなった。暴戻《ぼうれい》の限りを尽くす伊周兄弟に対して、ついに天皇は堪忍袋の緒を切らした。そして、検非違使別当《けびいしのべっとう》に然るべき探索を命じた。

検非違使別当が探索の結果を報ずるために清涼殿に参上したのはその翌日であった。別当は実資である。実資は昼御座《ひのおまし》にいる天皇に簾を隔てて謁見《えっけん》した。

「しかと探索をしたか」

天皇が下問した。

「恐れながら申しあげます。本日、内大臣の家司邸二所《ふたところ》を探索いたしました」

「して、私兵はおったのか」

「一所《ひとところ》では八人の郎等を捕えました。また、二腰《ふたこし》の弓箭《きゅうせん》も押収いたしました。もう一所は検非違使が着く前に七、八名の者が逃亡しました」

実資が奏上した。

「私兵を集めているというのはやはりほんとうであったか」

天皇は落胆した様子だったが、すぐに毅然《きぜん》として言った。

「けしからん。言語道断だ。逃げた者を探索せよ」

天皇の命を受けた実資は、検非違使たちに命じて市中はおろか、付近の山々まで隈なく探索させた。

登花殿は、中宮が服喪中であるため、女房たちも喪服を着ている。道隆が死んだあとは、弟の道長が右大臣になり、東三条南院の栄華は瞬く間に失せた。長い服喪中ということもあって、登花殿はかつての輝きを失っている。服装は華美なものを慎み、管弦音曲の類も慎まれていた。そこへ伊周兄弟の花山院襲撃が致命的な打撃を与えることとなった。そのことは時を置かず登花殿にも知らされた。中宮は、すぐに内裏を出て職曹司《しきのぞうし》に移る決心をした。だが、天皇はそれを許さなかった。

同じ日、右大臣道長をはじめとする公卿たちが陣座《じんのざ》に集っていた。やがて、そこへ蔵人頭《くろうどのとう》斉信《ただのぶ》が勅命を携えて入った。

「右大臣さまに申しあげます」

斉信が、首座にいる道長に向って張りのある声で言った。

「この度の伊周さま、並びに隆家さまによる花山院奉射に関する罪名について勘進《かんしん》せよとの帝の仰せにございます」

それを聞いて一座の者はみなうなだれて嘆息した。先ほどから議題になっていたのはこのことであった。先帝を射るという前代未聞の不敬がどう処罰されるべきかということは、先例がないだけに難しいことであった。そこへ罪名を勘進せよとの勅命である。公卿たちは、あらためて二人の処罰について詮議した。ある者は厳罰に処せられるべきだと言い、ある者は中宮の係累であることを考えれば厳罰に処すればむしろ勅勘《ちょっかん》に触れると言った。またある者は私怨によるものだから処罰を重くすべきではないと言った。またある者は、脅しのつもりで射た矢がたまたま袖を貫いたのだから重い罪には当らないと言った。道長は、自らの下僕が隆家の下僕に殺害されたこともあって、腸《はらわた》が煮えくり返る思いだが、自制して一座の者の言うことに耳を傾けた。しかし、その日の詮議では結論に至らず、結局、明法博士《みょうぼうはかせ》に諮《はか》って然るべき罪名を勘進させるということになった。かくて、伊周兄弟は、罪名を保留されたまま参内を停止された。

その夜、天皇から召されて中宮は夜《よる》の御殿《おとど》に入った。天皇のいつになく硬い表情を見て、中宮の胸中に不安がよぎった。そのうえ、喪服姿であることが中宮の心をさらに萎縮させた。

「そちは、予を恨むだろうな」

硬い表情とは違って、天皇の言葉はやさしかった。中宮は首を振った。

「だが、そちにだけは分かってほしい。分かってくれるだろうな」

天皇は言いあぐねてその先を言わない。それからやや沈黙したあとで言った。

「今日、伊周と隆家の罪名を勘進せよと命じた」

そう言って、天皇はまた言葉を切った。中宮は、身が凍るのを覚えた。この度のことについては口にすることも考えることも避けてきた。避けたというより、窮地に追い込まれて何も考えられず、なす術を知らなかった。これまで陰を頼んできた父は無く、頼みとすべき兄弟二人が大罪を犯してしまった。そして、勅命によってその罪名が明らかにされようとしている。中宮は、その場で焼かれて死にたいという思いに駆られ、身を震わせて泣いた。

「許せ」

天皇の言葉も震えた。

「そちの身内だからこそ、厳しくせねばならぬのだ」

帳台の中に、中宮の啜《すす》り泣く声だけが籠った。天皇は、肩を震わせて泣いている中宮の姿を見つめているうちに、言いがたい不安に襲われた。中宮の姿がしだいに霞んでいく。そのまま消えてしまうのではないかと思われておののいた。天皇は、とっさに中宮を抱きしめた。

それから数日の間、天皇から内裏退出の許しが出ることはなく、中宮は夜ごと天皇に召されて夜の御殿に入った。十日あまり過ぎて天皇はようやく中宮の内裏退出を許した。だが、当日供奉《ぐぶ》する公卿が集らず、またもや内裏退出が延期された。くだんのことに口を閉ざしている女房たちだが、さすがにいらだちが昂じてひそひそ話をする。

「扈従《こしょう》の人がお集りにならないそうよ」

「やはりね」

「何がやはりなのよ」

「右大臣さまを憚っているのよ」

「我が身が可愛いわけよね」

「この先が思いやられるわね」

「しっ、お口を慎みなさい」

古参女房にたしなめられてみな黙った。

ようやく数名の公卿が供奉に応じ、中宮の一行が内裏を出て職曹司《しきのぞうし》に移ったのはそれから三日後の夜であった。女房たちはみな中宮に従って職曹司に移ったが、ひとり少納言の君だけが気分不良を理由に登花殿に残った。気分不良というのは口実で、少納言の君にはある人物と会う約束があった。その人物というのは頭中将斉信《とうのちゅうじょうただのぶ》である。斉信は、二年前に蔵人頭《くろうどのとう》になった。武官ながら、文学の知識に長けており、機転の利いた即妙の応対が得意な少納言の君との応酬をいつも楽しみにしていた。

中宮が登花殿を出た日の翌日、少納言の君は誰もいなくなった登花殿の廂の間で斉信と会った。

息の合う二人は、機知に富んだやり取りをしては笑い合って過ごした。斉信は、鞍馬寺の遊山《ゆさん》の帰りであった。春の鞍馬寺の風情のあれこれや、帰りに通った西の京の月の美しさを語った。簾越しに見る斉信は、春の日差しを浴びて匂い立つような美しさである。今日は中将を独り占め出来るとあって、少納言の君は陶然と斉信の話に聞き入った。

「なにがしはこれから職御曹司《しきのみぞうし》に参ります。何かお言づけがありますか」

一時《ひととき》ほど話し込んだあと、斉信が言った。

「いいえ、わたくしもほどなくそちらに参りますので」

少納言の君は、斉信と会う約束を果たしたのだから、これ以上登花殿に留まる必要はなかった。

「それでは、そのように申しあげておきましょう」

そう言って斉信は帰っていった。少納言の君は、後朝《ごちょう》の別れを惜しむかのような気分に浸って、斉信の後姿を見送った。

少納言の君は、夕暮れを待って急いで職曹司に参上した。中宮の前に女房たちが集って、何やら話に興じていた。

「昼に頭中将が来たのよ。それはそれは美しいお姿だったわよ。おもとにも見せたかったわ」

中宮が少納言の君に言った。

「そうよ。今日のお姿は格別だったわね」

「ええ、もう非の打ち所がないお姿だったわね」

女房たちは、頭中将の姿を見られなかった少納言の君を憐れむように言う。

「わたくしは、中将さまにお会いしていたの」

少納言の君は、少しも残念がる様子はなく、むしろ勝ち誇ったかのような素振りである。

「まあ、先に中将さまに会っていらっしゃったなんて」

「お体が悪いなんておっしゃったのは嘘だったのね」

「お一人だけで中将さまにお会いになろうと思われたのよ」

女房たちがひそひそと陰口を言う。

「桜襲《さくらがさね》の直衣《のうし》、美しかったわ。あの色艶《いろつや》などもさすがね。藤を浮き織りにした葡萄染《えびぞめ》の指貫《さしぬき》、出《い》だし袿《うちき》の紅色、その綾が輝くばかりに美しかったわ。下には白や薄色《うすいろ》の衣を何枚も重ねてお召しになって」

少納言の君は、昼に見た中納言の姿をまざまざと思い浮かべて得意げに話す。女房たちは眉をひそめたが、少納言の君はそのようなことは目に入らず、ひとり悦に入っている。

職曹司での日々は、女房たちにとって相変らず退屈なものであった。かてて加えて中宮は急に気分が悪いと言ってほとんど食べ物を受けつけなくなった。その変調にいちはやく気づいたのはかつて定子の乳母《めのと》であり、今も側に仕えている命婦《みょうぶ》の乳母《めのと》だった。中宮が懐妊したことはすぐに女房たちに知れわたった。鬱屈した職曹司の中は闇に篝火《かがりび》を灯したように明るくなった。しかし、それも束の間のことだった。中宮の周囲は逼迫していた。このような状況の中でもし御子が誕生したとしても、明るい将来が約束されているとは思えない。ややもすると、さまざまな思惑に翻弄されて思わぬ憂き目を見ることになるかもしれない。誰もがそう考え、今までよりも沈痛な雰囲気に包まれた。中宮は、すぐに職曹司を出て二条の宮に移る決心をした。

その頃、女院は病がちであった。そこで女院の居所になっている東三条殿では、病平癒を祈願して法華二十八講が行われていた。その夜は雨が降っていたが、五巻の日に当っていたので、右大臣道長をはじめ公卿と殿上人の多くが参上し、母屋は立錐《りっすい》の余地もないほどであった。だが、謹慎中の伊周、隆家の姿はその席にはいない。あちこちで声を潜めて話しているのは、やはりこの二人に下される刑罰のことであった。公任が実資の姿を見て隣に座った。

「実資どのも悩ましいことでしょうな」

公任が実資の耳元で囁いた。

「さて、何のことでござるかな」

「例のことですよ。花山院奉射。何しろ前代未聞のことですからなあ。やはり重罪は免れないでしょうな」

「なにがしには関わりのないことです」

「ごもっとも。検非違使は裁きをするところではありませんからね」

「それにしても兄弟揃って愚かなことをしでかしたものよ。墓穴を掘るとはこのことでしょうな」

「いかにも。二人の浅薄さにはあきれるばかりですな」

その時、蔵人頭の斉信がみなの前に進み出て綸旨《りんじ》を読みあげた。

「明日、中宮さまが職御曹司より里邸に御出《ぎょしゅつ》なされます。諸卿《しょきょう》ならびに殿上人は供奉するようにとの仰せにございまする」

それを聞くと、一座に低いどよめきが広がった。雨の音がいっそう激しくなった。

「実資どのはいかがなさいますか」

公任が困ったという様子で実資の顔を窺った。

「この雨は止みそうにありませんな」

実資が母屋の外の暗闇に目をやって言った。

その翌日、職曹司は二条の宮に移る準備で落ち着かなかった。登花殿から職曹司に移る時は延期になった上にその日になって慌ただしく内裏を出たのだった。それから八日にしてまた二条の宮に移るということで、女房たちは託《かこ》ち顔《がお》を突き合わせては不平を言い合うようになった。日暮近くになってようやく御出の用意が終ると、女房たちは廂《ひさし》の間《ま》にいくつかの固まりになってひそひそ話を始めた。降り続いている雨は止みそうにない。

「この雨の中を出るのかしら」

小兵衛の君が恨めしげに外を見る。

「ねえ、中宮さまはどうして内裏をお出になったのかしら」

侍従の君が右衛門の君に聞いた。

「これから祭の行事が続くからよ。石清水《いわしみず》の臨時祭、賀茂祭《かもまつり》。それらは、宮中にとっても大切な行事よ。中宮さまは服喪中の御身を憚りなさって、それで内裏をお出になったのよ」

「今年は賀茂祭の見物もできないのね」

少弐の君はいっそう託ち顔になる。少弐の君は昨年の秋に新しく入った若い女房である。

「祭使におなりになった時の隆家さまのお姿は忘れられないわ」

侍従の君も託ち顔で言う。

「そう、束帯をお召しになってお馬に乗られたお姿は凛々しくてとても尊いお姿だったわね。今年の祭の行列には、伊周さまのお姿も隆家さまのお姿もないのね。いったいお二人はこれからどうなるのかしら」

小兵衛の君の声がつい大きくなる。

「しっ、大きな声で滅多なことを言うものではありません」

右衛門の君が二人を制した。少し離れたところで中納言の君と弁の君が額を突き合わせるようにして話しこんでいる。

「中宮さまがここに移られたのは賀茂祭を控えているからだということは分かるけど、このように北宮への御出を急ぎなさるのはなぜかしら」

弁の君が首をかしげて言う。

「そうね、懐妊のお里下がりは三か月が過ぎてからが常ですものね」

長く仕えている中納言の君も、この度の急な里下がりのわけはよく分からないようだ。

「やはり、今の中宮さまにとって安心できる所は北宮の他にはないのかもね。万が一、伊周さまと隆家さまが重い罪に問われなさるようなことになれば、中宮さまにも類が及ぶでしょうね。そうすれば中宮さまは、もしかしたらもうお内裏にはお戻りになれないのではないかしら」

弁の君が不安げに言う。

「中宮さまには帝がおいでになるから大丈夫よ。帝はどんなことがあっても中宮さまをお守りあそばされますよ、きっと」

中納言の君のその言葉は、確信というよりも願望であり、やはりこれから先のことが不安でならないのであった。

夜になっても雨は止まなかった。戌《いぬ》の刻《こく》に中宮の一行は牛車《ぎっしゃ》に乗って職曹司《しきのぞうし》を出た。中宮の御出には多くの公卿が供奉するのが常だが、その夜供奉した公卿は二人だけで、ほかの者はみな障りを申し出て供奉しなかった。

二条の宮に移ってからは、中宮の周りはいっそう沈痛な雰囲気に包まれた。中宮の喪が明けるまでにはまだ二か月あまりある。女房たちも衣装は鈍色《にびいろ》のままだ。華美な衣装も賑やかな遊びも慎まなければならない日々は女房たちにとってつらいものであったが、それは時が過ぎれば消えるだろう。それよりも、伊周と隆家にどのような咎が言い渡されるかということが差し当り気にかかるところである。天皇が二人の罪状の検討を命じてから二十日あまりが経っている。女房たちは、咎の言い渡しが今日か明日かと戦々兢々として日々を送らなければならず、気が滅入るばかりである。

ある日、少納言の君のもとに斉信《ただのぶ》から手紙が届いた。少納言の君は、すでに女としての盛りを過ぎていることを自覚している。したがって双方に恋情はなかったが、むしろそのことが災いして馴れ合いになっていることが女房たちの顰蹙を買っている。それに、斉信は道長からの信頼が厚い。そのことも、斉信と親しくしている少納言の君が微妙な立場に追い込まれる一因となっていた。

「ご覧なさいよ。あの嬉しそうなお顔」

斉信の手紙を広げている少納言の君を横目で見て、女房たちがひそひそ話をする。

「中宮さまのお気持ちも考えないで、いい気なものね」

「きっとご自分の安泰だけを考えていらっしゃるのよね」

「そうよ、中宮さまをお捨てになって、道長さまの方にお仕えしようと思っていらっしゃるんだわ」

「職御曹司にお移りになった時、ひとり登花殿に残ったのも怪しいわね。きっと斉信さまと今後のことを念入りに相談なさったに違いないわ」

「姑息よね」

「ああ、それに引き比べて、わたくしたちはこれからどうなっていくのかしら」

「あら、おもとも道長さまに寝返りを打つおつもりなの」

「人聞きの悪いことおっしゃらないでよ」

斉信の手紙を読み終えた少納言の君は、女房たちが寄り集まっている方に目をやった。女房たちは、みな少納言の君に背を向けて話し込んでいる。少納言の君もいつもと違う女房たちの様子が気になりはじめている。いつもなら、殿上人から手紙がくると、みなで覗き込んで囃し立てたり冷やかしたり羨ましがったりする。それが誰も見向きもしない。少納言の君に対する女房たちの態度は日を追うごとに冷淡になっていく。

賀茂神社の祭が迫っている。だが、中宮と女房たちにとっては、それよりも伊周と隆家に対する咎の言い渡しが迫ってくることが恐ろしい。そのような過度な緊張が女房たちの少納言の君に対する非難を助長した。人の心情を慮《おもんぱか》ることにはいささか疎《うと》い少納言の君も、さすがにふさぎこんでしまった。

ある夜、中宮は少納言の君を呼んだ。その夜伺候したのは少納言の君だけだった。中宮の前に出ても、少納言の君は顔を伏せたまま物を言う気力もないという体であった。

「どうしたの。この頃元気がないわね。いつものおもとではないわ」

中宮がやさしく言った。すると、こらえていたものがいちどに溢れて少納言の君は泣き崩れた。

「やはり、つらいことがあるのね」

中宮は、しばらく少納言の君を泣くがままにさせておいてからやおら言った。

「命婦《みょうぶ》の乳母《めのと》から聞いたわ。おもとが道長さまに取り入っていると言ってみなが冷たくしていると。それはほんとうなのね」

「いいえ、わたくしが道長さまに取り入っているということはまったくの嘘でございます。これだけは信じてくださいい、中宮さま」

中宮の言葉が終らないうちに少納言の君は縮れた髪を振り乱すようにして言った。

「何を勘違いしているのかしら。わたくしが聞いているのは、みながおもとに冷たくしているのはほんとうかということですよ」

中宮が少納言の君のせっかちさを笑った。少納言の君も涙でくちゃくちゃになった顔で笑った。

笑ったことで少納言の君にすこし元気が戻った。

「おもとが道長さまに寝返りを打つなんて思っていないわ。そのようなことをするはずがないもの」

中宮も少納言の君と話をしているうちにしだいに気持ちが軽くなった。そうして二つ三つ冗談を言い合って笑ったあとで中宮が言った。

「でも、おもとに対するみなの態度は変わらないでしょうね。それなら、しばらくの間里に下がっていなさい」

「今の中宮さまを差し置いて里へ下がることなどできません」

少納言の君は驚いて中宮に言い返した。

「わたくしのことなら心配いらないわ。おもとはおもとのことを考えなさい」

中宮が大丈夫なはずはないと少納言の君は思う。それにここで中宮のもとを離れれば、自分に対する疑いがいっそう深まることになるだろう。それを思うと二条の宮を出るわけにはいかない。

「今のおもとを見ているのは忍びがたいわ。だから、しばらく里に下がっていなさい。ここが落ち着いたら、また戻っていらっしゃい」

少納言の君は、それ以上中宮に逆らうことはできなかった。そして、その翌日、里に下がっていった。

女院の病平癒を期して行われた法華二十八講が結願《けちがん》の日を迎えた。だが、女院の病状は依然として重いままだった。そこで、天皇は、大赦の宣旨を下した。それによって何名かの者が赦免されたが、むろん、渦中にある伊周と隆家は、赦免の該当者を検討する際の俎上《そじょう》にも載ることはなかった。大赦が行われたあとも女院の病状は恢復する見込みはなかった。ちょうどその頃、都ではある噂が広がっていた。そんなある日、実資が東三条殿を訪れた。だが、女院は来訪者と会える状態ではなく、道長が代わりに応対に出た。

「女院さまのご容体はいかがでございましょうか」

実資は、女院の病が重いということを聞いて見舞いにやってきたのだった。

「それが、いっこうに思わしくなくて。昨日は重篤に陥って、あわやこれまでかと思われたが、今日になっていくぶん持ち直しておられる」

道長は、姉の女院を心配して東三条殿に留まっていた。

「法華二十八講も大赦も効なくてこのようにご病悩が重いというのは、やはり他にわけがあるのでございましょうか」

実資は言葉を選んで遠回しに言った。

「実資どのもご存じであろうが、女院に対して呪詛を行っている者がいるようだ」

道長は、実資の心中を見透かしている。

「あの噂はほんとうなのでございましょうか」

「ほんとうだ。陰陽師《おんようじ》に占わせたところ、何者かが呪詛を行っていると言った。念のため女院の寝殿の板敷きの下を掘らせたところ、案の定厭物《いやもの》が出てきた」

道長は声を抑えたが、内に籠る怒りは御《ぎょ》しがたかった。実資は、それは誰の仕業かを確めたかったが聞けなかった。

「伊周の仕業に決っている。あの者たちは外道《げどう》に落ちた。もはや救いようがない」

道長が吐き捨てるように言った。

「大元帥法《たいげんほう》のこともほんとうでございましょうか」

このことも巷でまことしやかに語られている噂だ。

「法琳寺からの告訴であるから間違いない」

大元帥法は宮中と法琳寺のみで行われる秘法であり、その他で行うことは禁じられている。

「よりによって法琳寺で大元帥法を修するとは愚かなことだ。狂気の沙汰だ」

道長は、ついには怒りを越えて憐憫の情を禁じえなかった。

「哀れですなあ。周囲をみな敵に回して、みずから作り上げた幻影に怯え、いよいよ罪の深みに溺れていくようなものですな」

実資も二人を憐れんで溜息をついた。

「ところで、刑はいつ下されるのでしょうか」

実資が聞いた。

「刑部省《ぎょうぶしょう》の方でも罪名を決めかねているようだ。今しばらくかかるだろう。賀茂社の祭が終ってからということになるだろうな」

「それにしても、あの兄弟はとんでもないことをしでかしてしまったものですね」

「いかにも。若気の至りにもほどがある。重罪に問われることは避けられまい」

道長も溜息をついた。

賀茂祭の日は都中が華やぎ、殷賑《いんしん》を極めたが、二条の宮は固く門を閉ざされたままだった。伊周の居所になっていた南宮は昨年の正月に焼亡し、まだその再建がなっていない。事件後は隆家とともに北宮の西の対に籠って謹慎を続けている。二人は、半蔀《はじとみ》をわずかに上げて、終日座り込んでいた。そこはさながら座敷牢であった。事の重大さにようやく気づいた伊周と隆家は、数珠を手から離さず、ひたすら神仏に縋っていた。道隆の死後ほどなく出家した北の方は、悲しみのあまり物も喉を通らない有様であった。中宮の居所である北宮もみな息を潜め、沈痛な思いで日々を送ることを余儀なくされていた。

それから数日経ったある日、実資は宮中からの招集があったので参内した。陣座《じんのざ》に入ると右大将顕光が先に着座していた。その頃、右大臣道長は天皇の御前でその日の除目《じもく》のあらましを内奏していた。それはこの度の事件に関するもので、前例のない不敬事件であるだけに苛烈な処置を示すものであった。天皇はそれを聞いて一瞬息を呑んだが、それに異を挟むことはなかった。道長は内奏を終えると陣座に入った。ほどなく諸卿《しょけい》が揃ったところで、除目が読みあげられた。これにより、内大臣伊周は大宰権帥《だざいのごんのそち》に、中納言であった隆家は出雲権守《いずものごんのかみ》にそれぞれ落とされた。さらに中宮の伯父、信順《さねのぶ》は右中弁から伊豆権守《いずのごんのかみ》に、中宮のもう一人の叔父、道順《みちのぶ》は右兵衛佐《うひょうえのすけ》から淡路《あわじの》権守《ごんのかみ》に落とされた。一座の者は、予想していたこととはいえ、あらためて除目の内容を知ると思わず溜息を漏らした。陣座での除目が終ると、直ちに勅使が二条の宮に赴いた。北宮は、門の外も庭内も検非違使が犇めいていた。勅使は検非違使をかき分けるようにして東門を入ると、伊周と隆家がいる西の対の前まで進み、正面の階《きざはし》から西の対に上がった。謹慎の身である伊周と隆家は簾を下ろしたまま勅使と対面した。勅使は簾の前に威儀を正し、宣命《せんみょう》を読みあげた。

「一つ、太上天皇《だいじょうてんのう》を殺し奉らんとしたる罪、一つ、帝の御母后を呪わせ奉りたる罪、一つ、大元帥法を私に行わせ給える罪、以上の罪により、内大臣を大宰権帥になして流し遣《つかわ》す。中納言を出雲権守になして流し遣す。ただちに当地に赴くべきこと」

勅使の声は、前庭に犇めく者たちにも聞こえた。そしてそれがたちまち波紋のように広がっていき、門の外にいる者にまで伝わった。中宮のもとにもそれが伝わると、母屋から悲泣の声が漏れてきた。

宣命を聞いて、伊周も隆家もその苛烈な処置に驚愕し、絶句した。ややあって伊周が声を振り絞るようにして言った。

「恐れながらお願い申しあげ奉ります。なにがし伊周は、重い病の身であるゆえ、すぐの下向はいたしかねます。何とぞしばしのご猶予を」

勅使は、無言のまま階を下り、邸内から去っていった。

二条の宮を出た勅使は、その足で内裏に戻り、清涼殿に赴いた。

「伊周も隆家も北宮にいたか」

天皇が下問した。

「はい、お二人とも北宮の西の対にいらっしゃいました」

「して、何か申しておったか」

「伊周さまは、ご病気で下向しかねるので、しばしのご猶予を賜りたいと申されました」

「この期《ご》に及んで何と不埒《ふらち》なことを」

怒りのこもった天皇の言葉に恐懼《きょうく》して、勅使は身がすくんだ。

「まかりならぬ。即刻の下向を命ずる。車に乗せて今すぐに下向させよ」

勅使はやむなくふたたび北宮に赴き、即刻の下向を促した。だが、伊周と隆家はその命に従うことはなかった。天皇は幾度も伊周と隆家の動向について下問した。その都度勅使が二条の宮に走って二人の様子を窺った。西の対で謹慎を続けていた伊周と隆家は、宣命が下りたあとは中宮のいる母屋に移って籠居《ろうきょ》を続けた。業《ごう》を煮やした天皇は、北宮の家宅捜索を命じた。その日の早朝、検非違使と宮司《みやづかさ》が二条の宮の捜索に向った。二条の宮は大勢の弥次馬に取り囲まれていた。ついには邸内にまで野次馬が入り込んで、配流の地に送られる伊周と隆家が出てくるのを待ち構えていた。物々しい出立《いでた》ちの捜索の一団が到着すると、弥次馬たちは色めき立ち、門外にいた者が邸内になだれこんだ。野次馬が見守る中、大槌《おおづち》を持った検非違使が寝殿に上がり、扉を叩き壊し始めた。すると、こらえきれなくなった隆家が出てきて捕えられた。女房たちは恐ろしさのあまり母屋の真ん中に一塊になって泣きわめいた。ひとり中宮は身じろぎもせず、母屋に入り込んできた検非違使たちを正視したかと思うと、側にある手箱から鋏《はさみ》を取り出した。そして、長い黒髪を左手で手繰り寄せて前に垂らすや、肩のあたりでそれを切り落とした。それに気づいた中納言の君が叫んだ。

「中宮さま、何をなさいます」

中納言の君は中宮に飛びついて鋏を取り上げた。しかし、時すでに遅かった。中宮の前には、切り落とされた髪がまるで生きているかのようにとぐろを巻いていた。女房たちはそれを見ると中宮を取り囲み、悲泣の声を上げた。すると、宮司が中宮を外に連れ出して車に乗せた。車には下簾《したすだれ》が掛けられていた。それから検非違使が寝殿内を隈なく捜索した。組入天井や板敷を外して捜索したが、それでも伊周の姿はなかった。

その日、蔵人頭斉信《くろうどのとうただのぶ》が清涼殿に駆けつけた。天皇は、簾越しに斉信を見て、何やら抜き差しならぬことが出来《しゅったい》したことを察して身構えた。

「恐れながら申しあげます。中宮さまが御髪《おぐし》を下し遊ばされました」

「中宮が髪を。まことか。嘘であろう。しかと確めたのか」

天皇の声が簾を動かすかと思われた。

「どうして中宮が髪を下したのか」

天皇には、それがどうにも信じがたいことであった。

「中宮さまは母屋にいらっしゃったそうです。そこへ検非違使が入り込むと、とっさに御髪を切り落とされたということです」

「何という手荒なことをしたのだ」

天皇が斉信に向って怒鳴りつけるように言った。

「中宮の身が尋常ではないことを知っておろう。もしものことがあったらどうするのだ」

天皇の声が咽《むせ》ぶように聞こえた。

「中宮さまは、今、東の対にいらっしゃってご無事ですからご安心ください」

斉信は恐懼《きょうく》して頭を下げた。

「ああ、中宮はなぜ髪を下したのだ。これから御子が生まれるというのに。ならぬ。出家はならぬ」

天皇は、怒りの中から悲しみが込み上げてきて、呻《うめ》くように呟《つぶや》き、激しく首を振った。ややあって、天皇が言った。

「して、伊周と隆家はどうした。捕えることができたのか」

「隆家さまはご自分から出てこられて、ただちに配所へと送られました。病を申し出なさったので馬ではなく網代車《あじろぐるま》にお乗せ申したということでございます」

「伊周の方はどうした」

「伊周さまは、一昨日の夜にひそかにお出になられたようです」

「逃亡したというのか」

「恐れながらそのようでございます」

「公の沙汰にも従わず逃亡するとはけしからぬ。捜すのだ。何としてでも捜し出して、ただちに配所に遣わせ」

天皇は、斉信を睨むようにして声を荒らげた。

その翌日の夕方、伊周は出家姿で東三条南院に戻ってきた。多くの家人《けにん》が立ち去った邸はひっそりと静まり返っていた。伊周は母のいる北の対に入った。貴子は数珠を手にして読経をしていたが、人の気配を感じて振り向いた。外の光を背に立っている伊周を見て小さな叫び声を上げた。

「伊周か。お入りなさい」

伊周は、言われるままに中に入り、母と向い合って座った。貴子は、伊周の出家姿を確めると頷いた。

「どこに行っていたのかえ」

貴子が聞いた。

「愛宕山に近いさる寺に隠れておりました。隆家が捕まって配所に下ったことも、北宮が捜索された時に中宮が髪を下されたことも、ひそかに遣わした供の者から聞いて知りました。それで、伊周も髪を剃って配所に下るほかはないと覚り、戻って参りました。只今からすぐに下向します」

伊周は落ち着いていた。それから家人《けにん》を呼んで車の用意をさせた。

「一緒に連れていっておくれ」

貴子が涙を流して訴えた。

「母上はここにお残りください。大宰府までの旅はあまりに遠すぎます。母上の御身にはとうてい無理です」

伊周に同行を止められると、貴子は伊周に縋りついた。

「後生だから、連れていっておくれ。それが叶わないならば、せめて途中までても連れていっておくれ」

貴子は、辺りを憚らずに泣いて伊周に縋った。

「母上は、どうか中宮をお守りください。中宮には、やがて御子がお生まれになります。母上は都にいなければなりません」

伊周は、泣きじゃくる母の肩を抱いた。

「せめて京の外れまでなりとも見送りをさせておくれ」

伊周は、愁訴する母を突き放すことはできなかった。その夜、網代車に母を同乗させてひそかに都を出た。

伊周が自邸に戻ったという知らせはすぐに左衛門府にもたらされ、役人が東三条南院に向った。だが、すでに伊周が自邸を出た後だった。役人はすぐさま伊周の後を追い、右京四条の辺りで伊周に追いついた。

「しばし待たれよ。なにがしは左衛門志錦為信《さえもんのさかんにしきのためのぶ》と申す者。恐れながらお改め申す。この車は権帥《ごんのそち》伊周《これちか》さまのものか」

役人の声が深更の静寂を破った。星明りの中で車が止った。

「さようでございます」

牛の口を取っていた従者が答えた。

「改めたきことがあるゆえ、御免こうむる」

役人がそう言って網代車の簾を掲げると、二人の人影があった。

「伊周さまか」

役人が訊ねた。

「いかにも」

伊周が低い声で答えた。

「そこにおられるもう一方《ひとかた》は」

「故関白の北の方でござる」

故関白の北の方が同行していると知り、役人は慌てた。

「なにがしがただちに下向しなかったのは、病が重かったからで、けっして罪を逃れようとしたわけではない。ましてや恐れ多き配流の宣命を無《な》みしたわけではない。慎んでそれをお受け申して、然るべきことを為したうえで下向しようと考えたまでのことである。また、故関白の北の方を同行させているのは、当人の強い願望によるものである。それをお許しいただきたい」

ひととおりの実検と聴取を終えると、車は役人に従って再び出発して長岡まで進み、伊周はその地の寺に泊ることを許された。

翌朝、左衛門府の役人に従って伊周の車は山崎に向けて出発しようとした。そこへ宮中からの勅使が到着して北の方は即刻帰京せよとの宣命を伝えた。だが、北の方は車を降りようとはしなかった。役人は、やむなくそのまま出発することを一同に命じた。山崎に着くと、伊周の身柄は領送使《りょうそうし》に引き渡された。そこからは大宰府までの遠い道のりが待っている。多くの者が失意のうちに通っていった道である。再びこの道を帰ることなく、かの地で死んだ者も少なくない。北の方はなおも伊周の袖を摑んで放さなかったが、役人に促されて泣く泣く車を降り、用意された車に乗った。やがて領送使に従って伊周の車が動きだした。北の方は車の小窓を開けて辺り憚らず悲泣の声を上げて伊周の車を見送った。

その頃、里に下がった少納言の君は、つれづれな日々を送っていた。ある日、右衛門の君が少納言の君の里を訪れた。少納言の君は、後ろめたい思いがして右衛門の君を正視できなかった。

「お元気そうね」

右衛門の君もどことなくよそよそしい。

「中宮さまは、お元気で」

少納言の君は思いが溢れて言葉にならない。

「ずいぶんいろんなことがありましたからね。それに、おもともご承知のように、中宮さまは常の御身ではありませんから」

少納言の君は、多難な中宮のもとを離れてひとり安穏《あんのん》に暮らしている自分を思うと消え入りたい思いがする。

「中宮さまは、いつもおもとのことを考えていらっしゃいますよ。今日わたくしを使いにお出しになられたのも、おもとのことをご心配なさってのことよ」

その言葉を聞くと、少納言の君は思わず嗚咽を漏らした。

「早くお戻りなさい。これは中宮さまからのお言葉ですよ」

右衛門の君はそう言うと、持参した包みを差し出した。

「これは中宮さまからの贈り物です」

少納言の君は、恐る恐る包みを開けた。中はたくさんの新しい紙だった。

「中宮さまは、以前おもとがおっしゃったことを覚えていらっしゃったのです」

それは中宮の前で女房たちが集って遊びをしている時のことだった。誰かが「楽しい時は」という題を出した。すると、めいめいが自分が思う「楽しい時」を披露し合った。これは一種の謎合わせで、女房たちの間で流行っている遊びだった。女房たちは少納言の君に一目置いており、特にこの遊びになるとつい少納言の君の言うことに期待して耳を傾ける。その時も真っ先に少納言の君が自分の「楽しい時」を披歴した。

「世の中は憂きことばかり多くて、もう生きているのがつらくなって、どこかに消え失せてしまいたいと思うことがあるわ。でも、そのような時に、真っ白い紙、色紙《しきし》でもいいわ、陸奥紙《みちのくがみ》などもいいわ、そのような紙といい筆が手に入った時は、どんなにつらいことも吹き飛んでしまうわ」

少納言の君はうきうきするような顔で言ったものだ。それを聞いて中宮がくすりと笑って言った。

「ずいぶんお手軽なお楽しみね」

中宮は、少納言の君にとって物を書いている時が至福の時だということを知っている。だから右衛門の君に紙を届けさせたのだった。

「身に余るお志に恐縮いたしておりますと、お伝えくださいな」

少納言の君は手紙を書いて右衛門の君に託した。

「それでは、一日も早くお戻りなさいな。中宮さまは一日千秋の思いで、おもとがお戻りになるのをお待ちになっておられますからね」

少納言の君は、今すぐに中宮のもとに戻りたいという思いと、自分をそこから追放した女房たちの冷淡さを思って心が揺れた。

伊周と隆家が配所に向ってからしばらくすると、偶然にもほぼ時を同じくして、双方の領送使から伊周と隆家の言上書《ごんじょうしょ》が宮中に届いた。ともに病を理由にしばしの逗留の許しを請うものであった。頭弁藤原行成《とうのべんふじわらのゆきなり》が二人の言上書を携えて清涼殿の昼御座《ひのおまし》に向った。

「恐れながら申しあげます。大宰権帥《だざいのごんのそち》さまと出雲権守《いずものごんのかみ》さまより言上書が届きました」

行成は簾の前に畏まって言った。

「伊周と隆家から言上書とな。何と言っておるのだ」

簾越しに聞こえてくる天皇の声は息せいている。

「お二方さまとも御病につき、しばしのご逗留をお許しいただきたいとのことです」

「二人はどこにおるのじゃ、早く申せ」

天皇の声がいらだってきた。

「はい、ただいま権帥さまは播磨《はりま》に、出雲権守さまは丹後《たんご》にいらっしゃいます」

簾の中から、小さく呻く声が漏れてきた。それからしばし天皇は黙したままだった。行成は、頭を下げたまま天皇の言葉を待った。長い沈黙のあとで天皇が行成に下問した。

「そちは二人が病だということをほんとうだと思うか。正直に申してみよ」

それは搾木《しめぎ》にかけられて絞り出されたような言葉だった。

「恐れながら、ご両人の言上書に偽りはないと思われます。ご両人にとって、この度の道行《みちゆき》はたいそう過酷なものですから、心身ともに困憊《こんぱい》しておられるものと思われます」

「なるほどな。だが、他の者は果たしてそのように思うであろうか」

天皇が自問するように言った。それからまたしばらく考え込んだあとで言った。

「伊周は播磨国《はりまのくに》、隆家は丹後国《たんごのくに》の国守に引き渡し、病が治るまで然るべき所に逗留させよ。ただし、病が恢復次第、すぐに出立すべしと伝えよ」
かくて、伊周と隆家はそれぞれの国守に身柄が引き渡され、しばらくの間そこに逗留すること
となった。
行成は、清涼殿を出ると陣座《じんのざ》に向った。陣座には公卿たちが居並んでいた。行成は一同に向っ
て言った。
「宣旨を申しあげます」
ざわめいていた陣座が静まり返った。
「権帥さまと出雲権守さまより、病につき中途における逗留をお許しいただきたき旨の言上があ
りました。帝はこれをお許しあそばされ、病の間、権帥さまは播磨に、出雲権守さまは丹後に逗
留することとなりました」
行成が宣旨を述べると、公卿たちはひそひそと何事かを囁《ささや》き合った。参議の公任《きんとう》と実資《さねすけ》が隣り
合って座っている。実資の横には、伊周と隆家の配流が決った日に蔵人頭から参議に抜擢され、
公卿の仲間入りをしたばかりの斉信《ただのぶ》がいる。
「帝は、さぞかし御苦慮あそばされたでしょうな」
公任が言った。
「さもあろうな。信順《さねのぶ》どのが病を理由に出立の延期を言上された直後に、よりによって両人から

同時に同じような言上書が出されたのですからな」

実資が言う。この度の一連の不祥事により、中宮の二人の伯叔父《おじ》も咎を受け、信順は伊豆権守、道順は淡路権守に落とされ、それぞれの任地に下ることになっているが、両者ともまだ出立していない。信順は重病を理由に下向の延期を言上している。

「やはりこの言上は偽りだとお思いですか」

公任が声を潜めて言った。

「いや、仮病を使っているとは必ずしも思わない。此度《こたび》のことは驚天動地の大事件でしたからな。当人たちの心労も測り知れないものがあろう」

「それに長途の道行ですからなあ。出雲もさることながら、筑紫は海の向こうですから」

公任も配流という咎に問われた一族の者たちに同情して溜息を漏らした。すると、二人の話を聞いていた斉信が口を挟んだ。

「はばかりながら、なにがしはそうは思いません。三人ともあたかも申し合わせたかのように、同じ理由の言上をしているのはどう考えても不自然です。そのようなことは誰も信用しないでしょう」

「言葉を慎まれよ。そのようなことを申されては、ご叡慮《えいりょ》を無《な》みすることになりますぞ」

実資が口に指を当てて新参の公卿をたしなめた。斉信は、はからずも自分の言葉が天皇の下した判断を否定しかねないのに気づいて身を縮めた。

産養

宮中では七月に入ると任大臣の儀が行われる。これによって右大臣道長は左大臣となり、権大納言の顕光《あきみつ》が右大臣となった。顕光は関白であった兼通の長男だが、世間から無能者として何かにつけ嘲笑されている人物である。一方弟の朝光《あさてる》は有能で人望が厚く、兄に先んじて大納言になった。先の関白道隆とはことのほか仲がよかった。この度の任大臣の儀で無能者の顕光が右大臣に任じられることになったのにはわけがある。昨年、都に疫病が流行した折に多くの公卿が死んだ。朝光もその時の疫病で死んでいる。そのことにより公卿には多くの空席が生じたため、長く中納言の地位に甘んじていた顕光に権大納言という地位が回ってきたのだった。さらに内大臣であった伊周は不敬を働いたことにより大宰府に追放されている。何の因果か、無能者の顕光は二度も棚牡丹《たなぼた》を手にしたのである。むろん、それには道長の周到な思惑があった。みずからの権力を安泰なものにするためには、次席には御しやすい顕光を置くのが最善の策だというわけである。

任大臣の儀の翌日に行われた除目《じもく》で、権右中将《ごんうちゅうじょう》に任ぜられた男がいる。源経房《みなもとのつねふさ》である。経房の父はかつて左大臣の地位にあった高明《たかあきら》である。高明は政変の渦中において大宰府に流されたが、経房はこの年に生まれている。道長が左大臣になったことは経房にとっても幸運なことであった。姉の明子が道長の側室だからである。この経房が、ある日少納言の君のもとを訪れた。少納言の君は文机《ふづくえ》に向って物に取り憑かれたように筆を走らせていた。里に下がってからもうすぐ四か月になる。その間ひたすら文机に向っている。むろん、これといってなすべきこともないつれづれを紛らわせるためということもある。だが、今の少納言の君は、みずからの不遇を嘆く様子はない。むしろ水を得た魚のように生き生きとしている。文机の周りにはおびただしい紙の山がある。これらはすべて中宮から贈られた紙である。更の紙もあれば物を書いた紙もある。墨の乾ききらない草稿もある。夢中になって筆を走らせていた少納言の君は、女の童《めわらわ》の声で我に返った。

「右中将さまがお見えです」

女の童が言った。

「右中将さま。さて、どのお方かしら」

少納言の君がいぶかしがると、女の童が言った。

「源経房さまと名乗っておられます。中宮さまのご様子をお話ししたいとおっしゃっています」

名前を聞いても思い当らなかったが、中宮の使いらしいので少納言の君は会うことにした。経房は階《きざはし》を上がり、廊に座った。

「なにがしは源経房と申します。この度の除目により、権右中将を拝命いたしました。昨日、中宮さまにご挨拶に伺いましたところ、あちらのご消息を伝えてほしいと仰せられましたので伺ったしだいです」

経房が簾越しに来意を述べた。中宮の使いと聞いて、少納言の君は慌てて部屋の隅にあった敷物を出した。経房がその敷物の端を摑んで引き寄せた。その時、敷物に何か載っているのに気づいた。それは少納言の君が書きつけた草紙の一部だった。

「おや、これは」

経房は、草紙を手に取った。

「それは手慰みに書いたものでして、他所人《よそびと》に読ませるために書いたものではございません。どうぞお返しください」

少納言の君が簾に顔を押しつけるようにして言った。経房は出された敷物を敷くこともせず、廊に座ったまま草紙を読んだ。

「これは面白そうだな。中宮さまにもお見せしよう」

経房はそう言って草紙を懐に入れた。

「後生ですから、それをお返しくださいませ。ほんとうに困りますから」

草紙には、里に下がっているという解放感と不遇に対する恨みから、宮中で見聞した人事のあれこれを筆に任せて書いたものもある。だが、少納言の君の思いの一方には、この草紙を中宮や殿上人《てんじょうびと》たちに読んでほしいという思いもある。経房は、草紙を懐に収めると、出された敷物を敷いて座りなおした。

「中宮さまの御所は、さすがにしんみりとしておりました」

少納言の君は、膨らんだ思いがとたんにしぼんで胸が痛くなった。中宮のことを思うと居ても立ってもいられなくなる。関白道隆が死んでからというものは、不幸の荒波が次から次へと中宮の身に襲いかかってくる。伊周と隆家が起した事件の渦中で、中宮は自ら髪を切った。だが、その中宮にまたしても非情な荒波が襲った。懐妊して里下がりしていた二条の宮の北宮が焼亡してしまったのだ。先月のことである。先の一連の不祥事で二人の伯叔父は伊豆と淡路に流されたが、もう一人の叔父、明順《あきのぶ》は連座を問われることなく咎を免れた。焼け出された中宮は、この兄の邸宅に移り、ここを仮の御所としている。

「しかしながら、女房のお方々はそれぞれに美しいお姿で仕えていらっしゃいました。中宮さまは尼削《あまそ》ぎの御髪《おぐし》ながら、薄鈍色《うすにびいろ》のお召し物のお姿が何とも言えず優美でした」

経房の話を聞きながら、少納言の君は今すぐにでも中宮のもとに馳せ参じたい思いに駆られた。

「ですが、やはり仮御所の様は、中宮さまにはお気の毒なものでした。お邸も庭も手入れが十分ではなく、軒先には草が高く生い茂っておりました。見かねまして、草を刈らせなさいませ、と申しました。すると、女房の一人が、中宮さまは露を宿らせてご覧になるために草をお刈りにならないのだと、このように応じられました。なんとも気の利いた応答だと感じ入りましたよ」

経房の話を聞きながら、それを言ったのはきっと宰相の君に違いないと少納言の君は思った。するると、中宮のもとに戻りたいという思いがいっそうつのった。

「中宮さまは、おもとがお戻りにならないのをたいそう寂しくお思いあそばされているようです。女房のお方々におかれましても、何ゆえにいつまでも里下がりを続けているのかとご不満のようです。お方々は、早くお戻りになられるように伝えてほしいとしきりに請われましたので、こうして伺ったしだいです」

少納言の君は、中宮の気持ちを思うと嬉しかったが、女房たちが長い里下がりを難じているのではないかという思いを払拭できない。

「早く中宮さまのもとにお戻りなさいませ」

少納言の君が返事をしないので、経房はもういちど促した。

「お方々は、わたくしを憎んでおられたのですもの」

少納言の君が小声で言った。道長の内通者だなどと、ありもしないことを言い立てて冷淡な態度を取り、みなで中宮の側にいられないようにした。そう思うと恐ろしく、中宮のもとに帰りたいという思いが折れる。

「それはおもとの思い込みです。いたずらに怯えておりますと、長いものはみな蛇《くちなわ》に見えてくるものです」

経房は磊落《らいらく》に笑う。

「もっと、心をおおらかにお持ちになられた方がよろしいかと存じます。とにかく、早く中宮さまのもとにお戻りなさいませ」

そう言うと、経房は草紙を懐中にして帰っていった。

秋が深まったある日の夕方のことである。中宮は仮御所の母屋の中央に座り、物思いに耽る体で外を眺めていた。空には日没後の残光に照らされた雲が、動くともなく浮んでいる。秋草が生い茂っている庭先では虫が鳴いている。すべてがそこはかとない寂しさに包まれている中で、虫の声が静寂を掻き乱す。女房たちは、廂《ひさし》の間《ま》に集って額を寄せ合うようにしてひそひそ話をしている。

「義子《よしこ》さまが女御《にょうご》におなりになったあとは、いったいどうなるのかしら」

「何も心配はいらないわよ。上さまが愛していらっしゃるのは中宮さまの他にはいらっしゃらないのですもの」

「中宮さまが登花殿にお戻りになれるとでもお思いになるの」

「中宮さまには間もなく御子がお生まれになるのですもの。お生まれになられる御子が男御子であれ、女御子であれ、上さまはきっとお目をおかけあそばされないはずはありませんわよ」

「それはどうかしら。義子さまのお父上は大納言さまよ。次の内大臣におなりになられるお方よ」

女房たちが話題にしているのは、大納言藤原公季《ふじわらのきんすえ》の娘義子のことである。義子は先月入内して弘徽殿《こきでん》に入り、つい先日女御の宣旨が下された。中宮は、いつ宮中に戻れるのか、はたして宮中に戻れるのか。女房たちはますます不安がつのる。女房たちが固まって話をしている様子を見ていると中宮は辛くなる。女房たちが何を話しているかはおよそ察しがつくからだ。かつては周りはいつも華やかで、活気があり、笑いに満ちていた。殿上人が絶えずやってきて、女房たちと機知に富んだやり取りをして楽しんでいた。時には天皇が訪れることもあった。

「少納言はどうしているかしら」

中宮が溜息をついて言う。

「右中将さまのお話では、とてもお元気だったというではありませんか」

側に控えている中納言の君が言った。

「そうね。もうここへは戻ってこないのかしら」

中宮がそう言って側に置いてあった草紙を手に取った。それは先日中宮の使いで少納言の君のもとを訪れた経房が持ち帰ったものである。中宮はそれを写させ、いつも側に置いては読み返している。その文章は陰りがなく、意表を突くものばかりだ。身辺の風物や、さまざまな事物についての蘊蓄《うんちく》、かつて中宮や女房とやり取りしたものもあれば、登花殿を訪れた殿上人にまつわる逸話などもある。鬱屈した思いや人に対する悪意は微塵も感じられない。どうみても心憂くなって里下がりをしている者が書いたものとは思えない。もしかしたら、少納言は里の暮らしの方が楽しいのではないか。中宮にはそう思えてくる。すると、わけもなく少納言の君のことが懐かしく、もうここには戻ってこないのではないかと恨めしくなる。

穏やかな小春日和が続いていた。中宮も女房も、ようやく仮御所の暮らしに慣れてきて、かつての華やかさはないものの、みなの心は落ち着いていた。中宮の身も何の障りもなかった。だが、ある夜、その平穏が突然破られた。中宮が寝所に入って寝ようとした時、帳台の外から何者かが呼ぶ声が聞こえた。気配に気づいて出た女房を制止する声がする。すぐに女房の声が聞こえなくなったかと思うと、辺りを憚る男の声がはっきり聞こえてきた。

「伊周です。入ります。どうかお許しを」

そう言うと男は中宮の帳台の中に入り込んだ。中宮は、すぐに伊周だと分かった。だが、それがうつつだとはとても思えない。

「お兄さま、なの」

中宮は恐る恐る声を潜めて言った。

「そうです、伊周です」

人影ははっきり答えたが、それでも中宮はうつつとは思えない。

「ご無事であられましたか」

そう言うと伊周は中宮を抱きしめた。

「お兄さまなのね。ほんとうに、お兄さまなのね」

中宮は力を籠めて伊周を抱いた。そして、ようやく伊周の姿は幻ではなく現身《うつしみ》であることを確かめた。すると、にわかに心が凍りついた。

「なぜ戻ってきたの」

中宮の声が震えた。

「そなたに会いたかった。母上にも」

伊周の声が咽び泣いている。

「どうしてそんな恐ろしいことを」

中宮の声がしだいに険しくなった。

「筑紫《つくし》に行くのは嫌だ。筑紫には行きとうない」

中宮は、胸にしがみつく伊周を突き放した。

「筑紫に行かないで都へ戻るとはどういうことなのかお分かりでしょう。そうすれば、上さまの御心に背くことになります。罪を償わないで都に戻れば、さらに罪を重ねることになります」

中宮の声がさらに険しくなる。

「向うに行ったら終りだ。何もかも終りだ。都にも帰れなくなる。嫌だ。筑紫の地で一生を終えるのは堪えられない」

伊周の心に中宮の言葉は届かない。

「上さまを信じなさい。上さまは、けっしてお兄さまを筑紫に葬ろうとお思いあそばされたわけではありません。罪を償ったあとは、必ずやお許しあそばされるはずよ。それよりも、ここにいてはいけません。さあ、行きましょう」

中宮が伊周の手を握って立ち上がった。

「どこへ行く」

伊周が抵抗したが、中宮に強く手を引かれてよろめきながら立ち上がった。中宮は、帳台を出るとそこに控えていた二、三人の女房に一言二言指図した。そして回廊を渡り、北の対に向った。

北の対は半蔀《はじとみ》が降ろされて静まり返っていた。

「母上、定子でございます。お休みのところ恐れ入りますが失礼いたします」

仮御所の北の対に逗留していた貴子は、床に就いていたが眠れずにいた。

「定子か、このような夜中にどうしたのだ」

貴子はただならぬ気配を感じて声のする方を見た。

「たいへんなことが起っておりますので、どうぞお静かになさってください」

「どうしたというのだ。いったい何があったというのか」

貴子が驚いて身を起し、目を凝らして妻戸の方を見た。

「母上、伊周です」

伊周が思わず声を上げて中に入ると母を抱きしめた。貴子の体はすっかり痩せて、まるで枯木を抱いているかのように固く冷たかった。

「母上がご無事でよかった」

伊周は、貴子を抱きしめたまま現身《うつしみ》を確かめるかのように背中をさすった。二人は、ただ抱き合ったまま嗚咽を漏らした。

「しばらくの間、ここに匿《かくま》っていただきたいのです」

中宮だけはひとり冷静だった。

「もちろんだよ。ここがいちばん安心だからね」

貴子は、何も事情を聞かなかった。筑紫までついていこうとして果たせず、失意のうちに帰京した貴子は、生きて伊周にまた会うことができただけで無上の喜びであった。そして、伊周がこのままずっとここに留まるのではないか、さもなければ、自分を迎えに来てくれたのではないか、今度こそ一緒に筑紫に行けるのではないかと思いを巡らすと、かえって心が浮いてくるのだった。

伊周が入京してから二日後に、早くも蔵人所《くろうどどころ》に密告が入った。頭弁行成《とうのべんゆきなり》はすぐに天皇にその事を伝えた。知らせを受けた天皇は激怒した。

「それはまことか。しかと確かめたか」

天皇は声を震わせて聞いた。

「これは確かな筋からの消息です」

「病で先に進めないというから播磨逗留を許したのだ。伊周は予を騙しおったか。愚か者めが」

天皇の怒りと苦渋に満ちた声が簾の外に漏れてきた。

「すぐに中宮さまの仮御所を探索させましょうか」

行成が言った。

「いや、その必要はない。中宮はただならぬ身だ。障ることがあってはならぬ。そこに伊周がいるのが確かなら、すぐに筑紫に向わせよ。播磨逗留はもちろん、他の地に逗留することもまかりならぬと伝えよ」

翌々日、伊周は京を追われ、大宰府に向った。それから十日あまり経って、中宮の悲しみに追い打ちをかけるように、母貴子が死んだ。

何日も雪の日が続いた。中宮の仮御所は、日中も半蔀《はじとみ》を下したままだった。時折、吹雪く音や垂《しず》り雪《ゆき》の重い音がする。女房たちは、めいめいに絵草紙を読んだり偏継《へんつ》ぎや貝合せなどの遊びをしたりして無聊を紛らわせていた。絵草紙を開いていた侍従の君が、やはり草紙を読んでいる小兵衛の君に耳打ちするように言った。

「今日は、元子《もとこ》さまが入内なさる日よね」

小兵衛の君も小声で応じる。

「承香殿《しょうきょうでん》にお入りになるそうよ」

「義子さまが入内なさったばかりなのに、元子さままで入内なさるなんて」

「義子さまは、とても上さまの覚えがいいらしいわよ」

元子は、右大臣顕光の娘である。無能者と蔑《さげす》まれ、出世が覚束なかった顕光は、昨年の疫病で生き残り、右大臣になった。右大臣というのは名ばかりで、実際には左大臣道長が権力を一手に掌握していたが、顕光はまたしても棚牡丹を手にした。これまでは娘の入内を切望しながらも人望がない我が身を思えばさすがにそれは実現するとは思えず、諦めていたのであった。ところが、右大臣の座に就いてみると、顕光自身が躊躇するほどの野心が燃えてきた。大納言の娘義子はすでに入内している。左大臣の娘彰子はまだ入内するには若すぎる。中宮定子は出家の身だ。それを考えれば、娘を入内させるのには今を措《お》いてほかにない。顕光は、強引に元子の入内を企てたが、誰もそれを阻もうとする者はいなかった。

侍従の君と小兵衛の君は絵草紙を置いて溜息をついた。

「中宮さまのご出産も間近よね。明日は、産屋《うぶや》の設《しつら》えが行われるそうよ」

侍従の君がさらに声を潜めて言う。

「いつご出産があってもおかしくないわよね」

「それにしても、中宮さまはどうしてご出家などなさってしまったのかしら。せっかく御子がお生まれになるというのに」

「どれほど上さまが中宮さまを愛していらっしゃっても、もう宮中にはお戻りになれませんものね」

侍従の君と小兵衛の君がまた溜息をつく。

ある夜、女院が清涼殿に天皇を訪ねた。天皇は、親心を笠に着て理不尽なことを一方的に押しつけてくる女院の訪問が煩わしくてならない。案の定その夜も女院には腹蔵するものがあった。

「承香殿をお大切になさいませ」

女院が言う。承香殿とは、つい先日、女御になったばかりの右大臣顕光の娘元子である。

「承香殿は、何といっても右大臣の娘ですから。まあ、弘徽殿も大納言の娘ですから、ほどほどにお大切になさらないとね」

弘徽殿は、女御になって間もない義子のことである。女院は、黙って聞いている天皇にしだいにいらだってくる。

「弘徽殿も承香殿もどちらでもいいことです。とにかく、男御子をお産みになられたお方を大切になさればいいのです」

「予には中宮がいる。中宮には間もなく御子が生まれる」

天皇が言った。

「中宮は出家なされた身です。それに、兄弟二人が揃って不敬の大罪で都を追われております。もはやあのお家の再興は絶望的です。たとえ中宮に男御子がお生まれになったとしても、けっして日の当る所へは」

天皇は、女院の言葉を遮って言った。

「母上、中宮をお見捨てにならないでください。出家の身であっても、后であることに変りはありませんから。それに、予は、伊周と隆家を永遠に都から追放したつもりもありません。ですから、あの家の再興が絶望的だというのは当りません」

「帝は二人をお許しになられるのですか」

女院が詰め寄るように言う。

「それは予の思いというより、時が決めてくれましょう。時が来なければかの者たちはかの地に留まるだろうし、時が来れば京に戻ることになりましょう」

女院は、天皇の迂遠《うえん》な言い方にいっそういらだった。

「たとえ、帝がお許しになられようと、天が味方しようと、世の人々の信はもはや戻ることはありません。ですから、承香殿と弘徽殿をお大切になさいませ。それに、左大臣の娘はまだお若いけれども、やがては女御になられるお方です。いえ、中宮にもなられるはずのお方です。何しろ、帝をお支え出来るのは、道長以外にはおりません。わたくしには、帝の世と道長のお家の栄華が悠久であることがはっきりと見えております。もし、帝が、中宮とお生まれになる御子にご執心であられるならば、帝の世の安寧は失われることになりましょう」

女院の懸念は、話せば話すほどにつのっていく。

「お止めください、母上。予にとっては、中宮も生まれてくる御子も、どちらも掛け替えのないものです」

天皇は、毅然と言い放った。

「予は、世を統《す》べる天子ではありますが、人の心があり、人倫に悖《もと》るような真似はできません。たとい家が傾いたからといって、弊衣《へいい》を捨てるようにつれなくすることができましょうか」

女院は、これまで聞いたことのない天皇の強い語気に、確たる意思と、中宮と生れてくる御子に対する愛情の深さを感じ、黙るよりほかはなかった。

中宮の臨月が近づいていた。師走の半ばにさしかかった日の夜、その兆候が表れたので、仮御所になっている明順《あきのぶ》邸はにわかに慌ただしくなった。東の対の母屋には、帳台と並べて、あらかじめ用意されていた白い帷子《かたびら》の産屋《うぶや》が設《しつら》えられた。中宮は帳台からそちらの方に移ったが、その夜の出産はなかった。翌日になると、宮中から天皇付の女房が数名やってきた。その衣装は、先だって亡くなった中宮の母貴子の喪に服している明順邸の者にとって不吉なほどにきらびやかで美しく、中宮付の女房たちの心を落ち込ませた。数日前から中宮の側に仕えて加持を勤めてきた仁和寺の僧都に加えて、三井寺からも僧都がやってきて加持に加わった。妻戸の側には中宮職大夫《ちゅうぐうしきのだいぶ》と役人、その他に、知らせを聞いて駆けつけた殿上人が集っている。だが、中宮の身内の者は明順のほかは誰もいない。それに喪中とあって、中宮の周囲は出産の喜びというよりも、名状しがたい不安がつきまとっていた。だが、中宮はその日の夕方に無事女児を出産した。御子誕生の知らせはただちに天皇のもとにもたらされた。天皇は、絹と綿を贈り、右近の内侍を明順邸に遣わした。喜びに包まれた明順邸では、慌ただしく御湯殿の儀式の用意が進められていた。中宮付の女房はみな喪服姿のまま御湯殿の儀に携わったが、御子に着せられたのは真白な産着だった。

産養《うぶやしない》は、三日目が明順、五日目が左大臣道長が主催した。それは親族が多数集り、新生児のすこやかな成長を願う祝宴で、賑やかな管弦の遊びをするのが常だが、いずれの日も訪れる人は少なく、喪中とあって管弦の遊びも行われず、形ばかりの寂しいものであった。だが、七日目の産養は天皇主催とあって厳かに行われ、殿上人も大勢集った。中宮は、少し気分が悪い様子で、帳台の中に横たわっていた。尼削《あまそ》ぎをしているとはいえ、中宮の髪はつややかで、灯炉の光に照らされた顔は透き通るように美しい。

新生児は、脩子《ながこ》と命名された。七日目の産養が終ると、天皇付の女房たちは宮中に戻った。天皇は、右近の内侍が来るのを心待ちにしていた。

「どうであった。中宮は元気か、産後の肥立ちに支障はないか。稚《やや》は無事か」

天皇が矢継ぎ早に聞いた。

「ご安心あそばせ、上さま。中宮さまも御子も、とてもお元気でいらっしゃいます」

「さようか、産養はしかと執り行ったか」

「それも滞りなく相済みました。とくに七日の産養は大勢のお方々がいらっしゃって、とても盛大でございました」

「それはよかった。予も稚の顔が見たい。稚の顔はどうであった。予と中宮と、どちらに似ておる」

天皇は、一生懸命まだ見ぬ我が子の面影を心の中に思い浮べようとする。今すぐに懐に抱き締めたいという思いを抑えることができない。

「端整なお顔立ちといい、雪のように白いお肌といい、中宮さまによう似て、とてもかわいらしゅうございます」

「中宮に似ているから可愛いと申すか。予に似なくてよかったと」

天皇がすねる振りをしたが、半ばは本心であった。

「いいえ、御子は上さまにも似ていらっしゃいます。特に目元のあたりがよく似ていらっしゃいます」

「目元が予に似ているとな、まことか」

天皇は、中宮にも自分にも似ていると聞かされて、我が子の面影が模糊《もこ》としたものになった。

それから、天皇は、中宮と御子のことや産養の様子を根掘り葉掘り聞いたあとで言った。

「中宮は、ここへ戻らないつもりなのだろうか。稚の顔が見たい。稚は、予の子だ。いつも会えるように、予の近くにいさせたい。中宮もそうだ。このまま放っておくのは不憫でならぬ」

「ご心中をお察し申しあげます」

右近の内侍には、天皇の悲しみがよく分かる。

「中宮は、もうここへは戻れないのだろうか。戻ってはならないのだろうか」

天皇は、自問とも下問ともつかず低い声で言う。その苦渋に満ちた悲しみは、右近の内侍には重すぎて答えることはできない。

「いろいろなことがあったが、中宮は何も悪くない」

右近の内侍にはそれも分かる。だが、黙って天皇の悲しみに耳を傾けるほかはない。内心では、中宮は出家してしまったのだから、御子が誕生したからといって宮中に戻れる身とは思えない。

「予は、中宮を愛している。稚も予にとって掛け替えのない子だ。その中宮と稚が宮中に入れないというのは、どうにも理不尽であろう。どうだ、右近。申してみよ」

天皇は、何かに怒っているようでもあり、何かに縋りつくようでもあった。

「職御曹司《しきのみぞうし》にお入りになることはできるかと存じます」

右近の内侍は、やはり内裏に戻れるとは言いかねた。

「職曹司《しきのぞうし》か。なるほどな」

天皇は、右近の内侍のその言葉で怒りも悲しみも消えた。

明烏

翌年三月のある日のことである。中宮は依然として明順邸に留まっていた。少納言の君はまだ里に下がったままである。そこへ中宮から手紙が届いた。手紙を開くと、山吹の花びら一枚が入れてあった。手紙には、「言わで思うぞ」とだけ書いてある。それは、古今集の「心には下行《したゆ》く水のわきかえり言わで思うぞ言うにまされる」という歌の一節であった。それに籠められた中宮の切々たる思いに、少納言の君は涙を抑えることができなかった。

少納言の君が中宮の仮御所に参上したのはそれから数日後の夜のことである。少納言の君は、中宮のいる東の対に行き、身を隠すようにして妻戸から母屋に入った。母屋の中は高灯台が明るく灯されていた。中宮の側には、五、六人の女房が伺候している。少納言の君は、几帳から半分だけ身を覗かせた。中宮はすぐに気づいた。

「そこに控えているのは誰なの。新参の女房かしら」

中宮が笑って言った。

「まあ、少納言の君」

「そのような所に隠れていないで、こちらにお入りなさいな」

女房たちが振り返り、いっせいに声を上げた。それでも少納言の君が進み出るのをためらっているので、弁の君と侍従の君が袖を引いて中宮の前に連れ出した。

「よく戻って来てくれましたね」

中宮が言った。

「中宮さまは、千秋の思いでおもとのお帰りを待っていらっしゃったのですよ」

中納言の君の言葉には叱責がこめられているようで、少納言の君は縮こまった。

「お帰りなさいませ」

「もうお帰りにならないのかと思ったわ」

侍従の君と小兵衛の君が言う。

「ご無沙汰をいたし、申し訳ございませんでした」

少納言の君はかろうじてそれだけ言った。

「経房が持ってきた草紙、面白かったわよ」

中宮が言った。

「お恥ずかしゅうございます。あれは、けっして人にお見せするために書いたものではございません。経房さまが勝手にお持ち帰りなさって、迷惑いたしております」

少納言の君は、つい大きな声を出してしまった。

「ずいぶんいろんなことをお書きになっているのね。まだ書き継いでいらっしゃるの」

中納言の君が言う。その言葉はやはり叱責がこもっているような気がして、少納言の君は身の置き所がない。

「大いにお書きなさいな。人に見せるために書くのではないなどと言わないで、人に見せるためにお書きなさい。殿上人のお方々も、続きを読みたいと言って、催促に来ていますよ」

中宮はそう言って笑った。

「こちらに参りなさいな。物をお書きになるからといって、里でなければいけないわけはありませんでしょう」

右衛門の君の言葉にも非難がこもっているように思われる。少納言の君は、決断がつかないまま、ただ衝動に駆られてやってきたのだった。むろん、以前どおりに伺候したい思いはあった。だが、中宮の仮御所の雰囲気は、予想以上に厳しかった。中宮は夜も昼も少納言の君を側に伺候させたが、そのことがいっそう少納言の君の立場を危うくした。

それから数日経った日のことである。少納言の君は、廂《ひさし》の間《ま》の几帳の陰に身を潜めるようにしていた。すると、数人の女房たちが廂の間に集ってきて話を始めた。初めは、殿上人の噂などをしていたが、しばらくして少納言の君のことを話し始めた。

「少納言の君はこのまま留まるつもりかしら」

「中宮さまがおやさしくなさるから、すっかりいい気になっているわね」

「あの様子ですと、きっと留まりなさるつもりよ」

「中宮さまがおつらい折にご自分だけお里に下がって、ようやく落ち着いた頃になっておめおめと戻って来るなんて」

「あの草紙をお読みになりまして。鼻持ちならないわよね」

「さほどでもない知識をひけらかしたり、自慢話を書きちらしたり。読んでいる方が恥ずかしくなるわよね」

「あれを書き上げたら道長さまに差し上げるつもりなんですって。ご自分の才能を売りこんで、彰子さまの女房に取り立ててもらおうという魂胆らしいわよ」

「まあひどい。中宮さまがあれほどに信頼なさっているのに裏切るなんて。許せないわ」

少納言の君は、たまらず耳をふさいだ。そしてその翌日、再び里に下がった。

春の終り頃、女院の病が続いたため大赦が行われた。それから十日ほど経って、議定《ぎじょう》のため陣座《じんのざ》に出ていた道長は、天皇に召されて清涼殿を訪れた。すると、天皇は道長を昼御座《ひのおまし》に入れた。

「伊周と隆家が下向してからもうすぐ一年になる」

天皇が言った。道長は、その言葉を聞いて天皇の意中を察した。

「先日、女院の御悩《ごのう》のため大赦を行ったが、伊周も隆家もその中に加えることはしなかった」

それを最終的に決定したのは天皇である。大赦だからといって、一年も満たずして不敬を犯した身内の者を許すことはできなかった。だが、中宮にとっての後ろ盾となるべき二人をいつまでも流人《るにん》の身のままにしておくことも忍びがたかった。天皇は葛藤の末に一つの結論に辿り着いて道長を呼んだのだった。

「先月二十五日に行われた大赦に伊周と隆家も加えるべきか、そちの考えを申してみよ」

天皇が下問した。

「恐れながら、それは御意にてお決めになられることかと存じまする」

道長はそう言ってみずからの意中を秘した。

「しからば陣定に諮れ。先の大赦に両人を加えるか否か。また、加えるとなれば召還すべきか否か」

天皇も自らの意中を秘したまま宣下した。

道長は、すぐに陣座に戻って並《な》み居る公卿たちに天皇の言葉を伝えた。

「大宰権帥《だざいのごんのそち》と出雲権守《いずものごんかみ》に、先月二十五日に行われた大赦に加えるべきか否か、加える場合は、召還すべきか、当地に留めおくべきか。これらについて詮議せよとの仰せを賜《たまわ》った。おのおのの見解を申し述べていただきたい」

道長が宣下を伝えると、順次おのがじしの意見を述べていった。陣定では下位の者から意見を言うのが習わしである。はじめに意見を述べたのは左大弁扶義《すけよし》である。

「大赦に加えるべきだと存じまする。ただし、咎の重きを考えますれば、両人とも当地に留めるべきかと存じまする」

これに賛意を表した者がいた。中納言実資が意見を述べた。

「両人を大赦に加えるべきであると存じまする。それは、八虐《はちぎゃく》を犯した者も免《ゆる》す、ということがあるからです。ただし、召還についてはあれこれ詮議申すのは困難かと思われますゆえ、ここはやはり勅諚《ちょくじょう》によるのが至当かと存じまする」

これにも数名の者が同調した。左大将公季《きんすえ》が述べた。

「やはり大赦に加えるのが適当かと存じまする。召還については、先例を調べて、然るべき先例にならうべきかと存じまする」

数名の者が賛意を表した。次いで右大臣顕光が意見を述べた。

「両人とも大赦に加えるのが適当かと存じまする。ただし、召還の可否については、やはり明法《みょうぼう》家《か》に諮って勘進《かんしん》させるべきかと存じまする」

大赦に加えることにおいては異論はなかったが、召還の可否については意見が分かれた。道長はあえて自分の考えを述べることはせず、陣座を出た。道長はなかなか戻らなかった。公卿たちが痺《しび》れを切らして待っていると、一時《ひととき》ほど経ってようやく戻ってきた。道長は座に復すや言った。

「外記局《げききょく》に先例の有無について調べさせたところ、流人を召還した先例があることが判明した。それを帝に奏申したところ、大赦に加えたうえ、召還せよとの御意を宣下あそばされた」

かくして、伊周と隆家の大赦と召還が決定された。

中宮のもとには、天皇から脩子に会いたい旨の手紙が幾度も届いた。だが、先例では内親王の場合は数年を経なければ天皇との対面はない。天皇はそれを承知の上で、脩子を連れて職曹司《しきのぞうし》に入るようにとしきりに言ってくる。中宮は、その先例もさることながら、様を変えてしまった自分がたとえ職曹司とはいえ、そこに入ることは許されないことだと思う。

ある日、成忠が中宮の仮御所を訪れた。成忠は五年前に出家している。七十五歳と高齢になったうえに、昨年娘の貴子が死んだこともあり、痛ましいほどのやつれぶりである。成忠はめったに中宮のもとを訪れることはなかった。ことに出家してからはなおのこと遠ざかっていた。成忠は学才はすぐれていたが、人品がどことなく卑しいところがあり、女房たちの評判はよくなかった。久しぶりに中宮の御所に現れた成忠は妖気すら漂わせているので、女房たちはみな几帳の後ろに隠れた。

「なにがしもいつあの世に旅立つやも知れぬ。冥途の土産に御子の尊顔を拝ませてもらおうと思ってな。御子はお達者か。早う爺《じい》に尊顔を拝ませておくれ」

成忠が中宮に詰め寄るようにして言う。それを聞いた女房たちはみな縁起が悪いと眉をひそめて顔を見合わせた。

「早う、ここにお連れして、尊顔を拝ませておくれ」

成忠が執拗に言うので、中宮は乳母に命じて脩子を連れてこさせた。成忠は食いつくようにして乳母に抱かれている脩子を覗き込んだ。挙句の果てに、乳母の懐から無理に脩子を抱き取った。

「おう、何とかわいい玉のような御子じゃ。ほれ、爺じゃ。爺の顔をお忘れでないぞ。おう、おう、笑うたぞ。爺のことが分かったか。いいか、つつがのう大きうなって、この手で大きな幸せを摑むんだぞ」

成忠はあたりを憚らず、大きな声で赤子に話しかける。

「嬰児《みどりご》にそのようなことを」

中宮が笑った。

「いや、嬰児にも心がある。なにがしの言葉は、きっと御子に聞こえているはずじゃ」

成忠が真面目に言うので、女房たちの失笑を買った。成忠は、しばらく脩子を抱いて泣かしたりあやしたり笑わせたりしたあとで中宮に人払いをさせた。

「帝からのご消息はあるのか」

さっきまでの人前を憚らない口ぶりとうって変って声を潜ませて言う。

「御子にお会いになりたいとしきりにお手紙をくださいます。参内が叶わないなら職曹司に入るようにとおっしゃいます」

成忠はそれを聞くと安心したように頷いた。

「お家にはいろんなことがあったが、どうにかそれらもみな収まりつつある。信順《さねのぶ》も道順《みちのぶ》も先の大赦で召還された。伊周さまも隆家さまも召還される。これによって、お家の再興は約束されたも同然。そなたも、いつまでもこのような所にいてはならぬ」

中宮は、どことなく陰湿な成忠の言葉がうとましくなる。だが、そのような定子の心にはいささかも頓着することなく成忠は続ける。

「そなたは髪を切りはしたが、受戒したわけではない。場合によっては還俗《げんぞく》しても何ら差支えはない。いや、そうするがいい。とにかく、帝から離れてこのような所にいてはならぬ。内裏に入ることは叶わぬにしても、職御曹司《しきのみぞうし》に入っておればいい。さすれば、帝がお越しあそばされるにも支障はない。せっかく御子を授かったのだ。この御子のためにもそうするのが最善の道じゃ」

中宮は、祖父の言葉をうとましく思いながらも、混沌としている将来の道筋がおぼろに見えてくるような気がした。そして、その言葉を咀嚼しているうちに、職曹司に入る決意が固まった。するると、里に下がっている少納言の君を帰参させたい思いが強くなり、帰参を促す手紙を繰り返し書いてやった。やがて少納言の君はその心に動かされて中宮のもとに戻った。

それから数日後、天皇は、病中の女院を見舞うために土御門殿に行幸した。女院は、しばしば道長邸の土御門殿に移ってそこに滞在していた。行幸には、左大臣道長をはじめ、公卿と上達部《かんだちめ》のほとんどが供奉《ぐぶ》した。その粛々たる行列に、都人たちはみな瞠目した。天皇が還御《かんぎょ》したのは夕方だった。その日の夜に中宮は職曹司に入った。中宮に供奉する人は少なく、ひっそりとした移御であった。待ちかねていた天皇はすぐに職曹司にやってきた。中宮が天皇と対面するのは昨年の春以来のことである。天皇は、髪を切り、鈍色《にびいろ》の衣装を纏った中宮の姿を見て一瞬息を呑んだ。だが、それ以上に御子を見たいという思いがまさっていた。乳母《めのと》の懐に抱かれている脩子《ながこ》を覗き込んだ。

「もっと灯りを近う」

天皇がもどかしげに女房に言いつける。

「眠っているのか。おう、愛らしいのう。まろがそなたの父じゃぞ。目を開けておくれ」

天皇が御子の頬をつついて言うと、乳母の胸から恐る恐る御子を抱き取った。

「動いたぞ。目を開けておくれ。まろじゃ。そなたの父じゃ」

天皇が軽く揺すったが、脩子は眠ったままだ。

「心許《こころもと》ないほど軽いのう。だが、中宮にそっくりじゃ」

天皇は、容易に脩子を放そうとしない。我が子との対面を心行くまで過ごしたあと、天皇は乳母に脩子を返した。

天皇が帳台に入ると、中宮はそのあとに従って中に入った。御前にいた女房たちはみな母屋の外へ出ていった。天皇は中宮を抱きしめ、あたかも幻でないことを確かめるかのように撫でた。一年余の間離れていたことで堰《せ》かれていた思いがいちどに溢れてひしと抱き、鈍色の衣を纏った中宮の帯を解いた。中宮は出家の身で天皇に愛されることに罪悪感を覚えて身をこわばらせたが、狂おしいまでに激しい天皇の愛に身を任せた。

やがて我に返った中宮は天皇の顔を見つめた。久しぶりに見る天皇の顔は以前の顔ではなかった。昨年のうちに二人の女御を迎え入れたせいであろうか。それとも身内の者が不敬を働いたせいであろうか。はたまた、自分が髪を切ってしまったからだろうか。それらがみなその原因であるように思われた。そう思うと、今すぐに天皇の前から消えてしまいたいという思いに駆られた。

「会いたかった。そなたと離れているのがつらかった」

天皇の声はやさしかった。だが、諸々のことを考えれば天皇に愛される身ではないと中宮は思う。そう思うと、天皇に会って契りを結んだことに対する罪の意識と悔恨の情が堪えがたくなってくる。

「上さまにはお二人の女御がいらっしゃいます。わたくしのことはお忘れになってくださいませ」

中宮はそう言うと、思わず涙が溢れた。

「何を申すのだ。予にとっていちばん大切なのはそなただ。そなたは予から離れてはならぬ」

天皇がいくぶん言葉を荒らげた。

「わたくしがこの度職御曹司に参りましたのは、上さまに御子をお会いさせるためでございます。それが果たされましたので、明日にも退出いたすつもりでございます」

中宮は実際そう考えているのだった。だが、天皇はそれを聞いていっそう声を荒らげた。

「ならぬ。そなたはここから出てはならぬ。いいか、予の許しなくここを出るでない」

今までに聞いたこともない激しい言葉に、中宮は当惑した。

その翌日、道長は女院と対面した。女院の病はさまざまな加持や大々的な恩赦の甲斐もなく、依然としてはかばかしくなかった。

「姉上、お加減はいかがでございますか」

道長が帳台の中に入って声を掛けると、女院は薄く目を開けた。

「道長か」

美貌であった女院はすっかりやつれて青ざめている。道長を見て起き上がろうとしたが容易ではなかった。

「ご無理をなさらぬように。そのままで」

道長がそう言っても、女院は力を振り絞るようにして起き上がろうとする。見かねた道長が支えて起してやった。

「今日は少しいいようだ。恩赦の効が徐々に表れてきたのかもしれぬ」

女院は起き上がると背筋を伸ばした。

「それはよかった。姉上にはまだまだお達者でいていただかないと。道長には姉上のお力添えが何よりも心強うございますから」

「わたくしのことなら心配なさるな。ほどなく恢復するでしょう。ところで、伊周と隆家はどうしておる」

女院が聞いた。

「隆家は京に戻って落ち着いたようですが、伊周はまだ筑紫におります」

「隆家の入京は速やかでしたね」

「あの迅速さは尋常ではありません。どうやら、隆家のもとに恩赦のことが早くから何者かによってもたらされていたようです」

「隆家はさすがに抜かりがないわね」

女院が笑った。

「伊周が帰京できるのはいつかしら」

「筑紫は何しろ遠いですからなあ」

「年内には帰れるのかしら」

女院が溜息をついて言う。

「年内にはどうにか帰れるでしょう。しかし、二人とも帰ってからが大変だろうな」

道長も嘆息する。

「二人とも十分に償いをし、召還の勅許も賜ったのですから、名誉が回復してお家の再興がなるようにしてお上げなさい。それはそなたにしかできないことですから」

病のせいもあって、女院は二人のことをしきりに心配する。

「この道長にできることはするつもりです。しかし、二人が犯した罪は、勅許を賜ったとはいえ消えませんからなあ」

それを聞くと、女院はまた溜息をついた。

「ところで、昨夜、中宮が職御曹司に入られました」

道長が言った。

「それはまた異例な」

女院は驚いて声を上げた。

「まだ半年余りなのに上さまが御子にお会いになるとは」

生まれた女御子に天皇が会うことができるのは数年後というのが先例だから、女院が驚くのも無理はない。

「御子にお会いになるために、帝が強引に職曹司にお入れなさったようです」

「だからといって先例を破って御子をお見せ申しあげてよいはずがありません」

女院が急に語気を強めて中宮を難じた。

その日、右衛門督公任《うえもんのかみきんとう》が実資邸を訪れた。前年、実資が辞表を提出して検非違使別当を辞した時、公任はその後任としてその地位に就いた。そのような事もあり、公任はしばしば実資のもとを訪れて懇談し、時には教えを請うたりしていた。その日は、真っ先に前日の陣定が話題になった。昨日の陣定では、高麗国《こうらいこく》からの書状について詮議がなされた。事が事だけにめいめいが熟慮して意見を述べた。だが、最終的には右大臣や左大将の意見が衆議を籠絡《ろうらく》した。それに対する憤燻がまだ燻っていたので、二人はあれこれとあげつらった。そのあとで、話題は任大臣のことに移った。

「ところで、公季卿《きんすえきょう》が内大臣の宣下を賜ったそうだが、これで伊周どのの復権の道は断たれた。道長さまも酷《むご》いことをなさるものだ」

実資が嘆息して言った。

「伊周どのが京に戻る前に、内大臣の席を埋めるのですからね」

「まあ、伊周どのの自業自得といえばそれまでだが」

「それはさておき、道綱どのが大納言に任ぜられるという噂はほんとうでしょうか」

公任がそう言うと、実資は急に形相を変えた。

「言語道断だ」

実資がめずらしく怒りをあらわにして語気を荒らげる。

「道綱どのが中納言になったのはなにがしより一年遅い。なのになぜこの実資を差し置いて道綱どのを大納言に任じるのか。ひそかに先例を調べたところ、このような例はない。かてて加えて、道綱どのの得意は弓だけで、文事においてはせいぜい名を書くのが関の山で、そのほかは何も知らない能無しだ」

実資の矛先は、先を越された道綱に向う。

「思うに、賢人を用いる世は貴賤を問わず人を見て登用される。だが、今の世は、近臣が国柄《こくへい》を牛耳り、国母《こくも》もまた朝政に容喙《ようかい》する。傍流の我が身はいったいどう処すればいいのか」

実資は、思いのたけを吐いたあと嘆息した。

「なにがしとて同じ身です」

公任が同情の意を表した。すると、実資が話題を転じた。

「中宮が職御曹司に入られたそうな。それもまたあきれたことですな」

「帝の強い思し召《おぼめ》しによるということです」

「帝が御子にお会いしたいというお心は分かりますよ。しかし、職御曹司とはいえ、出家されたお方をお入れになるとは。帝の恣意で出家したお方を参入させたと、後世に悪しき先例として残ることになりましょうな」

「せめて還俗《げんぞく》のうえのことでしたら誹謗は避けられると思うのですが」

「さよう、しかし、高階家の者たちは、中宮は出家していないと言っているらしい。牽強付会《けんきょうふかい》も甚だしい」

実資が冷笑して言う。

「もし、中宮さまに男御子がお生まれになったりすればたいへんなことになりますね」

「そうなったら、その御子は悲劇的な運命を負うことになりましょうな」

実資は冷淡に言い放ったが、公任はすぐに意中を察して言った。

「道長さまのご長女は、十歳ながらほどなく入内なさるでしょうからね。帝のご寵愛を受けて男御子をお産みになったとすれば、必ずやその御子がやがては即位なさるということになります」

「そのとおりです。それにしても、道隆さまのお家は何ゆえにみずから崩壊していくのであろうな」

実資がまた嘆息した。公任も、中宮の家が音を立てて自滅していくのを思い、心を痛めた。

中宮が職曹司に移ってから三か月が過ぎた。職曹司は、本来中宮職《ちゅうぐうしき》の部局で、内裏の北東にあり、そこにはしばしば皇太后や中宮が入る。内裏が焼亡した時には天皇が遷御することもある。古木がほどよく繁っており、建物は内裏のように高くはなく、閑静である。ところが、母屋はいつの頃からか鬼がいると噂されるようになった。奥まった母屋は外からの光も弱いので、一度そのような噂が立つとしだいに信憑性《しんぴょうせい》を帯びてきて、みな怖がって入ろうとしなかった。しかたなく、中宮は南廂の間に几帳を据えてそこを居所とし、女房たちは孫廂《まごびさし》に伺候している。

殿上人たちは、陽明門を入って西に進み、内裏の建春門から参内する。職曹司はその大路に面しているため、殿上人たちが頻繁に前を往来する。中宮は何かにつけ世の批判を受けている最中であったが、職曹司はしだいに殿上人たちに親しまれるようになり、内裏から下がる途中に立ち寄る者が多くなった。そのせいでそれまで沈みがちだった中宮の周囲は、見違えるように明るく、活気を取り戻した。

ある日、女房たちは廂に出て耳を澄ましていた。遠くから先払いの声が聞こえてくる。

「あれは大納言公季《きんすえ》さまよ、きっと」

誰かが言う。

「公季さまは今は内大臣よ」

ほかの女房が口を出す。

「そうよ、この間内大臣になられたのよ」

にわかに女房たちが騒ぎ出す。

「あれは右衛門督公任《うえもんのかみきんとう》さまよ」

「違うわよ。中納言になられた時光さまよ、きっと」

女房たちはそれぞれに見当をつけて名を挙げる。先払いがいよいよ近づいたところで、女房たちは下部《しもべ》の女をやって確かめさせた。

「大納言になられた道綱さまでした」

下部の女が戻ってきてそう言うと、女房たちは歓声を上げたり溜息をついたりした。

ある日の明け方のことである。有明《ありあけ》の空に濃い霧が立ちこめていて、庭の木立の影を朧《おぼろ》にしていた。色づきはじめた萩も、花の枯れた秋の草も朧だ。南の孫廂に控えている当直の女房たちは、すべてのものが朦朧としていることに興奮し、みずからの姿をも消してしまいたくなって庭に下り、はしゃぎながら霧の中を歩き回った。帳台の中で眠っていた中宮がその騒ぎで目を覚まし、孫廂に出て外を見た。霧の中で遊ぶ女房の姿があられもなく揺れ動くのを見て中宮は笑った。

「ねえ、左衛門の陣まで行ってみましょうよ」

女房の声がする。

「そうしましょう」

女房たちが門の方へ向かう。すると、外の方から殿上人の声が聞こえてきた。

「池冷やかにして水に三伏《さんぷく》の夏なし、松高うして風に一声《いっせい》の秋あり」

殿上人たちは、高らかに詩を吟じてこちらに入ってくる。宿直を終えた殿上人が揃ってやってきたのだ。内裏に通う大路に面している職曹司は、往来する殿上人がこうしてしきりに立ち寄る。そこは内裏の外という気安さがあったが、そればかりではなく、中宮に仕える女房には才女が揃っていて、気の利いた応じ方をする者が多かったからである。殿上人が入ってくると、庭に下りていた女房たちは慌てて中に逃げ込んだ。

「月をご覧になっていたのですか」

霧の中から声がする。

「見られてしまったのかしら」

几帳の隙間から外を見て小兵衛の君が言う。

「このような霧では月はご覧になれますまいに」

「さてさて、霧の庭に下りられて、何をなさっておられたのでしょうな」

そう言って笑う声がする。殿上人が女房たちに挑みかけているのだ。少納言の君が中宮の方を振り返ると目くばせをしている。少納言の君が答えに窮していると、側にいた宰相の君が涼やかな声で朗誦した。

「竹《ちく》霧《む》暁《あかつき》に嶺を銜《ふく》める月を籠めたり」

すると殿上人たちは当意即妙の返しに驚嘆の声を上げた。詩の一節を高吟しながら挑んできた殿上人に対して、宰相の君もまた詩の一節をもって鮮やかに返したのだった。それは誰もが愛読している白氏文集《はくしもんじゅう》にある詩の一節であった。殿上人たちは、霧の中で有明の月を眺めようとしていたのかとからかったのだが、自分たちには竹林に立ちこめる霧が山の端に懸かっている月を覆う風情がよく見えていると切り返したのだった。几帳の内にいる女房たちも一様に感心し、殿上人の歓声を聞いて誇らかな気持ちになった。少納言の君も喜ぶそぶりを見せながら、宰相の君に後れを取ったことで心中は穏やかでなかった。

それから数日後、職曹司に隆円《りゅうえん》と原子《もとこ》がやってきた。隆円は中宮の弟で、年少にして出家し、天台宗延暦寺派の僧侶となった。五年前、父道隆の存命の時に十五歳の若さで権少僧都《ごんのしょうそうず》になった。

十五にしてその僧位に就くのは異例のことであったが、むろんそれは関白であった父道隆の権勢が働いたこともある。天皇からの信望もあり、今はしばしば内裏に参入している。原子は東宮《とうぐう》の女御《にょうご》になって淑景舎《しげいしゃ》に入っている。兄弟姉妹の中では、この三人はことのほか仲がよく、時折一緒になって庭の草花を愛でて歌を詠んだり、さまざまな物語の品定めをしたり、偏継《へんつ》ぎ遊びや双六《すごろく》に興じたりした。楽器を奏でて楽しむこともあった。家の過去のことや将来のことについては、申し合わせたように口に出さなかった。三人が寄ると、俗世を離れて春の日が降り注ぐ野辺に遊んでいるかのような趣があった。その日は中宮が琵琶を持ち出し、隆円がそれを弾いた。女房たちもうっとりしてその音色に聞き惚れた。琵琶を弾き終えた隆円が言った。

「この琵琶は妙なる音色ですね。弾いているうちに、心が洗われるといいますか、異界に誘《いざな》われるといいますか、尋常ならざる境地になります」

「いいえ、妙なる音なのは、僧都さまのお手のせいでございましょう」

中納言の君が言う。

「そうですとも。わたくしが爪弾《つまび》きましても、音色はわたくしのものとちっとも変りませんもの」

小兵衛の君が言う。

「そうよね、下手の手にかかれば、どのような名器でも下手な音しかしませんものね」

侍従の君が言う。

「おもとにそこまで言われたくないわ」

小兵衛の君が頬を膨らませて言い返す。

「この琵琶は、父上から頂いたものよ」

中宮が言った。

「わたくしのところには立派な笙の笛があるわ。それもお父さまから頂戴したものよ」

原子がそう言うと、隆円がにわかに顔色を変えた。

「それをこの隆円に譲ってはくださらぬか」

原子は聞こえない振りをした。

「のう、譲ってはくださらぬか、その笙の笛」

隆円が膝を乗り出してなおも言う。

「女院さまが石山寺にいらっしゃったそうね。ご病気はよくなられたのかしら」

原子が隆円の言葉を無視して言う。

「ご病気恢復ご祈願のための参籠でしょう」

中宮は原子の話に合わせる。

「石山寺もいいけれど、一度でいいから長谷寺にお参りに行きたいわ」

原子が言う。

「何か祈願したいことがおありなの」

「ないわ。でも長谷寺に行ってみたいの」

すっかり話の埒外に追い出されてしまった隆円が未練がましく口を挟む。

「なにがしの所にいい琴があります。それと交換してくだされ。のう」

隆円は、しまいには哀願するような口調になった。それでも原子は返事をしない。中宮が見かねて隆円に言った。

「いなかえじ、と言っているじゃないの」

それを聞いて、女房たちはみな笑ったり感心したりした。「いなかえじ」というのは、実は天皇が所持している笙の笛の銘で、何物にも替えまいという意味が込められているのだった。女房たちはそれを知っていたが隆円は知らなかった。だから、中宮の心も女房たちが笑ったわけも分からず、自分が笑われたのだと思って恨めしそうに黙り込んだ。

ある日の夜、天皇が職曹司にやってきた。母屋は鬼が出るという噂があってはじめのうちは女房たちが入りたがらなかった。中宮もさすがに気味が悪く、母屋に入るのをためらい、南廂《みなみびさし》の間《ま》に起居していた。だが、慣れてくるとみな母屋に入ることを恐れなくなった。それに、中宮のもとには天皇が度々訪れるので、やはり帳台を廂の間に据えておくことは出来なかった。髪を切って鈍色の衣を纏っている中宮が職曹司に入っていることに対する世間の目は、依然として冷淡であった。高階家の者は、中宮は髪を切ってはいるが出家した事実はないと強弁し続けたが、誰もそれを信じなかった。法体姿《ほったいすがた》の中宮を以前にも増して寵愛する天皇に対しても人々は冷ややかだったが、それを表立って言うことは憚られるので、矛先は高階家と中宮一族に向けられた。確かな後ろ盾を失った中宮は、天皇の愛が唯一の頼みであった。一方、天皇にとっては、幼い頃から東三条殿でともに過ごし、さらに入内してからこれまでともに過ごしてきた中宮は掛け替えのない存在である。その上、中宮の過酷な運命を思うと不憫でならず、放ってはおけない。

「やはり、まろにとってそなたはいちばん大切な人だ」

天皇は、中宮を抱きながら言う。中宮は、天皇の衣から立つ匂いが気になる。その衣も二人の女御と交わしたに違いない袂と思うと嫉《ねた》ましさとうとましさが込み上げてくる。さらに悩ましいのは、二人の女御を迎えたことによって、天皇に自分が知ることも立ち入ることもできないところができてしまったことだ。それを思うと、中宮は恐ろしく、ひしと天皇を抱きしめずにはいられなかった。

「脩子《ながこ》もまろにとってはそなたと同様に大切だ。安心するがよい。けっして困ることのないように、まろが守る。遠くないうちに、脩子に内親王の宣下を下すつもりだ」

天皇が言った。中宮はただかたじけなく、天皇の胸に顔をうずめて泣いた。やがて天皇は安らかな寝息を立てて寝入ってしまったが、中宮はまんじりともせず、あたかも二人の女御の匂いを掻き消そうとするかのように、肌を天皇の肌に押しつけた。そうしているうちに、先ほどまで自分を悩ませていた嫉ましさや恨みが消え、安らかな眠りに落ちていった。

天皇が明烏《あけがらす》の声で目を覚ました。

「夜が明けたようだな」

胸の中で眠っている中宮の髪を撫でながら天皇が言った。中宮はその声を夢の中で聞いた。だが、夢から覚めたくなかったので目を開けずにいた。しばらくすると宿直の者と日勤の者たちの交代の時になって、大路が賑やかになった。

「大路の様を見てみよう」

天皇がそう言って起き上がった。中宮も起き上がり、天皇の身支度を整えてからみずからの衣も整えて母屋の引き戸を開けた。すると、南廂の間に少納言の君と式部の君がまだ寝ていた。二人は慌てて上着を着たが、少納言の君は髪が唐衣《からぎぬ》の中に隠れたままだった。天皇と中宮がそれを見て笑った。式部の君が半蔀《はじとみ》を上げると、天皇はそこから大路を眺めやった。職曹司からは門の前を通る殿上人の様子がよく見える。ほどなく、三、四人の殿上人が門を入ってきた。天皇が、女房たちに自分がここにいることを気づかせてはならぬと目くばせをした。

「お方々、起きておいででしょうか」

「いかに小春だからとて、寝穢《いぎたな》き朝寝はいかがなものでしょうかな」

殿上人たちが笑って挑発してくる。普段なら軽くあしらうところだが、天皇の前とあって式部の君も少納言の君も狼狽してしまった。すると、中宮が少納言の君に目で返事を促した。少納言の君は困惑したがとっさに答えた。

「憐れぶべし、冬の景の春の華やかなるに似たることを」

少納言の君は、李白の詩の一節をもって、そちらこそ春の華やかさに劣らないこの小春日の景をお楽しみなさいませ、と切り返したのであった。それを聞いて殿上人たちは、おうと声を上げて感心した。その様子を見て天皇は頷いて笑った。中宮も満足げに微笑んだ。

その年の師走になって、伊周はようやく帰京した。二条の宮の南宮《みなみみや》が焼失したので東三条南院に入った。伊周は、すぐに岳父 源 重光《みなもとのしげみつ》邸を訪れた。不祥事を起して以来会っていないので、何はさておき詫びを入れなければならなかったからである。岳父のもとにいる北の方と一子松丸にも会いたかった。久しぶりに見る岳父の髪は黄髪になっていた。

「よくぞ無事でお帰りなさった」

穏やかな顔でねぎらう岳父を見て、伊周はさまざまな思いがいちどに込み上げてきて声が出ず、不覚にも身を震わせて嗚咽を漏らした。

「無事で帰れて何よりでしたな」

重光にしてみれば、あの不敬事件は煮え湯を飲まされる思いであったはずである。重光は、醍醐天皇の皇子代明《よりあきら》親王の長男で、醍醐源氏の系統に当る。伊周を見込んで娘を嫁がせ、自らの権大納言の地位を伊周に譲ったほどである。その伊周が前代未聞の不敬事件を引き起し、名家の家系に重大な瑕疵《かし》をもたらしたのだ。

「此度は、一生の不覚により、取り返しのつかない重大な咎を犯し、お家に深刻な瑕瑾《かきん》を及ぼしましたこと、まことに申し訳ございませんでした」

伊周はかろうじてそれだけ言って、深々と頭を下げた。

「頭を上げなされ。久しぶりに会えたのだから、いつもの明るい顔を見せておくれ。なにがしも年ゆえ、暗いものと重いものは身に応えまする」

重光が笑って言う。それを聞くと、伊周は、いっそう自らの軽挙妄動により、老いた岳父に心痛を与えてしまったことを思い、悔恨の情を禁じえなかった。

「隆家どのは早々に帰京されたが、どうしてまた、伊周どのはこれほどに入京が遅れたのですか」

重信が聞いた。

「すぐにも帰京して、一刻も早く松丸に会いたかったのですが。刑に服してから一年にも満たずして、たとえ恩赦といえどもおめおめと帰京することになれば恥の上塗りになると思ったのでございます」

「なるほど、それは殊勝な心掛けですな」

重光が頷いた。

「勅許を賜ったにもかかわらず、みずからの意思で謹慎なされたわけですな」

重光はまた頷いた。

「咎の重さを考えますと、それでもまだ謹慎は足りないと思います。それゆえ、これから千日の精進に服したいと思います」

「千日の精進とな」

重光が驚いて伊周の顔を見守った。

「はい、行いと、それから食を慎みます」

伊周が毅然として言った。

「それでこそ、わが婿どのだ。その精進は、きっと帝のお心に通じることであろう。伊周どのはまだお若い。今は雌伏《しふく》の時です。今に天も時勢も味方して、きっと雄飛する時が来ましょう」

重光は、自分に言い聞かせるように言って何度も頷いた。それから伊周は西の対に向った。そこには北の方と松丸がいる。伊周が足早に渡殿《わたどの》を歩んでいくと、西の対の廊に出て女房たちと雪釣をして遊んでいる松丸の姿が見えた。

「松丸」

伊周が声を上げて走り出した。その声を聞きつけて松丸も回廊を駆けてきた。伊周が両手を広げて駆け寄ると、松丸は思いきり懐の中に飛び込んだ。伊周は松丸を強く抱きしめた。

「ととさま、会いたかった」

松丸が伊周の顔を見上げて言った。六歳になる松丸はすっかり大きくなって大人びて見えた。

伊周は、一緒にいて成長を見守ることができなかった日々が悔やまれた。

「大きくなったな」

伊周が松丸を抱き上げた。

「うん、文字《もんじ》も書けるようになったよ。唐《から》の文《ふみ》も諳《そら》んじているよ。孔子曰く、弟子《ていし》入《い》りては則《すなわ》ち孝、出でては則ち弟、謹みて信あり、汎《ひろ》く衆を愛して仁に親しむ」

松丸が得意げに諳《そら》んじた。

「小学だね。よく覚えたね」

「うん、もっといっぱい覚えたよ」

松丸は、抱かれたままいくつかの漢文を諳んじて見せた。北の方は母屋で伊周を待っていた。

伊周に抱かれている松丸を見て、北の方はあきれたように笑った。

「まあまあ、大きな赤ん坊さんですこと。もう大きいのですから、笑われますよ」

「笑われてもいいよ」

松丸は伊周から離れようとしない。伊周は松丸を抱いたまま座った。部屋の中央に置かれた炭《す》櫃《ぴつ》には赤々と炭火が燃えている。

「お帰りなさいませ」

北の方があらためて伊周に挨拶の言葉を述べた。

「長い間、心配と苦労を掛けてすまなかった」

伊周が詫びた。

「いいえ、そのようなことは」

北の方は、はらはらと涙を流して伊周の顔を見つめた。美しかった面影は細ってやつれていた。自分のせいで、あの日以来どれほどの辛酸を舐《な》めたことかと思うと、伊周は断腸の思いであった。

一方、北の方は、思いのほか元気そうな伊周を見て安堵した。長きにわたった離京にもかかわらず、伊周は少しも鄙《ひな》の匂いを感じさせない。むしろどこか凛とした高潔さを感じさせる。それが嬉しかった。

「ととさまは、もう遠くには行かないんだよね。ずっと、京にいるんだよね」

松丸も父の帰りが嬉しくて膝の上から離れようとしない。すると、廂の間に控えている女房が、松丸を母屋から出そうとして声を掛けた。

「若君、さあ、雪釣をおやりなさいませ」

だが、松丸は女房の言うことを聞かず、伊周の膝から離れない。

「若君、お父さまとお母さまは、大事なお話がおありですから、しばらくお二人だけにして差し上げなさいませ」

「若君の雪玉は、まだ誰の雪玉よりも小そうございますよ」

女房たちが口々に言って松丸を母屋から出そうとする。それでも松丸が出ていこうとしないので、北の方が言い聞かせた。

「そうですよ。お父さまとお母さまは、とても大事なお話があるの。お利口だから、しばらく向うで遊んでいらっしゃい」

松丸は、渋々母の言葉に従って母屋から出た。

「あとで、一緒に遊ぼうな」

伊周が後ろから言った。母屋に二人きりになると、伊周は北の方を抱いた。その身は、見た目よりもさらに痩せているのが分かった。

「苦労をかけてしまった。つらかったであろうな。すまなかった。愚かな我を許してくれ」

伊周は北の方を抱きしめたまま詫びた。すると、北の方は伊周の胸の中で大きくかぶりを振った。

「伊周さまこそ、どんなにおつらい思いをなさったことでしょう。わたくしは、ご無事でお帰りになられたことだけで、この上もなく嬉しゅうございます」

北の方は、顔を上げ、伊周を見つめた。

「これからは身を慎むつもりだ。そなたのためにも松丸のためにも。帰京が遅れてすまなかった。だが、それも向うで謹慎するためだった。これからも身を慎む。千日の精進をする。あの咎は容易には払拭できないだろうが、名誉を回復すべく、またお家の再興を果たすべく精進する」

北の方は、これまでに見たことのない強い伊周を見た。

「ありがとうございます」

北の方は、伊周の胸に顔を押しつけて泣いた。

色紙形

それから一年が過ぎ、新しい年を迎えた。二日には天皇が女院のもとに朝覲行幸《ちょうきんぎょうこう》し、同じ日に二宮大饗《にぐうだいきょう》が行われる。道隆の在世中は中宮大饗が盛大に行われたが、道隆が死に、追い討ちをかけるように伊周と隆家が不祥事を起したことで、中宮は窮地に陥った。その混乱の中で中宮が髪を切ったことにより、参内の道が閉ざされ、二年ほど中宮大饗は途絶えていた。三年ぶりにそれが行われることになったのは天皇の配慮によるものだった。天皇は、前年の十二月に、中宮と一緒に職曹司にいた脩子内親王《ながこないしんのう》を参内させ、登花殿で着袴《ちゃっこ》の儀《ぎ》を執り行わせた。それは中宮を登花殿に戻らせるための布石だった。天皇が中宮の参内を急かすのにはいくつかのわけがあったが、いちばんには中宮への愛である。今は、中宮に会うためにはその都度内裏から出て職曹司に赴かなければならず、天皇にとってははなはだ不都合であった。それに女御の義子にはいまだ子が生まれていない。もう一人の女御元子は懐妊して里下がりをしたものの、妙な流産に終ってしまった。天皇にしてみれば、何としても男御子の誕生が望まれるところだ。中宮に男御子が生まれれば、天皇自身のみならず、中宮にとっても、脩子にとっても将来が明るくなる。

かくして、二日は中宮大饗が無事終り、その翌日の夜、中宮は登花殿に入った。中宮の参内を待っていた天皇は、すぐに登花殿にやってきた。帳台の中には高灯台が明るく灯っていた。

「まろは、どれほどこの日を待っていたことか」

天皇が心から安堵して言う。

「わたくしも同じでございます」

中宮は、まじまじと天皇の顔を見つめて言った。

「ですが、ほんとうにこの日が来るとは思ってもみませんでした」

「奇蹟が起ったと申すか」

「はい、そのように思います」

「この世に奇蹟などと申すものはない。そなたは、帰るべくしてここに帰った。そなたの居場所は、ここ以外にはないのだ」

天皇が笑って言った。

「いいか、そなたのいるべき場所はここだ。誰にも憚ることはない。けっしてここを出てはならぬ」

天皇は、力を籠めて同じ言葉を繰り返した。

白馬《あおうま》の節会《せちえ》が終って数日経ったある日、道長は東三条殿に女院を訪ねた。

「御身の方はいかがでございますか」

旧年は病に臥したり小康を保ったりして一年が過ぎた女院を気遣って道長が言った。

「このところは気分がいいようです」

炭櫃《すびつ》を前にして座っている女院は思いのほか血色がよかった。

「それは何よりです。ところで、いよいよ改元が決まりました。帝の強い仰せによるものです」

「帝は、昨年からずっとそのことをお考えあそばされていましたからね」

「都に疫病が流行りましたから。それで多くの者が死にました。帝は、何もかも新しくしてこれからの世に幸あらしめたいとお考えなのです」

「成忠も亡くなったし、重光さまも亡くなられてしまった」

「中宮も伊周も、どこまで不幸が続くことやら」

中宮と伊周の祖父成忠は、去年の七月に疱瘡《ほうそう》で死んだ。伊周の岳父重光も同じ月に死んだ。道長は中宮と伊周を不憫だと思うが、それは上辺の感情であって胸中にはほかに思うところがあった。

「それはさておき、彰子《あきこ》の裳着《もぎ》の儀《ぎ》を執り行うこととなりました」

道長が言った。

「彰子も今年は十二ですからね。ようやく入内する日がやってきたわね。裳着はいつなの」

「来月の九日に行います」

「早い方がいいわね。わたくしは、以前からそなたの栄華を疑いませんでした。帝は中宮をご寵愛あそばされているようですが、中宮のお家はあの始末です。たとえ男御子がお生まれになったとしても、頼れる後見人はおりません。彰子はまだ幼いかもしれないけれども、今にきっと御子が授かります。さすれば、そなたのお家は安泰です」

女院は、満足げに言う。

「それにしても、帝のお気持ちは量りかねます。二人の女御がおられながら、出家した中宮を何ゆえに内裏にお戻しあそばされるのか」

道長が天皇を非難するようなことはめったにないが、姉の女院の前に出るとつい気を許して日頃内に秘めている不満が噴き出す。

「中宮に先に男御子がお生まれになったら、はなはだ不都合だ」

道長は、不満だけでなく不安もまた噴き出してくる。

「心配は無用です。何より大切なのは確たる後見です。そなたが粗相をしないかぎり、しっかりした外舅《がいきゅう》のいる御子が東宮になり、やがては帝になられます。そなたの栄華は約束されています。慌てることなく、ただ待てばいいのです」

女院は、あくまで楽観的だ。道長は、何があってもこうして女院と向き合っていると諸々の懸念が霧散していく。

裳着の儀が行われる土御門殿《つちみかどどの》は、早朝からその用意で慌ただしかった。母屋と廂の間を隔てる屏風には色紙形《しきしがた》が描かれ、そこには能筆で知られる行成《ゆきなり》の流麗な文字が書かれていた。申の刻《さるのこく》になると右大臣顕光と内大臣公季《きんすえ》をはじめとする公卿たちが土御門殿にやってきた。寝殿の西側の孫廂と渡殿に賓客用の宴席が設けられ、廊には殿上人たちの席が設けられている。やがて酒肴《しゅこう》が振舞われ、庭では楽人が管弦を奏で、舞人《まいびと》が舞を舞った。宴席では盛んに盃が交わされ、庭の管弦と歌舞は絶えることがなかった。宴が酣《たけなわ》になったところで、公卿がめいめいに和歌を詠んで左大臣に献じた。左大臣道長はこれに和して和歌を詠じた。宴が果てたところで参会者には漏れなく、身分に応じた禄が与えられた。

裳着の儀が行われる土御門殿の西の対は、綺羅《きら》を尽くした調度類が設《しつら》えられていた。簾を下した母屋の中は、高灯台が灯っていて明るい。中央に裳着を行う彰子が座り、その横に髪上げ役をする内侍《ないし》が座っている。周りにはこの日のためにとそれぞれに意匠を凝らした裳唐衣姿《もからぎぬすがた》の女房たちが座っている。廂の間には公卿たちが座し、廊には殿上人が勢揃いし、庭前には明々と燎火《りょうか》が焚かれ、近衛府《このえふ》の役人たちの影が揺れている。戌《いぬ》の刻《こく》になると、今日の腰結《こしゆ》い役を務める右大臣顕光が簾の中に入った。すると、髪上げ役の内侍が彰子を促して立たせ、正面に平額《ひらびたい》を着け、櫛、笄《こうがい》、釵子《さいし》を挿した。童顔であった彰子の容顔がにわかに妖艶な顔立ちに変貌した。顕光が、女房が差し出した裳を彰子の腰に当てると、正面にいる内侍が裳の紐を結んだ。かくして、道長の長女彰子は、裳着の儀式を終えた。それによって、間もなく入内することを天下に知らしめることとなった。その二日後には、裳着を終えたばかりの彰子は従三位《じゅさんみ》に叙せられた。

中宮が登花殿に入ると、天皇は度々登花殿を訪れた。夜《よる》の御殿《おとど》に召すこともあった。登花殿に入ってから二か月が経ったある日のことである。その日も天皇は登花殿を訪れ、中宮とともに帳台に入っていた。女房たちが廂の間に控えていると、戸口で男の声がした。少納言の君が戸口に寄って覗き見ると、外は風が強く、真暗な空から雪がちらついていた。そこに立っていたのは主殿《とのも》司《づかさ》だった。

「公任《きんとう》さまからのお手紙でございます」

男が手紙を差し出した。少納言の君が受け取って開いてみると、「すこし春ある心ちこそすれ」とだけ書いてある。それは和歌の下の句であった。少納言の君は、この上の句を詠めと促しているのだとすぐ分かった。今の景色を心憎いほどに詠みきっている。少納言ははたと困ってしまった。公任と言えば当代一の和歌の上手《じょうず》である。下手な返事を書けば自分はともかくとして、中宮の恥になることを考えるといっそう緊張が増す。

「殿上《てんじょう》の間《ま》にはどのようなお方々がいらっしゃるのかしら」

少納言の君が主殿司に聞いた。主殿司は指を折るようにして殿上人の名を挙げた。錚々たる面々である。少納言の君はいよいよ臆して歌を詠むどころではない。中宮に縋りたいところだがそれもできない。天皇が来て中宮とともに帳台に入っていたためである。外から主殿司がしきりに返事を催促する。少納言の君は半ば捨鉢になって、思いつくままに上の句を書きつけた。「空寒み花にまがえて散る雪に」。返しを渡したあと、少納言の君はにわかに不安になった。居並ぶ殿上人の前で公任はそれを読みあげるだろう。もしかしたら無心の歌と哄笑《こうしょう》されるのではないか、そう思うと消え入りたいほどの羞恥と恐怖が襲ってくる。だが、その一方では、句の出来のよさに殿上人たちが驚嘆の声を上げるに違いないという自惚《うぬぼ》れもある。

それから数日後、蔵人頭行成《くろうどのとうゆきなり》が登花殿にやってきた。少納言の君は、あの日の殿上の間の評判を聞くのが怖かった。すると、中宮が聞いた。

「あの返しについてのお方々のご様子はどうでしたの」

少納言の君がその一部始終を話していたので、中宮もその評判が気になるところであった。

「大変な評判でしたよ。みなで思わずあの歌を高吟なさいました。俊賢《としかた》さまなどはことのほか感心されて、稀有の才能をお持ちなのだから内侍に推挙しようなどと申しておられました」

行成は、まだ興奮冷めやらぬという面持ちである。

「滅相もないことをおっしゃいますな。少納言は、わたくしの女房です。たとえ上さまの仰せがあったとしても放しませんよ」

中宮が笑って言った。

中宮が登花殿に戻ってから半年が経った。天皇の愛はいよいよ深く、中宮にとっては申し分のない幸せな日々であった。だが、中宮は、あまりにも満たされた今の境遇がふと恐ろしくなる。忌まわしい過去がそうさせる。これまで、幸せの絶頂にありながら、何の前触れもなくいきなり奈落の底に突き落とされるということが度重なった。思えば、今の幸せは砂上の楼閣と言うべく、あまりに危うい。天皇には二人の女御がいる。裳着の儀を済ませた左大臣の長女彰子は、間もなく入内するだろう。まだ十二歳とはいえ、もう立派な大人と考えて然るべきだ。それに東宮にはすでに男御子が生まれている。天皇は将来にわたって中宮を愛し、不遇に陥れるようなことはしないと口癖のように言うが、それを凌駕する天意、もしくは時勢、さらには思わぬ事が起ることを中宮は本能的に知っている。

果たして中宮が内裏に戻って半年余りが過ぎた時にそれが起った。亥《い》の刻《こく》に修理職《しゅりしき》から出火し、火はたちまち広がって内裏は瞬く間に焼亡してしまった。天皇は難を逃れて職曹司《しきのぞうし》に移った。中宮も同じく職曹司に移った。それから天皇はさらに太政官庁《だじょうかんちょう》に移ったが、中宮は職曹司に留まった。天皇は、その二日後に一条院に遷御《かんぎょ》した。そこは女院の御所の一つであったが、仮の内裏となったため女院は道長の土御門殿に移った。中宮はふたたび職曹司に戻ることになった。この内裏焼亡は、思わぬ形で中宮を窮地に陥れることとなった。

華やかな登花殿の暮らしは一変して、職曹司は以前のように重苦しい空気に包まれた。女房たちは、廂の間や廊に集って額を突き合わせるようにしてひそひそ話をするようになった。中宮にはそれが何よりも悲しかった。ある日の夕方、若い女房たちが廊に出ていた。侍従の君が、額を突き出して他の女房たちの顔を見渡すようにして言う。

「宮司《みやづかさ》がそっと教えてくれたの。殿上人たちの間では、内裏が焼けたのは中宮さまのせいだという噂で持ち切りらしいわよ」

「中宮さまがどうなさったと言うの」

小兵衛の君も額を突き出して聞く。

「中宮さまがどうこうなさったということではないの」

「それがなぜ中宮さまのせいなの」

女房たちがみな額を突き合わせて言う。

「出家なさった中宮さまが入内なさったことで、内裏の守護神がお怒りになって、それでお内裏を焼亡させたと陰陽師《おんようじ》が進言したらしいの。それがあっという間に広がって、内裏の外まで噂になっているらしいの」

侍従の君が宮司から聞いた話をつぶさにすると、ある者は溜息をつき、ある者は憤った。

「そんなわけないでしょ。これは、中宮さまを陥れようとする者たちが意図的に流した噂よ、きっと」

「でも、噂は広がるうちにいつの間にかほんとうのことになってしまうものよ。噂が嘘かほんとうかなんて誰も考えないわ」

女房たちの言うことは的外れではなかった。その噂は、口伝てに広がるうちにいよいよ信憑性を帯びていき、多くの者が中宮を疫病神《やくびょうがみ》のように思うようになった。そのようなわけで、かつては出退時に引きも切らずやってきた殿上人たちも寄りつかなくなった。

中宮が職曹司に入ってから落ち着く間もなく、再びそこを出なければならなくなった。それは懐妊里下がりのためであった。道隆が定子のために建てた二条の宮は焼失して今はない。そこで、里下がり先は平生昌《たいらのなりまさ》の三条邸が選ばれた。

生昌邸に移る前日のことである。三、四人の女房たちが廂の間に集ってひそひそと話し込んでいる。

「生昌のお邸《やしき》なんていやだわ」

小兵衛の君が眉をひそめて言う。

「伊周さまがひそかに京にお戻りになられた時、道長さまに密告した男よね。そのような者の所には行きたくないわ」

弁の君も託《かこ》ち顔《がお》で言う。

「ああ、中宮さまはどこまで不幸を負わなければならないのかしら。ようやく登花殿に戻れたと思ったのに、職御曹司どころか生昌のお邸に移らなければならないなんて」

侍従の君が憤懣やるかたないという顔で言うと、弁の君が口に指を当てて制した。

「それにしても、なぜ生昌邸なのかしら」

式部の君が首をかしげる。

「せめてお兄さまの惟仲《これなか》さまがお引き受けになるべきよね」

侍従の君も怪訝《けげん》そうに言う。惟仲は生昌の兄で、中宮大夫《ちゅうぐうだいぶ》の職にあったが、つい先日、病を理由にそれを辞退している。

「病気だなんてほんとうはどうだか。体よく逃げたのよ。今は誰もかれも道長さまのお顔を窺っている」

小兵衛の君はいよいよ怒りが増す。

「それで、以前、中宮大進《ちゅうぐうだいじん》を務めていた生昌さまに里下がり先を押しつけたのね。卑怯だわ」

侍従の君も怒りをあらわにする。

「でも、生昌さまは何となくかわいそうね」

弁の君が生昌に同情した。惟仲と生昌は兄弟である。父平珍材《たいらのよしき》は地方官で、母は郡司《ぐんじ》の娘である。この二人は地方で生まれ育ったが、後に上京して大学寮に入って文章生《もんじょうしょう》となった。兄の惟仲は才覚があり、時の権力者に重用されて地方官の出自の者としてはめずらしく中納言にまで上り詰めた。今年の春に中宮大夫に任ぜられたが、中宮の懐妊里下がりの直前に病を理由にこれを辞した。着任して半年後のことであった。事情はともあれ、さすがに中宮の里下がり先を確保せずに職を辞することは出来なかった。そこでめぼしい人物に当ってみたが誰もが道長を憚って引き受ける者はいなかった。やむなく、かつて中宮大進として仕えた弟の生昌に里下がりを引き受けさせようと考えた。生昌はこれを渋ったが、兄からの懇請とあって無下に固辞することも出来なかった。生昌は兄惟仲と違って中央の官人として重用されることはなかった。かつて中宮大進に叙せられたが、官位は従六位であった。その後但馬守《たじまのかみ》になったが、今は散位《さんい》である。生昌は、中宮を迎えるとあって、急いで東門を四足門《よつあしもん》に変えた。

実資は、中宮が生昌邸に移る日の申《さる》の刻《こく》に、蔵人頭行成から急ぎの知らせを受けて清涼殿の殿上の間に赴いた。殿上の間には行成の他には誰もいなかった。

「どうしたのだ。誰もいないとは」

実資が驚いて言った。

「左大臣さまが明け方に宇治の山荘にお出かけになりました。殿上人たちはみな供奉して行ってしまわれました」

行成は途方に暮れている様子である。

「今日の夕方には中宮が御出《ぎょしゅつ》することになっていることを左大臣はご承知のはずだ」

「さようでございます」

「承知されているのにあえて宇治へ行かれたというわけか。これでは、中宮の御出を妨害するためとしか思えないではないか」

「たぶんそのようなおつもりでお出かけになったのだと思われます。供奉しなかった者もみな病気や何やかや不都合を申し述べて、上卿《しょうけい》を務める方も扈従《こしょう》する方もいらっしゃいません。それにしても、なぜ、左大臣さまはそこまでして中宮さまの御出を妨害なさるのでしょう」

肝心な中宮大夫惟仲はついこの間辞任したばかりで、後任はまだ決っていない。その煽《あお》りを食って蔵人頭の行成があれこれ手配をしなければならなくなっていた。

「道長さまは、誰が自分側に付き、誰が中宮側に付くかを試している。それが分かっているから、多くの者が宇治に付いていったのだし、都に残る者も扈従しようとしないのだ」

実資からそう聞かされると、行成は憤りがふつふつと湧いてきた。

「実資さまはご病気のため随行なさらなかったと伺いましたが、上卿をお願いする方がいらっしゃらないので、ご無理を承知のうえでお越しいただきました」

行成が恐縮して言う。

「病気というほどのことではない。供奉しようと思えばできないこともなかった。しかし、阿《おも》ることは趣味ではない。なにがしは道長どのにも中宮さまにも、どちらにも付かない。中宮さま御出の上卿を仕《つかまつ》るのは、誰のためでもない、行成どののためである」

実資の言葉は、若い行成の心にいたく染み入った。

「そのことですが、実は、時光さまが参られましたので、上卿は時光さまの方にお願いしました」

行成は、いっそう恐縮して言う。

「それはよかった。では、なにがしはこれにて失礼いたしまする」

実資はそう言って清涼殿からまかり出た。

中宮の御出はその日の夕方であった。中宮は輿《こし》に乗り、姫宮脩子《ながこ》は糸毛の車に乗ってあとに続いた。さらにそのあとから女房たちが檳榔毛《びろうげ》の車に分乗して続いた。供奉する者は少なく、中宮の移動としては異例の簡素な行列となった。生昌邸では、中宮を迎えることが決ると、慌てて門を四足門に造り変えた。見すぼらしい邸には、にわか造りの四足門はいかにも不釣り合いだった。中宮の輿と姫宮の糸毛の車は正面の四足門から入ったが、女房たちの檳榔毛の車は北の門から入った。だが、門が狭くて車は入らなかったので、やむなく、女房たちは門の外で車から降り、殿上人や地下人《じげにん》が見ている中を地面に敷かれた筵道《えんどう》を歩いて邸に入った。いまだかつて経験したことのない屈辱的な扱いを受けたことで、女房たちの不満は尋常ではなかった。邸に入るとすぐに中宮のいる母屋に向った。外はすでに夕闇に包まれていたが、母屋には高灯台が灯されていて明るい。女房たちは口々に不満を吐いた。

「門から車が入れないなんて、どういうことなの」

「筵道から足を踏み外して泥濘《ぬかるみ》に塡《はま》ってしまったわ。衣の裾が台無しよ」

「まさか門の外で車を降りるなんて考えてもみなかったから、髪を整えることも化粧することもしなかったのよ。殿上人も地下人もじろじろ見ていたわ」

「中宮さまはどうしてこのような所に里下がりなさらなければならないのかしら」

女房たちの不満が昂じて、挙句の果てにはその矛先が中宮に向けられた。

「人に見られることなくお邸に入れることなどあるはずがありません。人に見られて恥ずかしい思いをしたのは、油断したおもとたちが悪いわよ」

中宮が笑って言う。

「それもそうね」

「さっき見ていた者たちは、碌に化粧もしない顔を見慣れているでしょうから、こんな顔でもきれいに化粧しているなんて驚いたかもしれないわね」

中宮の言葉で女房たちの怒りが収まった。

「それにしても、これほどの構えのお邸にどうして車が入れない門など造ってあるのかしら」

女房たちの不満がまた生昌に向う。その時、廂《ひさし》の間《ま》の簾の外から声がしたので少納言の君が応対に出た。

「生昌でございます。みなさまご無事でお着きになられましたでしょうか。何ぞご不自由はございませんでしょうか」

生昌が嗄《しわが》れた声で言った。

「どうして門をあのように狭くして住んでいらっしゃるのかしら」

少納言の君が難じた。

「家は分相応に造作してあるのでございます」

生昌が諂《へつら》うように言う。簾の外にいるのが生昌だと分かると、侍従の君が簾の近くに寄って言った。

「みな泥濘に落ちてたいへんな目に遭ったのですよ。わたくしは衣の裾が泥で汚れてしまったわ」

「わたくしも泥濘に落ちてしまったわ」

他の女房も一緒になってなじる。

「ごもっともでございましょう。昨夜雨が降りましたので。ところで、このようなものを持参いたしましたので、どうぞお使いくださいませ」

生昌が簾の下から品物を差し出した。

「何かほかに入用《いりよう》なものがございましたらお申し付けくださいませ。それでは、なにがしはこれにて失礼いたしまする」

生昌は、これ以上いたぶられてはかなわぬと見て早々に退散していった。少納言の君が品物を持って中宮の前に出た。

「どうしたの。生昌がずいぶん怖気《おじけ》づいていたようだけど」

中宮が聞いた。

「何でもありません。車が門を入らなかったことを申したばかりでございます」

「あまり無体なことを言ってはなりませんよ。これから何かと世話にならなければいけないのですから」

中宮がたしなめた。

「申し訳ございませんでした。決して無体なことを申すつもりはございませんでした」

「いいえ、生昌のあの声からすると、みなで無体なことを言って責めたのは間違いないわ」

中宮が笑って言う。

「恐れ入ります。ところで、このようなものを置いていきました」

少納言の君が品物を差し出すと、中宮が中身を改めさせた。筆墨と硯《すずり》であった。

「硯と墨だわ」

「どうして硯と墨なの。見当違いも甚だしいわ」

女房たちがあきれて笑う。

「文章生《もんじょうしょう》らしいわね」

中宮も笑った。

「これは少納言が使いなさい」

中宮は、生昌が持ってきたものをそっくりそのまま少納言の君に与えた。

生昌の邸は造作も住む人も見劣りがして、ことごとに女房たちの失笑を買った。中でも主《あるじ》の生昌は、中宮と若い女房たちを迎えたことを誇らしく思い、いらぬ世話を焼いたり、夜に女房たちの局《つぼね》に入ろうとしたりして顰蹙を買った。だが、ここでは中宮も女房たちも屈辱的な扱いを受けることもなければ気兼ねすることもない。何を言っても唯々諾々《いいだくだく》と聞き入れるので気安く、むしろ居心地がよいという一面もあった。

中宮の出産の日が近づいていた。生まれてくるのが男御子か、それとも女御子か。それを誰よりも気に掛けているのは道長だった。長女の彰子はまだ十二歳だ。春には裳着の儀を済ませたものの、まだ入内していない。とにかく事を急がなければならない。道長は、一刻も早く彰子を入内させようと考えた。仮の御所である一条院には、すでに三人の女御がいる。右大臣顕光《あきみつ》の娘元子《もとこ》、内大臣公季《きんすえ》の娘義子《よしこ》、故関白道兼の娘尊子《たかこ》の三人である。彰子が中宮とこの三人の女御を凌《しの》ぐ存在であることを天下に示す必要がある。むろん、天皇の寵愛も彰子が独占しなければならない。それを実現するためには、豪華な調度品と選りすぐりの女房を揃えなければならない。そこで道長はあることを思いついた。それは、とびきり贅沢な屏風を作ることであった。屏風絵は一流の絵師のものでなければならない。それに公卿たちの歌を書き入れる。書も一流の書家のものでなければならない。道長は、みずからのその思いつきに満足であった。道長はさっそく主だった公卿たちに和歌を請うた。

ある日、殿上の間で居合わせた実資と公任が声を潜めて話しこんでいた。

「いよいよ左大臣の姫君が入内するようですな」

実資が言う。

「まだ十二歳だというのに。左大臣もずいぶん急がれますね」

「やはり焦っておられるのでしょう」

「中宮さまのご出産を控えて、気が気でないのでしょう」

「ずいぶん立派な調度類を作らせておられるそうな」

「ところで、屏風絵の歌はどうなさいますか」

公任が聞いた。

「詠まない」

実資が言下に答えた。

「なぜでございますか」

「あれは左大臣が自らの力を誇示しようと企んでいるのだ。なにがしはそのようなことには与《くみ》しない」

「なるほど、聞くところによると花山院にも請われたとか」

「公任どのは詠まれるのでしょうな」

「さて、どうしたものか」

実資から道長の意図を知らされた公任は躊躇した。

「公任どのは詠まないわけにはいくまい。さもなければ、せっかくの屏風絵も画竜点睛《がりょうてんせい》を欠くということになってしまいますから」

実資がそう言って笑った。公任は当代一の歌人《うたびと》である。その歌を欠けば、たしかに道長にとっては面目が立たない。公任もそれが分かっているので実資のように潔く辞退することはしかねるのであった。

ある日、蔵人頭行成《くろうどのとうゆきなり》は左大臣道長の直廬《じきろ》に呼ばれた。直廬には明るい日差しが差し込み、坪庭に植えられている紅葉が鮮やかに色づいていた。それを眺めていた道長が行成を直廬の中に招き入れた。

「美しい紅葉でございますね」

行成が紅葉を誉めた。

「紅葉の季節ももうすぐ終ろうとするに、ここの紅葉はいっこうに色褪せることがない。散るのを忘れているかのようじゃな」

道長が笑って言う。これまで何もかもが思いのままに進み、この先もまた後顧の憂いがないどころか、揺ぎ無い栄華が待ち受けている。そしてその栄華は未来永劫続く。道長にはそう思われる。

「近いうちに彰子が入内することになった」

「おめでとうございます。いつ入内なさるのですか」

「来月の初めだ。陰陽師に占わせたところ、方違《かたたが》えをしなければならないということだ。そこで、入内の前に太秦連理《うずまさのつらまさ》宅に行かせることにした。それはさておき、今日呼んだのはほかでもない、そなたに頼みたいことがあるからだ。彰子の調度品にぜひ用意したいものがある。飛鳥部常則《あすかべのつねのり》が大和絵を描いた屏風がある。これに公卿たちの歌を色紙形《しきしがた》にして入れたい。歌はすでに主だった面々に頼んでおいた。これをそなたの筆で色紙形に書いてほしいのだ」

「それは身に余る仰せと存じます」

「いや、この名画に歌を書き込めるのは行成どのを措《お》いてほかにいない。ぜひ引き受けてくれ」

行成は、道長の重ねての要請を受けて直廬を出た。

それから四、五日経って、公任が実資邸にやってきた。公任は私的な交際でしばしば実資邸を訪れていたが、その日は道長の意を体しての訪問であった。

「昨日、歌の選定が行われました。その中に実資どのの歌がないので、道長さまのご機嫌は甚だよろしくありませんでした」

実資は、権力者にのし上がった道長に世を挙げて追従するのが我慢ならなかった。そのような時流が強くなればなるほどにそれに抗《あらが》おうとする実資の意志は堅固だった。一方、道長は実資が頑なになるほどに力ずくで靡かせようとする意図が働く。これまでにも使いの者を立てて幾度か和歌の献上を促した。それでも応じなかったので、道長みずからが書状をしたためて実資に送った。実資は、それにも応じなかった。そこで、道長は公任を遣わして最後の要請をしてきたのであった。

「姫君の方違えには、殿上人のほとんどが扈従《こしょう》したそうですな」

実資は、和歌の要請には答えず話を逸らす。

「やはり、道長さまは今や天下人《てんかにん》ですから。世の人が追従するのも無理からぬことです」

「天下人のためなら荷物担ぎでも水汲みでもやるというのか。矜持《きょうじ》もへったくれもない。嘆かわしい」

実資が眉をひそめて首を横に振った。

「やはり、道長さまのご懇請をお受けにならないのですか」

公任には公任の果たすべき役割があった。

「道長どのに伝えてくだされ。実資の歌は、道長どのを祝福するには値しないと」

公任は、実資の翻意はないと覚って帰っていった。

彰子の方違えは、仮の出立《しゅったつ》とはいえ、事実上の入内を意味した。殿上人たちは、連日道長のいる連理邸《つらまさてい》に参じている。実資は、和歌の献上を拒みはしたが、道長に全面的に楯突くつもりはなかったから、祝意を表するために連理邸に赴いた。その日も連理邸には大勢の殿上人が来ていて、回廊まで人が溢れて酒宴が催されていた。母屋には公卿が数人いて、道長が中央に座ってそこでも酒宴が行われていた。道長は、実資が入ってきたのを見るや、母屋に招き入れた。

「物忌《ものいみ》がございまして遅参に及び、失礼いたしました」

実資が遅参を詫びた。

「何の、何の。さあ、これをお受け下され」

道長は、上機嫌で盃を差し出した。

「よいところに来て下さった。これから屏風絵に和歌を書き入れるところなのです。和歌の選定は終っていますが、どうにも実資どのの歌が入らないことには収まりがつきません。ぜひ、お歌を頂戴したい」

道長は、まだ実資の歌を入れることに執着している。そう思うと、実資の中にまた道長に対する反感が燻《くすぶ》りだす。

「姫君のご入内まことにおめでとうございます。しかしながら、なにがしの拙《つたな》い歌は、とうてい姫君のご慶事を飾るには及びませんので、謹んでご辞退申しあげます」

実資は、平身低頭してねんごろに和歌の献上を辞した。道長は一瞬顔を曇らせたが、すぐに気を取り直して言った。

「それは残念だ、致し方ない。では、行成どの、始めてくだされ」

母屋には屏風が用意してあり、そこに行成が控えていた。行成は、屏風の前に座ると威儀を正し、筆を取って屏風絵の色紙形に歌を書きこんでいった。母屋に坐している公卿たちは息を呑んで行成の筆の運びに見入った。選ばれたのは花山法皇、道長、右大将道綱、右衛門督《うえもんのかみ》公任《きんとう》、中将《ちゅうじょう》斉信《ただのぶ》、参議俊賢《としかた》の和歌であった。行成はそれぞれの和歌に作者名を書いたが、道長の歌には左大臣、法皇の歌は読み人知らずと書いた。それを見て実資はひそかに首をかしげた。だが、ほかの公卿たちは、行成が歌を書き終えるとその出来栄えを称《たた》えた。道長は、禄として行成に馬一頭を与えた。

その翌日、彰子は仮の内裏となっている一条院に入内した。女房四十人、童女《わらわめ》六人、下仕《しもづか》え六人を引き連れての入内であった。公卿たちは競うように供奉した。彰子が住むことになった東北の棟は贅を尽くして室礼《しつらい》が整えられていた。前日に和歌の色紙形が書き込まれた大和絵の屏風は、ひときわ人目を惹いた。

伊周の住む東三条南院では、連日、中宮の安産と男御子の誕生の願を立てて加持祈禱を絶やさなかった。不敬の咎で流罪となった伊周と隆家が恩赦によって京に戻ったのは二年前のことである。隆家は入京の勅許が下るとすぐに京に戻り、その翌年の十月には兵部卿《ひょうぶきょう》正四位下に叙せられた。一方の伊周は、入京の勅許が下っても筑紫の地に留まって謹慎の意を表し、入京したのは八か月後のことであった。入京後もひたすら蟄居《ちっきょ》を続け、叙位の打診があってもこれを受けなかった。したがって、今なお無位無官の身であった。時の権力者道長からすれば、伊周を要職に復帰させることは危険であったし、伊周からすればかつては内大臣まで上り詰めた身で、今さら卑官に甘んじることは自尊心が許さなかった。それもさることながら、伊周には関白家の再興という思いがある。みずからの浅はかな行為によって家運を傾けてしまったことは、悔やんでも悔やみきれない。だが、今は雌伏《しふく》の時だと伊周は自戒する。時流が変り、機運が熟する時が必ず来る。伊周はそう思う。それもこれも、中宮が男御子を産むかどうかにかかっている。男御子が生まれれば、やがては自分が後見として、関白の座に就くのも夢ではない。

伊周が生昌邸を訪れた日の夕方、中宮は出産の兆候が顕著になった。そこで母屋の帳台の横に産屋の用意が始められた。中宮大夫がいないので、伊周が陣頭指揮に当り、職曹司の宮司と生昌邸の家司たちが産屋の帳台に白い帷子《かたびら》を掛けたり、その中に上筵《うわむしろ》や褥《しとね》を整えたりした。伊周は、自邸に数人の僧を呼んで中宮のために不断経《ふだんぎょう》をさせていたが、それらの僧を中宮御所の東廂《ひがしびさし》に入れ、引き続き不断経をさせた。南廂には、伊周と隆家が夜を徹して詰めていた。

「無事に出産が済めばいいがな」

隆家が言った。

「姫宮の時は安産であったから、この度も心配はあるまい」

絶えず流れている不断経の声を聞いていると、伊周は心中を覆っていた不安が消えていき、これからは何もかもが好転していくように思われる。

「男御子がお生まれになればいいのだが。男御子さえお生まれになれば、我々も日の当る所に出られる」

隆家はそうなることを渇望しながらも、依然として悲観的な思いを払拭できない。事件を起す前は中納言従三位であったが、今は兵部卿正四位下である。かつては公卿に列して宮中を闊歩していたが、今や昇殿も許されていない。

「大丈夫だ。抜かりなく男御子の誕生の願を立てて加持を行ってきたから、きっと男御子がお生まれになる」

伊周が自信ありげに言ったが、隆家は傷心のままだ。伊周と隆家は、深夜になっても眠ることなく、産屋から呱々《ここ》の声が上がるのを待った。だが、夜が明けても産声が聞こえなかった。朝になると、二人ともさすがに眠気が差して寝入ってしまった。すると、ほどなくして産屋から大きな泣き声が聞こえ、女房たちの喜ぶ声が漏れてきた。伊周と隆家は目を覚まし、産屋に駆け寄った。

「男御子か、女御子か」

伊周が言った。

「元気な男御子です」

中から女房が答えた。伊周と隆家は、手を取り合い、飛び上がって喜んだ。

中宮が出産したその日の朝、行成のもとに宮中から使いが来て、すぐに参内するようにという天皇の言葉を伝えた。行成は急ぎ清涼殿に駆けつけた。天皇は、何やら落ち着かず、ひどく取り乱しているように見えた。

「何があったのでございますか」

行成が緊張して尋ねた。

「今朝早く、中宮に男御子が生まれた」

天皇の表情が弾けるように明るくなった。舞い上がりたい衝動を必死でこらえているかのようだ。

「謹んでお喜びを申しあげます」

男御子の誕生を渇望していた天皇の喜びを察して、行成は心から祝詞を述べた。

「中宮方に御佩刀《みはかし》を届けよ。それから産養《うぶやしない》の用意をせよ。万事抜かりなきようにせよ」

天皇は、御子誕生に続いて行われる御湯殿《おゆどの》の儀式や産養の儀式についてあれこれと行成に指示した。一通り御子誕生のことについて指示したあとで、天皇は付け加えた。

「今日は彰子に女御の宣旨を下す。その用意も万端怠りなくせよ」

女御宣下は重要な公事《くじ》だが、天皇にとって今はそれどころではなかった。

行成は、天皇の命を受けてすぐに道長の土御門殿に赴き、彰子の女御宣旨を伝えた。思いのほか早く宣旨が下ったことを道長は喜んだ。

「今日、宣旨をお下しになられるのですな。さっそく藤氏一族《とうしいちぞく》を挙げて帝に慶賀を奏上しなければ。それから、新女御の御所で祝宴を催す。これには、公卿と殿上人をことごとく呼ぶこととしよう。行成どのにもご苦労をおかけすることになるが、よろしく頼み申す」

今日一日、藤氏一族はおろか、公卿と殿上人を総動員するという道長の言葉を聞いて、もしや左大臣はまだ中宮が出産したことを知らないのだろうかといぶかしく思った。

「今朝、中宮さまが男御子をご出産なさったことをご存じでしょうか」

行成が聞いた。

「そのことなら早々に生昌からの使いが来てしらせてくれた」

行成は、それを聞いて道長の心底を察した。左大臣は、公卿と殿上人たちが祝賀のために中宮のもとを訪れるのを妨害しようとしているのだ。それは今に始ったことではない。中宮が生昌邸に御出する時もそうだった。そうと知っていながら、道長は公卿と殿上人を引き連れて宇治の山荘に出かけた。そのため、中宮方は供奉する者がなかなか見つからずに困る羽目になった。もっともあの時は、殿上人のなかには不都合を申し出て、どちらにも与《くみ》しようとはしない者もいた。

「今日は忙しい一日になる」

道長があからさまに早く帰れという素振りを見せたので、行成は早々に土御門殿を出た。道長は、今日、彰子に女御宣旨が下るので慶賀を奏上するため参上されたしという書状をしたため、藤氏の諸卿《しょきょう》に送った。また、そのほかの公卿と殿上人たちには祝宴を知らせる書状を送った。申《さる》の刻《こく》になって、一条院に設けられている陣座《じんのざ》に藤氏の諸卿が揃うと、道長を先頭に御所に行き、南廊に並んだ。

「本日、上さまにおかれましては、女御さまをお迎えあそばされ、まことにおめでとうございます。藤氏一同、謹んでお喜び申しあげますとともに、上さまの御代の長久ならんことをご祈念申しあげます」

氏の長者である道長が慶賀の辞を述べた。道長には、一族の者を従えて、長女彰子を女御として迎える天皇を祝福するのは、晴れわたった日の曙光《しょこう》を見るような思いであった。

「予にとって、この日は、まことに快然《かいぜん》である」

簾越しに聞こえてくる天皇の声は喜びに満ちていた。それは男御子が誕生したことの喜びであったが、道長はそのことに思いが及ばず、天皇が彰子を迎えることを喜んでいると思い、満足して御前から下がり、陣座に戻った。

天皇は、道長たちが下がると、彰子のいる東北の対に赴き、彰子と一緒に帳台に入った。十二歳の彰子は、美しい装束を身に纏い、念入りに化粧をしていたが、いかにも初々しい姿であった。天皇は、定子と初めて添寝《そいね》をした日のことを思い出した。あの日は加冠の儀が行われた日で、定子が添臥《そいぶし》をした。天皇は十一歳で、定子は十四歳であった。定子には今までに嗅いだことのない甘い匂いがしていた。あの折の天皇にとって、定子はかつて東三条殿で共に暮らした幼馴染に過ぎず、添寝といっても戯《ざ》れあっただけだった。天皇は、恥じらって面を伏せている彰子を見ているうちにその幼気《いたいけ》な姿がいとおしくなり、そっと抱きしめて衾《ふすま》の中に導いた。

天皇は、ほどなく帳台を出て還御した。すると、慌ただしく饗宴の用意がなされ、道長からの書状を受け取った公卿と殿上人が彰子の御所に駆けつけ、廂の間も廊も人で埋った。人々は淵酔《えんすい》し、夜遅くまで音曲と朗詠が絶えなかった。その日、生昌邸に慶賀に訪れた者はいなかった。夜になって御湯殿《おゆどの》の儀が営まれたが、それは形ばかりの儀であった。

その頃、太皇太后昌子《たいこうたいごうまさこ》は、長く病に臥していた。昌子は、冷泉院の皇后である。高僧による加持の甲斐もなく、病状は日増しに悪化し、ついに崩御した。享年五十であった。太皇太后宮大夫《たいこうたいごうぐうだいぶ》の任にあったのは実資であった。実資は、太后が崩御すると諸々の雑事《ぞうじ》に忙殺された。そんなある日、実資は太皇宮で公任と会った。

「先月の半ばにお見舞いに参じました折は、お顔の色もよろしくて、このまま持ち直すのではないかと思われましたが」

公任が言った。

「下旬に入ってお風邪を召され、それによってお力が急激に奪われていきました。それにしても、太后さまはご立派でした。ご自分の最期を覚られて、遺令《いれい》をしたためられ、お亡くなりになられた後の事についてつぶさに仰せつけになった」

「遺令には何と書かれてあったのですか」

公任が聞いた。

「まずは天下の素服《そふく》と挙哀《こあい》は停止《ちょうじ》すること、国忌《こっき》を置かないこと、葬礼は凡人と同じように行うこと、火葬はせず、服喪の間の神事や節会《せちえ》は常のとおりに行うこと。いずれも後事を熟慮なさったものでした」

実資は、指を折って太后の遺令を挙げた。

「周到の極みですね。太后さまのお人柄が窺われます」

公任が驚嘆した。久しぶりに対面した二人は、しばらく立ち話をした。

「それにしても、左大臣どののなさり方は何につけ目に余りますな」

実資が眉をひそめた。

「まだ十二になったばかりの姫君を入内させ、すぐに女御になさるとは」

「宣下を賜ったといいましても、所詮《しょせん》それは左大臣どののご意向であることに変りはありません。それはそうと、中宮さまに親王がお生まれになったことで、さぞかし左大臣どののご心中は穏やかでないでしょうな」

「左大臣どのは、今や天下は意のままになると思っておられるようだ。どのような手を使ってでも姫君を后にしようとするでしょう」

「しかし、中宮さまがいらっしゃるかぎり、さすがに帝はそれをお許しにはならないでしょう」

「左大臣どのの後ろ盾は女院さまだ。帝とて、国母のおっしゃることに背くことはお出来にならない」

「しかし、現に中宮さまがご健在で、しかも何の咎もないのに、その座から追放するということはどのように考えましても無理がありましょう」

公任は実資の言うことに合点がいかない。

「この世に理屈で片づかないものはありません。理屈はいかようにもつくもの。いかに歪曲《わいきょく》していようと、畢竟《ひっきょう》はそれが罷《まか》り通《とお》っていく。所詮、世の中はそういうものでしょう」

実資は達観したように言うが、公任はどうにも納得しかね、鬱々たる思いがつのった。

ある日、行成は、さることで左大臣に進言すべきことがあって土御門殿に赴いた。話を終えて帰ろうとすると、女院から呼ばれた。内裏が焼亡したあと、東宮が東三条殿に住むことになったこともあって、女院は道長の居所である土御門殿に移っていた。もっとも、女院はそのような事情がなくても、土御門殿は居心地がよく、しばしばそこに滞在している。

「そなたを呼んだのは、帝にこれをお届けしてほしいからだ。これには、大事なことが書いてある」

女院は、そう言って自ら書状を行成に手渡した。

「もしかすると、帝からそなたにご下問があるやも知れぬ。その折は、くれぐれも良きように申しあげておくれ。今はそなたが頼みですから」

密命めいた女院の言葉に、行成はその内情を知りたい衝動に駆られたが、さすがにそれを問うことは憚られた。行成は、女院の書状を携えて御所に向った。昼御座《ひのおまし》の天皇の側には、数人の女《にょ》官《かん》が伺候していた。行成は、さることに関する左大臣の意向を天皇に伝えたあと、簾の前に進み出て女院からの書状を女官に差し出した。天皇はそれを受け取って読むと女官たちを下がらせた。

「そちはこの事を聞いているのか」

天皇が聞いた。

「伺ってはおりません」

天皇は、束の間沈黙したあとで言った。

「左大臣の姫君を立后させるべきだと言っておる」

そう言うと、天皇はまた沈黙した。行成は驚かなかった。そのことは大方察しがついていたからだ。

「どうすべきであろうか」

天皇が下問した。

「恐れながら、女御となられた左大臣さまの姫君が立后なさるのは当然のことと存じます。そのことは帝のお口から直《じか》に左大臣さまにおっしゃるのが至当かと存じます」

行成は即座に答えた。その言葉で、天皇の迷いが消えたかに見えた。

「姫君の立后を許すことにしよう。だが、中宮をどうするかはよく考えなければならない」

天皇は、すぐに中宮のことに思いを致すと、再び逡巡した。

「立后となりますと、とかくさまざまな誹謗《ひぼう》がありがちです。しかし、然るべき先例を示せば、いかなる誹謗も鳴りを潜めることでしょう」

行成が言った。

「いかにも。先例についてはそちが調べよ。それから、このことは公言してはならぬ」

行成は、御前から下がると再び土御門殿に向った。すでに灯点《ひとも》し頃になっていた。行成は先に女院のもとに行った。

「帝は何と仰せられた」

女院は側にいた女房たちを下がらせて、簾越しに行成に聞いた。

「帝は、姫君の立后をお許しになられました。近いうちに天皇から直々にお言葉があろうかと存じます。ただ、まだこのことは秘して置くようにとの仰せでございます」

「まことか。帝がこのように早くお許しになるとは思わなかった。そなたのお陰じゃ。礼を申すぞ」

行成は、すぐに道長のもとに向った。道長は気分が悪いと言って臥していたが、行成を簾の中に呼び込んだ。行成は、道長の意向を天皇に伝えたことと、それについての天皇の意向を伝えた。道長はそのことに満足し、礼を言った。それから行成は、女院が天皇に書状を送ったことと、それに対する天皇の許しが得られたことを話した。姫君の立后は、道長にとっては当面もっとも重大にして困難なことであった。それがいとも簡単に天皇の許しを得られたことで、にわかには信じがたかった。

「お許しにはなられましたが、今しばらくこのことは口外してはならぬとの仰せでございます」

「分かった。立后のお許しが得られただけで十分だ。それもこれもそなたのお陰というものだ。礼を申すぞ。そなたの今後については、この道長が請け合う」

この時、道長も行成も、中宮定子の処遇については何も念頭にはなかった。とりわけ道長にとっては、今や中宮のことはどうでもよかったし、取るに足らないことであった。

勅命を受けた行成は、数日かけて立后についての先例をつぶさに調べ上げ、御前に参上した。天皇は、簾の中に行成を入れた。

「どうであった。申してみよ」

天皇に促されて行成が先例について述べ始めた。

「恐れながら申しあげます。永祚《えいそ》の御代には四后《しこう》がおいででした。この四后の例は厳然たる先例でありますす。今、お二人の后さまはともに出家しておられますので、祭祀をお勤めになることができません。この事は甚だ不都合なことです。殊に、中宮さまは今上の后のまま出家なさっております。そのことを鑑《かんが》みますに、神事を勤める后さまをお立てになられるのが至当かと存じます。そもそも我が国は神国でありますから、神事が万事に勝る行事でございます。よって、彰子さまの立后は喫緊の事と存じます」

行成は、永祚の先例を挙げて、立后に関するみずからの見解を縷々《るる》述べた。

「よく分かった。立后の許しは、予が女院に伝えよう」

黙って耳を傾けていた天皇が言った。左大臣道長にとって、彰子の立后は一刻の猶予もならぬことであったが、それについては女院も左大臣に劣らず熱心で、彰子の立后を天皇に強く迫っていた。足繁く行き来してこの三者を取り持ったのが蔵人頭の行成であった。それが功を奏して、彰子立后の道筋が見えてきた。

御幸

年が明けた。故太皇太后昌子の遺令に反して、宮中では新年の節会《せちえ》がことごとく停止《ちょうじ》された。だが、喪中の仮御所の中で、ひときわ賑わっている所があった。彰子がいる東北の対である。そこにはひっきりなしに公卿や殿上人が年賀に訪れて酒宴が行われていた。

二月に入って間もなく、生昌《なりまさ》邸にいる中宮のもとに右近の内侍がやってきた。

「上さまは、若宮にお会いになりたがっておられます。しかと若宮のご様子を窺ってくるようにと仰せつかって参りました」

右近の内侍が言った。中宮は、乳母《めのと》を呼んで姫宮と若宮を連れてこさせた。姫宮脩子《ながこ》は、乳母に促されて右近の内侍の前に出ると殊勝に挨拶をした。

「大きくおなりですこと。おいくつになられたのかしら」

「五つでございまする」

脩子の声が大きかったので、女房たちがみな笑った。若宮の乳母が嬰児《みどりご》を抱いて右近の内侍の前に進み出た。

「まあ、お休みになっておられるのね。お目をお開けあそばせ。上さまにお顔のご様子をお伝えしないといけませんからね」

そう言って右近の内侍は若宮の頬をそっと指でつついた。若宮は一瞬ぴくりと動いたが目を覚まさなかった。

「まあ、なんてお可愛い。どことなく、上さまのお休みになっているお顔と似ていらっしゃる」

右近の内侍は、御子たちと対面したあとで、天皇からの伝言がある旨を中宮に伝えた。中宮が中納言の君を残して外の女房たちを下がらせた。右近の内侍が前に進み出て言った。

「明日、彰子さまが土御門殿に御出《ぎょしゅつ》なさいます。つきましては、明後日、姫宮と若宮をお連れして入内なさいますようにとの仰せでございます」

突然の天皇の召しに、中宮も中納言の君も驚いた。若宮が生まれてまだ三月である。天皇がそのような新生児を参内させて対面するというのは異例のことである。中宮の脳裡をあることがよぎった。天皇は、脩子が三歳になった時に入内させ、登花殿で着袴の儀を行わせた。それから間もなく、定子は出家の身のまま登花殿に入った。内裏が焼亡したのはそれから半年後のことだった。あの折、内裏の焼亡は出家した中宮が参内したことが原因だと噂された。そのようなことは謂《いわ》れなきことと天皇は言い、中宮もそう思おうとしたが、やはり払拭できない思いがあった。

「ただし、入内する前に還俗《げんぞく》するようにとの仰せでございます」

思いがけない右近の内侍の言葉に、中宮と中納言の君は思わず驚きの声を漏らした。

「中宮さまがご出家の身のままであられるのは、何かと不都合がございます。還俗さえなされば、それを取り除くことができます。どうぞ御意をお酌《く》みになられて、還俗あそばされてご入内なさいませ」

中宮は、還俗して入内せよとの天皇の仰せを心のうちで反芻《はんすう》した。すると、その言葉から天皇の心のうちがはっきりと見えてきた。中宮の頬に一筋の涙が流れた。

「仰せのとおりにいたしますと、お伝えしておくれ」

中宮が言った。

右近の内侍が帰っていくと、女房たちが母屋の中になだれこんだ。みなは西廂に固まって息を潜めて母屋の話を聞いていたのだった。

「中宮さまは還俗なさるのですね」

「お内裏に戻れるのね」

「明後日っておっしゃっていたわね」

「そう、すぐよね」

「新しいお衣装をこしらえる暇がないわ。どうしようかしら」

女房たちは、中宮が還俗すると聞いて、喜びを隠しきれず、口々にわめいた。

「お静かになさい。みなが申すとおり、入内まで暇がありません。これからすぐに仕度をなさい」

中納言の君が、騒ぎ立てる女房たちを制した。

「入内するといっても、長くいるわけではありませぬ」

中宮が言ったが、その言葉は女房たちの耳には入らなかった。天皇の召しは嬉しく、ありがたかったが、中宮は長く御所に留まるつもりはなく、入内はあくまで姫宮と若宮を天皇に会わせるためであった。

二月の半ばに差しかかった日の夜、彰子が御所を出た。例によって多くの殿上人と公卿が供奉した。そして、その翌日の夜、中宮が一条院に入った。供奉したのは公卿一人と数人の殿上人だけだった。中宮が北の二の対に入ると、待ちかねていた天皇がやってきた。高灯台の明るい光が、還俗した定子の姿をくっきりと浮かび上がらせていた。久しぶりに見るあでやかな袿姿《うちきすがた》である。髪はまだ尼削《あまそ》ぎのままだが、それがかえって妖艶な趣を醸《かも》し出している。天皇はその美しさに息を呑んだ。これまで堰《せ》かれていた思いがいちどに溢れて中宮を抱いた。

「美しい」

天皇は、中宮を抱きしめながら尼削ぎの髪を撫でた。中宮は、今こうしていることが夢のように思われ、ただ恐ろしかった。だが、自分の身を抱きしめる天皇の力は強かった。中宮は、自分から何もかも攫《さら》っていこうとする諸々の力に抗《あらが》って、力の限り天皇の身に縋った。

夜が更けた。天皇と中宮は、たがいの息遣いと温もりを確かめながら身を寄せ合っていた。それぞれに言いたいことも聞きたいことも山ほどあったが、思いだけが激しく渦巻いて言葉にはならなかった。やがて一番鶏の声が聞こえてきた。すると、天皇が身を起した。中宮も起きて天皇に向き合って座った。

「今月の二十五日に、立后宣命《りっこうせんみょう》の儀《ぎ》がある。それによって皇后遵子《のぶこ》が皇太后に、そなたは皇后に、女御彰子が中宮になる」

中宮は、行成からも右近の内侍からもそのことを聞かされていた。だが、天皇の口からあらためてそのことを聞くと、心中は穏やかではいられなかった。

「中宮から皇后に変ったとて、予とそなたの間は少しも変らない。そなたは后のままだ」

中宮は、天皇の声がにわかに空虚に思えてきた。さっきまでの天皇の声ではない。何者かが天皇の口を奪って物を言っているかのようにさえ思えてくる。なぜ中宮のままではいけないのか。何も変らないというのなら、女御の方が皇后になっても差支えはないのではないか。なのにそうしないところに何か陰謀めいた臭いがする。

「そなたが還俗したのだから、何も心配はない」

中宮が固まってしまったのを見て、天皇がやさしく言った。

「予の思いは、少しも変りはしない。そなたは、予にとっていちばん大切な人だ。誰が何と言おうと、予はそなたを守る」

天皇が力を込めて言った。

「姫宮も若宮も大切にする。とりわけ若宮は予にとって初めての男御子だ。やがて若宮は帝になる。そうすればそなたは国母《こくも》だ。還俗したそなたを邪魔することは誰も許さない」

天皇は、冷たく固まった中宮を諭すように言った。中宮は天皇の心遣いを嬉しく思ったが、心の中に冷たい風が吹き込むのを感じた。

「姫宮と若宮を上さまにお会わせ申すために参上したのでございます。それに、還俗したとは申しましても、里下がりの身でございますから、早々にまかり出るつもりでございます」

中宮は、天皇の言葉が嬉しいというより怖かった。なぜ怖いのか自分でも分からなかったが、とにかくこのまま内裏に留まってはならないという思いがした。

「何を申す。ならぬ。まかり出るなど予が許さない」

天皇が声を荒らげて言う。

「そなたは、将来国母になるのだ。それを忘れてはならぬ。その思いを強く持って若宮を育てるのだ」

天皇は、心の奥底に言いようのない後ろめたさが疼《うず》くのをうとましく思いながら、ことさらにやさしく言いかけた。

「もうすぐ若宮の百日祝《ももかいわい》だ。百日祝は予が執り行う」

若宮のことに思いが及ぶと、天皇の顔から諸々の煩わしさが消えていった。幾度か鶏《とり》の鳴く声が聞こえ、やがて明烏《あけがらす》の声が聞こえてきた。

天皇は、日が昇ると昼御座《ひのおまし》に充てられている北の対に戻り、朝食を取った。そしてすぐにまた中宮の御所になっている北の二の対を訪れた。程なく乳母が姫宮と若宮を連れてきた。脩子は、大人びた挨拶をして天皇を喜ばせた。天皇は、それから若宮を抱いた。女房も乳母も若宮は天皇に似ていると口々に言ったが、天皇はみずからの目でそれを確かめて喜んだ。

中宮が還俗してあでやかな服装に変ったことで、北の二の対にはかつての登花殿のように華やかな日々が訪れた。そのうえ姫宮と若宮がいることでいつも笑いが絶えることがなかった。中宮の御所は昼御座のすぐ近くにあったので、天皇は頻繁に訪れ、そこが日常の御座所のようになった。北の二の対の前は中庭になっていて、そこには植込みがあり、趣のある竹の柵が巡らされている。折しも紅梅と白梅が満開である。時折鶯がやってきて美しい声で鳴く。

その日も天皇は北の二の対にやってきた。春の日がのどやかに照っていた。天皇は、左兵衛督《さひょうえのかみ》高遠《たかとお》を召し、西の廂に出て管弦の遊びを始めた。高遠は天皇の笛の師である。天皇が笛を吹き、高遠が琴を弾いて二人で高砂を奏でた。女房たちは、みな廊に集って聞き入った。久しぶりに聞く天皇の笛である。のびやかな澄んだ笛の音が、春の空に響きわたった。女房たちはその妙なる音を聞いて涙を流した。

中宮が入内してから七日ほど経って、北の二の対で若宮の百日祝《ももかいわい》が執り行われた。天皇が主催する祝いとあって、その日は多くの殿上人と公卿が参上した。祝い膳には大きな鯛が載った。天皇が若宮を抱いた。

「おお、予の顔をじっと見つめておるぞ。うむ、いいお顔だ。凛としている。今日は百日祝だ。つつがなく大きく育つのだぞ」

天皇が若宮と目を合わせながら話しかけた。

「今日はお食い初《くぞ》めだが、若宮の歯は生えているのか」

天皇が乳母に聞いた。

「まだでございます、上さま。歯が生えますのは半年後でございます。でも、ご心配なさらないでくださいませ。今日は、召しあがる真似ごとだけでございますから」

乳母が言った。

「そうか、予は若宮がこの鯛を食するのかと思っていた」

天皇がそう言うと、女房たちがくすくす笑った。乳母が箸で鯛を摘《つま》む仕草をし、それを若宮の口に持っていって食べさせる真似をした。それから吸い物を飲ませる真似をしてお食い初めの儀が終った。それが終ると、廂の間や廊に控えている人々に酒食が供せられた。やがて管弦の名手たちが笛や琴を奏し、饗宴は賑わった。

それからほどなく、彰子が里下がりしている土御門殿に勅使が訪れ、立后の宣命を伝えた。同じ日に宮中では立后の儀が行われ、群臣列席のもと宣制が行われた。これによって、定子は皇后に、彰子は中宮になることが公にされた。道長は、さっそく公卿や殿上人、それに皇族までを土御門殿に招き、盛大な饗宴を催した。土御門殿の寝殿は、母屋の中も廊も人が溢れて乱酔した。その光景を冷めた目で見ている二人の人物がいた。参議の実資と公任である。

その翌日、公任が実資邸を訪れた。公任も実資もこの度の彰子の立后はどうにも腑に落ちなかった。

「驚きましたな。現に正妃《せいひ》がいらっしゃるというのに、立后の儀が行われるとは」

開口一番実資が言った。

「前代未聞のことですね」

公任も憤懣《ふんまん》を表す。

「この筋書きを作ったのは頭弁《とうのべん》らしいですな。永祚《えいそ》の御代に四后《しこう》がいらっしゃったことを先例に挙げて、新たに彰子さまを后にしても何の非もないと奏上されたとか」

実資が言った。

「頭弁どのの言われることは詭弁《きべん》ですな。数の上ではたしかに永祚の御代には四后がいらっしゃった。しかし、詮子さまが皇太后になられたのは、今上が即位された故の冊立《さくりつ》であって、この度の彰子さまの立后とはわけが違います」

「さよう。一帝二后などまさに前代未聞だ。それに、頭弁は、今の皇后さまはいずれも出家なさっているから宮中の神事に関わることができないとも言われたらしい。これも立后の理由にはならない」

「ごもっとも。定子さまは還俗なさったのですから」

話すほどにこの度の立后の理不尽さが露呈してくるので、双方ともいよいよいきり立つ。

「それに定子さまには男御子がお生まれになっておられるのだから、いよいよ彰子さまの立后のわけが分からない」

実資があきれ果てたという様子で首を振った。

「しかし、あれもこれも行成どのが考えられたことは、結局は道長さまの意を酌《く》まれてのことでしょうな」

公任が言った。

「いかにも。行成どのも長く頭弁《とうのべん》を務めておられますからな。頭弁を辞したい旨を奏上されたそうだが、それも算段あってのことでしょうな」

「そろそろ参議になりたいと」

「さよう。それで道長どのの意に適《かな》うことならいかなる牽強《けんきょう》も厭《いと》わないということでしょうな」

実資が意地の悪い同情を込めて言う。

「それにしても、定子さまの今後はどうなるのでしょう。帝はひとかたならぬご寵愛ぶりで、定子さまの里下がりをお許しにならないとかいうことです」

公任は、これまで過酷な運命に翻弄されてきた定子のことを考えると胸が痛んだ。

「伊周どのの復権も先が見えないようですし」

公任は、蔵人頭《くろうどのとう》の任にあった頃、しばしば登花殿に行って定子と女房たちに接していたので、定子に同情せずにはいられない。

立后の儀から二、三日経ったある日のことである。皇后定子の御所の廂で、数人の女房が額を寄せて話し込んでいた。

「これってどういうことなのかしら」

小兵衛の君が言った。さっきから話し込んでいたのは立后のことだった。

「お后さまがお二人になったということよね。そういうことってあるのかしら」

侍従の君もいぶかしげに言う。

「やはり、中宮さまが正妃《せいひ》よね。ということは、定子さまは正妃でなくなったということかしら」

若い少弐の君が不安げに言う。

「そうではないと思うわ。定子さまは正妃のままであることに変りはないはずよ。親王さまがお生まれになったのだし、やがては国母におなりになる。それに、上さまがいちばん愛していらっしゃるのは定子さまですもの」

年長の式部の君が楽観的な言い方をしたが、やはり内に広がる不安を抑えることができない。

「それではなぜ、無理に定子さまを皇后にして彰子さまを中宮にする必要があるのかしら」

小兵衛の君はいよいよ合点がいかない。

「それは、布石というのかしら。道長さまが先を見据えられて、まだお若い彰子さまを中宮にしておこうとお考えになられたのよ、きっと」

式部の君が言った。

「十三になられたばかりですものね。ということは、何も心配はいらないということよね。定子さまには、すでに若宮がいらっしゃるのですもの」

それで女房たちの不安が少し消えた。

「よかった。定子さまはこれから先どうなるのだろうと、ずっとそのことが気がかりでならなかったの。だって、今まであまりにもいろんなことがあって、定子さまの周りが真暗になって、このままではわたくしも落ちぶれて路頭に迷うことになるって、そう考えると夜も眠れなかったのよ」

小兵衛の君が安堵の胸を撫で下ろす。

「そうよね。わたくしもずっと定子さまのお側にいたいわ。はやく新しいお内裏ができればいいわね。新しい登花殿に入って、また以前のように楽しく過ごしたいわ」

侍従の君はすっかり心が晴れて、新しい内裏での暮らしに思いを馳せた。

皇后になった定子は三月の半ばになっても仮御所の一条院に留まっていた。天皇は、昼も夜も足繁く北の二の対に通ってきては脩子と遊び、生まれて間もない若宮を抱いた。

ある日、皇后定子の女房たちは、めいめいに物語を読んだり貝合せをしたりして過ごしていた。すると、けたたましく鳴く犬の声がした。悲鳴のようなただならぬ声である。消え入りそうになったかと思うと、またわめくように鳴く。

「どうしたのかしら」

「ひどい声ね」

女房たちが声のする方に目を向けたが、母屋の陰になって見えない。すると様子を見に行った御厠人《みかわやうど》が走って戻ってきた。

「蔵人さまが二人で犬を打っております。打たれているのは追放したあの犬です。ひどく打たれて、もう虫の息でした。きっと死んでしまいます」

御厠人が言った。

「まあ、翁《おきな》まろね」

「かわいそうに、捨てられても戻ってきたのね」

女房たちがみな眉を寄せて溜息をついた。翁まろは内裏で飼われている犬で、ほかのどの犬よりも大きく貫禄があり、みなに可愛がられている。それがふとしたことから天皇の怒りを買い、内裏から追放された。三日前のことである。天皇が可愛がっている猫が廊に出て眠っていた。猫の世話係が中に入らせようとしたがなおも眠り続けていた。ちょうど廊の下に翁まろがいたので、世話係はお道化て翁まろをけしかけた。すると、翁まろはほんとうに廊に飛び上がって猫に襲いかかった。猫は驚いて中に逃げ込んだ。天皇はそれを見て激怒し、蔵人に命じて翁まろを内裏から追放したのだった。どうやらその翁まろが戻ってきたらしい。

「打つのはお止めなさいと言いなさい」

皇后定子が御厠人に言った。御厠人がまた母屋の陰に走っていったが、すぐにしょんぼりして戻ってきた。

「犬が死んだので門の外に捨てたと言っていました」

女房たちは落胆して翁まろを不憫がった。

その日の夕方、皇后の御所の前を、体中がひどく腫れあがった犬が震えながら歩いていた。

「あれは翁まろではないかしら」

「翁まろにしては肥えているわね」

女房たちが廊に出て犬を見た。犬は名前を呼んでも見向きもせず、頭を垂れ、長い舌を出して歩いている。皇后も廊に出て犬を見て言った。

「右近なら知っているはずよ。呼びなさい」

右近は、渡殿を渡ってすぐにやってきた。

「あの犬は翁まろか」

皇后が聞いた。

「似てはおりますが、見すぼらしすぎます。それに名前を呼べば飛んできますのに振り向きもしません。蔵人は、あの犬は打ち殺して捨てたと申しておりました。二人がかりで打ったのでは生きているはずがないでしょう」

右近はそう言ったが、女房たちはみな半信半疑だった。暗くなってもどこにも行かなかったので食い物を与えたが、犬は怯えて近寄りもしなかった。

翌朝、少納言の君が皇后の理髪に奉仕していた。ふと外を見ると、階《きざはし》の下に犬がうずくまっていた。

「かわいそうに、翁まろは死んでしまったのね。さんざんなぶられて痛かったでしょうね。いったい何に生まれ変るのかしら」

少納言の君が犬の方を見ながらつぶやいた。すると、犬がじっと見つめ返し、涙を流した。

「まあ、涙を流している。この犬はやはり翁まろなのね」

少納言の君が声を上げると、女房たちが廊に出て翁まろの名前を呼んだ。犬はひれ伏すようにして尾を振って吠えた。

「昨夜はどこかに隠れていたのね」

「目が、助けてちょうだいって言っているわね」

そうと知って皇后も女房たちも笑った。

「右近を呼んで知らせてあげなさいな」

皇后が言った。右近の内侍がすぐにやってきて事情を知ると笑った。騒ぎを聞きつけて天皇がやってきた。

「驚いたな。犬にもこのような心があるのだな」

天皇も翁まろを見て笑った。天皇付の女房たちもやってきて翁まろの名を呼ぶと、犬は立ち上がって嬉しそうに尾を振って吠えた。

「傷の手当てをしてあげましょうよ。よろしゅうございますわね」

少納言の君が天皇に哀願するように言った。

「とうとうそれをお口に出したわね」

皇后が笑って言うと、天皇も笑って頷いた。翁まろは罪を許されて元のように内裏の庭を闊歩するようになった。

それからしばらく経ったある日、気分が悪いと言って二、三日帳台の中に臥していた皇后定子は、しきりに吐き気を催した。側に仕える女房が、皇后が常ならぬ身だということに気づいた。その翌日、いつもと変わらずやってきた天皇に中納言の君がそのことを伝えた。天皇が帳台に入ると、皇后は臥したままだった。

「つろうはないか。中納言の君から話は聞いた。御身をいたわるようにな」

天皇が顔を覗き込んで言うと、皇后はわずかに笑みを浮かべて頷いた。その目には、喜びというより深い悲しみが滲んでいるように見えた。天皇は皇后の手を握った。悲しみを流すように、皇后の頬に一筋の涙が流れた。

「明後日には生昌《なりまさ》の所に移ると中納言の君が言っておった。姫宮と若宮と、ずっと一緒に暮らせると喜んでいたのだが。そなたとも」

天皇は、無念さを隠すことができなかった。懐妊した者は宮中から出るという掟がある以上、皇后を引き留める術はない。

「何も案ずることはないぞ。今は、ただ元気な御子を無事に産むことだけを考えればいい。予は待っているぞ。そなたと御子たちがここに戻ってくる日を。その頃にはこの髪も伸びておろうな」

天皇は、皇后の黒髪を撫でながら言った。それから二日後、皇后定子は仮の内裏を出て生昌《なりまさ》邸に移った。

四月に入ってほどなく、中宮となった彰子が土御門殿から一条院に入った。立后後初めての内裏参入であった。その日は、未《ひつじ》の刻《こく》の頃、にわかに空が曇って土砂降りの雨になり、激しく雷鳴が轟いた。都の数か所に落雷があり、火災が発生した。戌《いぬ》の刻《こく》になってようやく雨が上がり、新中宮は東北の対に入った。

その頃、女院詮子は長く病に見舞われていた。高僧を呼んで加持祈禱を行ってもなかなか恢復することがなかった。同じ頃、左大臣道長も物《もの》の怪《け》に悩まされていた。自邸で不断経を行ったりしたが、病状は重く、いっこうに癒えそうにない。

ある夜、道長の夢に、故関白道兼が現れた。道兼はぎょろ目をむき出し、顎を覆う強鬚《こわひげ》を激しく動かして言った。

「道長、そなたの専横ぶりは目に余る。二人の女御を差し置き、中宮定子を追いやって娘を中宮に据えるとはもってのほかだ。それに、わが娘尊子をいつまで御匣殿《みくしげどの》のままにしておくつもりだ。尊子を女御にせよ。今すぐにだ。これを果たさぬというなら、我はそなたに祟《たた》る。我は霊力を得ているのだから、何でもできる」

道長は、夢の呪縛を振り払うようにして起き上がった。体中に汗が噴き出していた。夢から覚めても、兄の恐ろしい形相が消えず、わなわなと震えながら激しく肩で息をした。

道長は、物の怪が離れず、日増しに病気が重くなり、人に会うことも叶わなくなった。ある夜、今度は兄道隆が夢に立った。

「道長、そなたがしていることはことごとく道理に悖《もと》る。定子を中宮の座から退け、彰子を中宮にするとは言語道断。道理を踏み外す者は必ず報いを受ける。それから、いつまで伊周を野に放《はな》ったままにしておくのだ。伊周は筑紫に赴き、十分に罪を償い、勅許を賜って帰京したのだ。それなのに、いまだに復権ならず、無位のままだ。伊周を復権させよ。今すぐに」

道長はそこで目を覚ました。兄道隆の声がはっきり道長の耳に残った。

数日後、行成が土御門殿にやってきた。道長は人に会うことを避けていたが、行成を寝所に入れた。衾《ふすま》を被って臥している道長を見て行成は息を呑んだ。目はうつろで生気がなく、顔色は蒼白で無精鬚が伸び、何かに脅えているように見える。

「左大臣さま、ご気分はいかがでございますか」

行成が聞いた。

「それが、すこぶる悪いのだ」

道長の声が震えている。行成はその声を聞いて道長が尋常ではないことに気づいた。

「帝もご心配あそばされております」

行成が言った。

「御匣殿別当の尊子を女御にする。それから女御の元子さまと義子さまはともに従三位とする」

道長が譫言《うわごと》のように言う。故関白道兼の娘尊子を御匣殿別当に据え置いたのも、右大臣の娘元子の本位を正五位下に据え置いたのも、それは道長の意向によるものだった。それなのになぜ急に加階を言い出すのか、行成には合点がいかなかった。

「それから伊周のことだが、本位に復させるように急ぎ奏上してくれ」

行成には、道長がこの自分ではなく何者かに向って物を言っているように聞こえた。ともあれ、左大臣の意向を伝えるべく御所に戻った。道長の奏上を聞いた天皇が言った。

「昨日、ほかの者を寄こして同じことを言ってきた。道長には妄執《もうしゅう》があるようだな。尋常でない」

それを聞いて行成はあらためて道長が何者かに取り憑かれて病んでいることに気づかされた。

「妄執に囚《とら》われている者の申すことは聞くに及ばぬ。また、そのことは常の時でも容易に許せることではない」

天皇は毅然として言い放った。

「恐れながら、そのことと申しますのは」

行成が聞いた。

「伊周のことだ」

「恐れながら、そのほかのことにつきましては」

行成がなおも聞いた。

「そのほかのことについてはよく考え、追って沙汰をする」

行成はふたたび土御門殿に行き、天皇の言葉を道長に伝えた。道長は、天皇が伊周を許さないということを聞いて目をむき出して激しく怒った。

「なぜ、帝はお許しにならないのだ。お許しにならないと仰せられるなら、なぜ帰京をお許しになられた。伊周は、筑紫まで行って罪を償っているではないか。その上、どれほどの償いをせよと仰せられるのだ。よもや、生涯をかけて謹慎せよと仰せられるおつもりか」

道長のただならぬ剣幕に、行成はたじろいだ。

「御匣殿とお二人の女御さまにつきましては追って仰せがあるかと存じます」

道長は、そのことに対する明確な勅答を得られなかったことが不満であったが、天皇の言葉には含みがあるように思われたのでいくぶん怒りが収まった。

道長の病状は恢復することなく、物の怪に怯えながら臥していた。夢に道兼は現れなくなったが、道隆はよく出てきた。その夜も夢に道隆が現れて言った。

「何をぐずぐずしておる。伊周の復権を急げと言ったではないか。そなたは、伊周の復権を恐れているのであろう。おのれの座を守るためにそれを妨げている。そうであろう。ならば、この道隆が許さぬ」

道隆の顔は蒼白になり、眦《まなじり》を決して声を荒らげた。

「兄上、それは誤解でございます。復権を妨げようなどという思いは毛頭ございません。この道長は、たしかに伊周の復権を奏上いたしました。しかしながら御意が得られなかったのです。ご安心ください。この身が癒えますれば、必ずや帝に奏上し、御意が得られるようにいたします」

道長が声を絞るようにして言った。

「しかと、そうか」

「天地神明に誓って偽りはございません」

「分かった。いま一つ気に染まぬことかある」

「皇后さまのことでございましょうか」

「さよう」

「そのことにつきましても、毫《ごう》もご案じなさることはございません。皇后さまは、称号は変りましたが、后であることに変りはございません。それに、若宮も姫宮もいらっしゃいます。道長は、どのお方をも大切にするつもりでございます」

「しかと、そうか」

道隆の声が穏やかになり、姿が消えた。道長はそこで目を覚まし、夢の中での兄とのやり取りを反芻した。最後の道隆の声を思い返して安堵の胸を撫でたが、胸の底には不安が沈んだままだった。ともあれ、二月ほど病んでいた道長が恢復した。そして、秋の除目《じもく》に合わせて、御匣殿別当の尊子は女御となり、義子と元子はともに女御のまま従三位《じゅさんみ》を与えられた。

十月に入って間もなく、昨年の夏に焼亡した内裏の新造が終り、天皇は仮の内裏として入っていた一条院から新しい内裏に移った。出産を控えている皇后定子は、新内裏に入ることなく生昌邸で過ごしている。その日、宮廷は大々的な引越しが行われたが、生昌邸での皇后の営みはいつもと変ることがなかった。女房たちが数人、南の廂の間に出て話し込んでいる。

「今日はお内裏の引越しの日よね」

侍従の君が言った。

「そうよね。新しいお内裏、きれいでしょうね」

小兵衛の君が夢見るように言う。

「彰子さまは藤壺にお入りになるそうよ」

式部の君が言った。

「皇后さまはいつになったら登花殿にお入りになれるのかしら」

少弐の君が言う。

「皇后さまはほんとうに登花殿にお入りになれるのかしら」

女房たちの声が低くなる。

「お入りになれるわよ。当然でしょ」

「でも、御子がお生まれになれば、しばらくはお入りになれないわ」

「その間に上さまのお心が彰子さまに移ってしまわないかしら」

「そんなことないわよ。上さまがいちばん愛していらっしゃるのは皇后さまよ。それに、彰子さまはまだお若いし。お若いというより子供よ」

「そうよね、無事に御子がお生まれになれば、上さまは放っておかれるはずがありませんわ」

「御子のお顔をご覧になりたくて、きっとすぐにお召しになるはずよ」

そう言いながらも、女房たちの心はいっこうに晴れることはなかった。

皇后は、内裏を出て生昌邸に移ってからはすっかり生気が失せてしまった。内裏にいる折は常に天皇が身近におり、皇后になってもこれまでと何も変わることはなかった。天皇と姫宮と若宮と、そして自分との間は、何者も侵すことができないし、壊すことは許されないことだと思っていた。だが、生昌邸に移ったとたん、皇后の胸中に堪えがたい不安が湧いてきた。そして、中宮の称号を失い、皇后の称号を与えられたことの意味がしだいに明らかになってきた。やはり、巧妙な陥穽《かんせい》に嵌《は》められたのだ。そうと分かると屈辱感と失意がいちどに襲ってきた。明るく輝いていた未来がたちまち曇り、懐妊したことまでが禍々《まがまが》しく思われ、悔やまれた。

師走に入ってほどなく、天皇から皇后のもとに出産のための調度品が届いた。だが、皇后は出産が近づくにつれて気が塞《ふさ》ぐようになり、女房たちと話すことが少なくなった。姫宮と遊ぶことも、若宮を抱くことも煩わしかった。一日中簾の内に籠って、ぼんやり物思いに耽っている。

「何を考えていらっしゃるのですか」

側に仕えている中納言の君が声を掛けた。振り向いた皇后の頬には涙が光っていた。

「また昔のことを思い出していらっしゃるのですね」

皇后は、過ぎし日の思い出ばかりに浸っていて、魂はここにあらずというふうに中納言の君には見える。事実、そうであった。間近に迫った出産が不安でならない。周りの者たちも近親者たちも、ひたすらそれを待ち望んでいるのだが、皇后はひとり不安が増すばかりである。それが昂じてわけもなく恐ろしくなる。すると、皇后は逃れるように遠い日の思い出の中に帰っていく。皇后が思い出すのは、天皇と一緒に暮らした日々のことである。天皇は東三条殿で生まれ、東宮となって内裏に入るまでともに暮らした。その幼い日々の思い出が懐かしい。ことさらに思い出すのは、天皇が元服の儀を行った日の夜に添臥役《そいぶしやく》となって帳台に入った折のことである。天皇は十一歳で皇后は十四歳だった。久しぶりに会った天皇は、まだ幼さが残っていて、皇后はおかしくて笑ってしまった。天皇は怒ったが、皇后は幼い日の膨《ふく》れっ面《つら》を思い出してよけい笑ってしまった。挙句の果てに帳台の片隅に振《ふ》り鼓《つづみ》が転がっているのを見つけて、どうにも笑いをこらえることができなかった。皇后はそのことを思い出すにつけ笑い、涙を流した。

ある日、伊周と隆家が皇后のもとにやってきた。伊周も隆家も、今や定子に家運を託している。父道隆を失い、みずからの過ちによって傾いた家を再興できるのは、定子を措《お》いてほかにいない。定子は、姫宮と若宮が誕生するという僥倖を得た。その上、間もなく三人目の御子が誕生する。伊周と隆家にしてみれば、一度は没落しかけた家に暁光が差し、まさしく朝日を迎えるような思いである。行く末には以前と変らぬ栄華が待っている。そう信じて疑わない。

「ご気分はいかがでございますかな」

伊周が機嫌よく言う。

「外は雪ですよ。この分ですとずいぶん積りそうだ」

隆家は、恨めしげに雪を託《かこ》つ。

「そなたは雪が嫌いか」

伊周が難じるように言う。

「蹴鞠も馬も出来ませんから。退屈でしょうがない」

皇后の側に伺候している中納言の君と弁の君が顔を見合わせて笑った。

「雪はいいものだ。そなたは雪の風情というものが分からないのか」

伊周があきれて言う。

「ところで、御身を大切になさいませ。寒くなってきましたからな。風邪など引かれぬように。

とにかく、無事に元気な御子を産みなされ」

「次も男宮をお産みなされよ。そうすれば末は間違いなく東宮だ。皇后がお産みになった御子が帝になり、次いで東宮が立つとなれば、兄上は一の人になる」

伊周も隆家も考えれば考えるほどに希望が膨らみ、気持ちが昂ってくる。だが、皇后は物思わしげに顔を伏せたまま何も言わない。

「気分がよろしくないのか」

伊周がいつもと違う様子に気づいて言うと、皇后はにわかに涙を流した。

「いかがなされた。お体の具合がよろしくないのか」

伊周と隆家は驚いて皇后の顔を見た。皇后は、袖で顔を覆って泣いている。

「今日はご気分がよろしくないようですので、どうぞ休ませておやりになってくださいませ」

中納言の君が言った。伊周と隆家は気になったが、中納言の君に促されて母屋を出た。弁の君があとから見送りに従った。母屋を出たところで伊周が弁の君に聞いた。

「皇后はいつもあのようなご様子か」

「はい、一条院からお出になった折からお元気がなくなられまして」

伊周と隆家は、皇后が生昌邸に移ってからは時折訪れていて、そのことには薄々気づいていたが、天皇の側から離れることを余儀なくされたのだからそれも無理はないと思っていた。だが、今日の取り乱しようは尋常ではないと思われた。

「この頃は、御子さまたちをお相手することも、お側の人とお話になることもなくなられて、物思いに耽ってばかりいらっしゃいます」

弁の君が泣きそうな顔をして言う。

「物の怪が憑いたのであろうか。お産が近づくと憑くというから」

隆家が言った。

「そうかもしれぬ。すぐに加持を始めないと。とにかく、皇后さまをくれぐれも大切にしておくれ。滋養のあるものを差し上げるのだぞ。精をつけなければ元気な御子を産むことは叶わぬから」

伊周が弁の君に念を押した。

伊周から話を聞いて、隆円が皇后のもとにやってきた。皇后は帳台に入って臥していたが、隆円を中に入れた。皇后は起き上がることもなく臥したままだった。隆円は、帳台の中に入るや否や、すぐにただならぬ気配を感じた。何物かが、抗《あらが》うように、あるいは挑むように責めてくる。

隆円は、皇后の様子が思っていた以上に憔悴しているのに驚いた。

「気を強くお持ちなさいませ」

隆円が語気を強めて言った。

「兄上からお話は伺いました。この隆円がお護りいたしますのでご安心なさいませ」

隆円はその場で印を結び、真言を唱えた。しばらくすると、皇后の顔に少しずつ生気が甦った。しかし、室内に潜む物の怪が消えたわけではないので、隆円は西廂の間に控えていることにした。皇后は起き上がることができるようになったものの、帳台から出ることはなく、相変わらず物思いに耽っていた。女房たちと会話をすることもなくなり、思い出したように硯を出して手習いをした。

「少しは御帳台《みちょうだい》をお出になられて、みなのお顔をご覧になられてはいかがですか」

側に伺候している右衛門の君が言った。皇后はわずかに首を振るだけで答えようとしない。

「お腹の御子さまのために、しっかりお食事をなさいませ。お元気な御子をお産みになられるためには、なによりも滋養が大事でございます」

中納言の君がきつく言う。気が塞いでいる皇后は食欲もない。

「せめて粥《かゆ》なりとも」

右衛門の君が命婦《みょうぶ》の乳母《めのと》を呼び、粥の用意をするように言った。しばらくして粥が運ばれてくると、皇后は少しずつ食べて一椀をようやく食べきった。

皇后の御所では、僧を呼んで連日加持祈禱がなされた。隆円もそれに加わった。その効験があったのか、皇后は起きて過ごすようになった。だが、相変わらず帳台から出ることはなかった。ある日、皇后が硯を出して何やら書いていた。そういうことはよくあることだったが、側に伺候していた中納言の君は、その日の皇后の様子が何となく気になった。

「何を書いていらっしゃるのですか」

中納言の君が覗きこむようにして聞くと、皇后はそれを硯箱に隠した。

朝、皇后に陣痛の兆しが表れたので、伊周が駆けつけ、急いで産屋《うぶや》を設《しつら》えた。皇后と付添の女房たちは浄衣《じょうえ》に改めて産屋に入った。母屋では僧たちが絶えず読経をしている。伊周と隆家はそこに控えてひたすら安産を祈った。

その日は満月であった。西の空の茜色が消えやらぬ頃、東の空に皓然《こうぜん》たる満月が昇った。その時、二筋の雲が月を挟んだ。都人はそれを見て怪しみ、口々に言った。

「あれは歩障雲《ほしょううん》だ」

「まさしく不祥雲《ふしょううん》だ」

「何事も起らなければいいが」

ある者は怯えて手を合わせ、ある者は経を唱えた。

果してその夜は不祥の事が相次いで起った。病が重くなっていた女院詮子《にょいんあきこ》の在所である東三条殿が焼亡した。火災に遭った女院は難を逃れて道長の土御門殿《つちみかどどの》に移った。道長の身にも奇怪なことが起った。道長が女院の枕辺に座って見舞っていると、女院に仕える一人の女房がにわかに髪を振り乱し、奇声を上げて道長に襲いかかった。その声は、兄の道隆の声のようでもあり、道兼の声のようでもあった。同じ日の深夜、皇后は女御子を産んだ。産屋《うぶや》から産声が上がり、付添っている女房たちの喜ぶ声が漏れてくると、伊周と隆家は歓喜した。だが、しばらくすると、産屋の中からただならぬ気配が伝わってきた。皇后を呼ぶ声がしきりに聞こえてくる。その声が叫び声になり、泣き声に変った。伊周と隆家は驚いて産屋の中に入った。皇后は座産の姿勢のまま、女房に抱えられて首《こうべ》を垂れ、すでに息絶えていた。伊周は、冷たくなった皇后を抱いて慟哭《どうこく》した。

皇后が過ごした帳台の中には手習いが残されていた。その中に天皇への思いを込めた歌があった。

夜もすがら契《ちぎり》しことを忘れずは恋《こ》いん涙の色ぞゆかしき

（あの時夜通し永遠の愛を誓い合ったことをお忘れでないなら、わたくしが死んだあとに、上さまがお流しあそばされるお涙の色は、どのような色でございましょうか。悲しみの涙は赤いと申しますけれども）

この歌は、『後拾遺和歌集』に哀傷歌として載る。

野辺までに心一つは通えども我が御幸《みゆき》とも知らずやありけむ

（別れはこの上もなく悲しく、我が身は行かずとも、心は紅涙を流しながらそなたの野辺送りをした。しかし、やはりこの思いはそなたには届かなかったのであろうか）

これは天皇の返歌で、同じく『後拾遺和歌集』に載る。

（完）

主要文献

日本古典文学大系21「大鏡」（岩波書店）昭和35年
日本古典文学大系75・76「栄花物語上・下」（岩波書店）昭和39・40年
日本古典文学全集11「枕草子」（小学館）昭和49年
現代語訳「小右記」1・2・3倉本一宏［編］（吉川弘文館）二〇一五年・二〇一六年・二〇一六年
藤原行成「権記」（上）・（中）倉本一宏（講談社学術文庫）二〇一一年・二〇一二年
人物叢書「一条天皇」倉本一宏（吉川弘文館）二〇〇三年
人物叢書「藤原道長」山中　裕（吉川弘文館）二〇〇八年
人物叢書「藤原行成」黒板伸夫（吉川弘文館）一九九四年
「藤原伊周・隆家」倉本一宏（ミネルヴァ書房）二〇一七年
日本の作家11「清少納言」藤本宗利（新典社）二〇〇〇年
「平安貴族の世界」村井康彦（徳間書店）昭和四十三年
「都市平安京」西山良平（京都大学学術出版会）二〇〇四年
「千年の都　平安京のくらし」鳥居本幸代（春秋社）二〇一四年
「平安貴族と陰陽師」繁田信一（吉川弘文館）二〇〇五年
「有識故実図典」鈴木敬三（吉川弘文館）一九九五年

〈著者略歴〉
高橋　政光（たかはし　まさみつ）
1943年山形県上山市生まれ。
都留文科大学国文科卒業。
静岡県立高校教諭。
定年退職後、小説の執筆に入る。
主な著書
『松尾芭蕉上・中・下』（角川学芸出版）
『Tapestry 芭蕉の世界』（角川フォレスタ）
『源氏物語宇治十帖　浮舟』（角川学芸出版）
『ビー・ワンダー！』（幻冬舎ルネッサンス）
『一茶』（邑書林）

一条天皇と中宮定子

2023年1月20日　　初版発行

著　者　　高橋　政光

発行・発売　株式会社三省堂書店／創英社
〒101-0051　東京都千代田区神田神保町1-1
Tel：03-3291-2295　Fax：03-3292-7687

印刷／製本　日本印刷株式会社

ISBN 978-4-87923-191-8　C0093